REX STOUT

Das zweite Geständnis

Buch

Wenn Nero Wolfe sich nicht gerade im Speisezimmer, im Schlafzimmer oder in seinen Orchideen-Plantagenräumen auf dem Dach befindet, hält er sich an nur einem Ort auf: in seinem Büro. Umso erfreuter ist er, als ihm sein Besucher James Sperling ein Kompliment über sein gemütliches Arbeitszimmer macht. Sogleich ist der 250 Kilo schwere Detektiv milde gestimmt und bereit, dem Gesuch des Mannes Gehör zu schenken. James Sperling, Bergwerksdirektor und mehrfacher Millionär, ist in großer Sorge um seine zweiundzwanzigjährige Tochter Gwenn: Sie hat sich in Louis Rony verliebt, einen erfolgreichen Anwalt, der sich nicht zu schade ist, die größten Halunken zu verteidigen und vor der gerechten Strafe zu bewahren. Gwenns Vater kann diese Verbindung nicht dulden und bittet Nero Wolfe zu verhindern, dass dieser Mann sein Schwiegersohn wird. Der lässt sich das nicht zweimal sagen – schließlich macht die Hauptarbeit ja doch wie immer Archie Goodwin, der sich inkognito unter die Familie der Sperlings mischt und versucht, das Herz der holden Gwenn zu gewinnen. Und ganz nebenbei herauszufinden, warum Louis Rony heimlich Umgang mit Arnold Zeck pflegt, dem Oberhaupt eines Gangster-Konzerns …

Autor

Rex Stout wurde 1886 in Indiana/USA geboren. Ungefähr dreißig Berufe soll er ausgeübt haben, bevor er mit einem von ihm selbst entworfenen Schulsparkassensystem so viel Geld verdiente, dass er ausgedehnte Reisen unternehmen konnte. 1932 begann er Kriminalromane zu schreiben, in deren Mittelpunkt fast immer der mittlerweile weltberühmte Privatdetektiv Nero Wolfe steht. Rex Stout wurde für seine über fünfzig Romane mit dem »Grand Masters Award« ausgezeichnet. Er starb 1975.

Von Rex Stout außerdem als Goldmann Krimi lieferbar:

Wenn Licht ins Dunkle fällt. Roman (4358)
Morde jetzt – zahle später (3124)

Rex Stout

Das zweite Geständnis

Aus dem Amerikanischen von
Carl Brinitzer

GOLDMANN

Die Originalausgabe erschien unter dem Titel
»Tine Second Confession«.

Umwelthinweis:
Alle bedruckten Materialien dieses Taschenbuches sind
chlorfrei und umweltschonend.

7. Auflage
Wiederveröffentlichung September 2003

Umschlaggestaltung: Design Team München
Umschlagfoto: W. Huber
Satz: DTP Service Apel, Hannover
Druck: Elsnerdruck, Berlin
Krimi 4056
JE · Herstellung: Max Widmaier
Made in Germany
ISBN 3-442-04056-6
www.goldmann-verlag.de

1

»Macht nichts, spielt überhaupt keine Rolle«, sagte unser Besucher. Er sah sich um. »Ich liebe Räume, in denen emsig gearbeitet wird. Das Büro hier gefällt mir.«

»Danke«, murmelte Wolfe vor sich hin. Er saß an seinem Schreibtisch in einem nach Maß angefertigten Sessel, der eine Tragfähigkeit von 250 Kilo hatte und sicher bald nachgeben würde, falls Wolfe nicht als der Klügere vorher nachgab und sein Lebendgewicht ein wenig reduzierte. »Wenn Sie mir nun sagen wollen, worum es sich handelt«, sagte Wolfe.

Ich saß an meinem Schreibtisch, der im rechten Winkel zu Wolfes Tisch steht, und konnte mir ein Grinsen nicht verkneifen. Da sein Bankkonto zur Zeit keine besondere Werbeaktion erforderte, konnte ich mir schon denken, warum er so milde war. Er war einfach nett, weil Sperling gesagt hatte, das Büro gefalle ihm. Wolfe gefiel das Büro nicht, das sich im ersten Stock seines alten Hauses befand. Nein, es gefiel ihm nicht. Er liebte es. Und das war gut so. Schließlich verbrachte er ja hier sein ganzes Leben – es sei denn, dass er bei Fritz in der Küche war oder bei den Mahlzeiten im Speisezimmer oder oben in seinem Schlafzimmer oder in seinen Plantagenräumen auf dem Dach, wo er sich an den Orchideen erfreute und so tat, als helfe er Theodor bei der Arbeit.

Mein Grinsen wurde unterbrochen, als mich Generaldirektor James Sperling, unser Besucher, plötzlich fragte: »Sie heißen doch Goodwin, nicht wahr? Archie Goodwin?« Als ich nickte, wandte er sich an Wolfe.

»Es handelt sich um eine vertrauliche Angelegenheit.«

Wolfe nickte ebenfalls. »Fast alles, was hier in meinem Büro zur Sprache kommt, ist vertraulich. Das ist nun mal in unserem Beruf so. Mr Goodwin und ich sind daran gewöhnt.«

»Es handelt sich um eine Familienangelegenheit.«

Wolfes Stirn legte sich in Falten. Vorsichtshalber faltete ich meine Stirn auch. Dieses Gambit kannte ich. War ja klar, was nun kommen würde. Gleich wird er sagen, bitte beobachten Sie meine Frau. Aber damit geben wir uns nicht ab.

»Ich erwähne das nur, weil Sie es auch sonst erfahren würden.« Er griff in die Innentasche seines Jacketts und holte einen dicken Briefumschlag heraus. »Aus diesen Berichten hier werden Sie alles Nähere ersehen. Die Berichte stammen von der Privatdetektei Bascom, die Ihnen ja sicher bekannt ist.«

»Mr Bascom ist mir allerdings bekannt.« Wolfes Stirn lag noch immer in Falten. »Ich gebe mich nicht gern mit Fällen ab, die ihren jungfräulichen Reiz verloren haben.«

Sperling sprach unbekümmert weiter, als habe er nie von jungfräulichen Reizen gehört. »Mit dieser Detektei habe ich schon früher geschäftlich zu tun gehabt. Ich war mit ihrer Arbeit zufrieden. So wandte ich mich auch in dieser Angelegenheit an Bascom. Ich wollte Informationen über einen gewissen Rony haben, Louis Rony. Seit über einem Monat sind die Bascom-Leute hinter der Sache her. Bisher haben sie diese Informationen nicht beschafft. Und ich brauche sie dringend. So rief ich gestern bei Bascom an und sagte: ›Bemühen Sie sich nicht weiter, meine Herren!‹ Ich fasste den Entschluss, mich an Sie zu wenden. Wenn Sie wirklich so gut wie Ihr Ruf sind, Mr Wolfe, hätte ich mich von Anfang an nur Ihnen anvertrauen sollen.«

Wolfe gab einen seiner dezenten Grunzlaute von sich und bemühte sich, den Eindruck zu erwecken, als fühle er sich nicht geschmeichelt. »Was für Informationen wünschen Sie über Mr Rony?«

»Ich will den Beweis haben, dass er Mitglied einer radikalen Untergrundorganisation ist. Wenn Sie mir diesen Beweis beschaffen, und zwar bald, spielt Geld überhaupt keine Rolle. Sie können jede Summe von mir verlangen.«

Wolfe schüttelte den Kopf. »Auf so was lasse ich mich nie ein. Sie wissen nicht, ob er überhaupt ein Radikaler ist. Sonst würden Sie nicht so viel für die Beschaffung des Beweises bieten. Wenn er keiner ist, kann ich Ihnen natürlich auch nicht den Nachweis liefern, dass er einer ist. Ich lasse mich nur für meine Leistungen bezahlen. Wo es nichts zu leisten gibt, hat auch der beste Detektiv seinen Posten verloren.«

»Sie reden zu viel«, sagte Sperling ungeduldig, aber keineswegs unhöflich.

»Wirklich?« Wolfe blitzte ihn an. »Gut. Dann reden Sie!« Er warf mir einen Seitenblick zu. »Archie, nehmen Sie Ihr Notizbuch.«

Der Bergwerksdirektor wartete, bis ich das Notizbuch zur Hand genommen hatte. Dann sprach er klar und bestimmt. »Louis Rony. Die Adressen seines Anwaltsbüros, seiner Privatwohnung ... steht alles da.« Er wies auf den dicken Briefumschlag, den er auf Wolfes Schreibtisch geschoben hatte. »Ich habe zwei Töchter. Madeline ist sechsundzwanzig und Gwenn zweiundzwanzig. Gwenn hat vor einem Jahr das Smith College in Northampton, Massachusetts, mit Auszeichnung absolviert. Ich möchte annehmen, dass sie durchaus normal ist. Aber sie ist verdammt neugierig. Und das Schlimmste ist, sie hält sich an nichts, an keine Regeln und Vorschriften. Das Mädchen hat noch nicht begriffen, dass man sich seine Unabhängigkeit erst verdienen muss. Natürlich ist nichts dabei, dass man in ihrem Alter etwas romantisch angehaucht ist. Aber sie übertreibt alles. Was sie an Rony so gereizt hat, war sicher sein Ruf als Anwalt. Sie bewunderte ihn, weil er die größten Erzhalunken verteidigte und durch seine Advokatenkniffe vor der gerechten Strafe rettete.«

»Mir scheint, ich habe den Namen schon mal gehört«, nuschelte Wolfe. »Nicht wahr, Archie?«

Ich nickte. »Hab' ihn auch schon mal gehört. Das ist doch der Paragrafenhengst, der neulich die Soundso, Sie wissen schon, jenes Weibsstück, das einen schwunghaften Handel mit Babys unterhielt, vor dem Kittchen bewahrt hat. Der Junge macht sich, ist auf dem besten Weg zur Prominenz.«

»Oder auf dem besten Wege ins Gefängnis«, sagte Sperling scharf. »Mir scheint, ich habe die ganze Sache schief angepackt. Ich habe ihr gesagt, und ihm natürlich auch, dass er unser Haus nicht mehr betreten dürfe. Wozu das führt, wissen Sie ja. Zudem kam sie jetzt immer erst spät nachts nach Hause. Vor etwas über einem Monat beschlossen meine Frau und ich, unseren Fehler wieder gutzumachen. Meine Frau sagte zu Gwenn, Rony sei von nun an jederzeit in unserem Hause willkommen. Am gleichen Tage gab ich Bascom den Auftrag, ihm doch mal etwas näher auf die Finger zu sehen. Sie haben völlig Recht. Ich kann nicht beweisen, dass er ein Radikaler ist. Könnte ich's, hätte ich mich nicht an Sie gewandt. Aber ich bin überzeugt, er ist einer.«

»Und was hat Sie überzeugt?«

»Seine ganze Art, zu reden. Der Eindruck, den er auf mich machte. Die Art, wie er seine Praxis führt. Und dann gibt es noch das eine oder andere in den Berichten der Detektei Bascom. Sie werden es ja selbst sehen, wenn Sie diese Berichte lesen.«

»Aber Bascom hat doch keine Beweise auftreiben können.«

»Stimmt. Verflucht noch mal, das ist ja das Schlimme!«

»Was verstehen Sie eigentlich unter einem Radikalen? Einen Anarchisten vielleicht?«

Sperling lächelte und zuckte die Schultern.

»Und wenn Sie die Beweise erhalten, was dann? Was werden Sie dann machen?«

»Ich werde sie meiner Tochter zeigen. Aber es muss sich um wirkliche Beweise handeln. Sie weiß bereits ganz genau, was ich denke. Ich hab's ihr schon längst gesagt. Sie hat's natürlich

Rony weitererzählt. Er hat mich groß angeschaut und es glatt geleugnet.«

Wolfe gab wieder einen seiner Grunzlaute von sich. »Hören Sie, mit dieser Sache können Sie leicht Ihre Zeit und Ihr Geld vergeuden. Nehmen wir mal an, Sie erhalten die Beweise. Und dann? Was geschieht, wenn Ihr geschätztes Fräulein Tochter das alles als besonders romantisch empfindet … und die wahre Liebe …?«

»Keine Angst. Die Sorge können wir uns sparen. Während ihres zweiten Jahrs im Smith College begann sie, sich für radikale Strömungen zu interessieren. Aber sie war bald kuriert. Jetzt ist sie der Ansicht, das sei vom intellektuellen Standpunkt aus abzulehnen. Ich sagte Ihnen ja schon, sie ist ein gescheites Mädchen.« Sperling warf einen Blick auf mich, sah dann wieder Wolfe an. »Wie steht's übrigens mit Ihnen und Goodwin? Ich kenne Sie ja nicht. Bin ich etwa in ein politisches Fettnäpfchen getreten?«

»Nein«, versicherte ihm Wolfe. »Wir teilen die Ansicht Ihrer Tochter.« Er warf mir einen Blick zu. »Stimmt's, Archie?«

Ich nickte. »Absolut richtig. Sie hat das sehr schön formuliert, warum sie jetzt gegen jeglichen Radikalismus ist.«

Sperling sah mich argwöhnisch an.

»Wie ist das eigentlich?«, fragte Wolfe. »Besteht die Möglichkeit, dass Ihre Tochter bereits mit Mr Rony verheiratet ist?«

»Um Himmels willen, nein!«

»Sind Sie absolut sicher?«

»Absolut. Das ist einfach absurd. Aber Sie kennen meine Tochter natürlich nicht. Sie ist ein aufrichtiges Mädchen. Wenn sie ihn heiraten will, wird sie es mir sagen – oder ihrer Mutter. Sie wird erst mit uns sprechen und danach mit ihm. Das ist nun mal ihre Art …« Sperling brach plötzlich ab. Aber schon nach ein paar Sekunden fuhr er fort. »Und gerade deswegen bin ich so beunruhigt. Diese quälende Sorge lässt mich einfach nicht los. Wenn sie sich erst einmal entschieden hat, dann ist nichts mehr zu machen. Ich sage Ihnen ja, Mr Wolfe, die Sache eilt. Wir müssen verdammt rasch handeln!«

Wolfe ließ sich in seinen Sessel zurückfallen. Er schloss die Augen. Sperling sah ihn eine Weile an, machte seinen Mund auf, schloss ihn wieder und warf dann einen forschenden Blick auf mich. Aber ich schüttelte nur den Kopf. Nach einigen Minuten wurde Sperling noch unruhiger. Er ballte seine knochigen Hände zu Fäusten. Dann streckte er die Hände wieder aus.

»Er schläft niemals bei Tage. Sein Gehirn arbeitet nur besser, wenn er die Augen geschlossen hat.«

Endlich hob Wolfe seine Augenlider ganz langsam. »Wenn Sie mich engagieren«, sagte er zu Sperling, »dann müssen wir uns erst mal darüber einig sein, wofür. Ich kann mich nicht verpflichten, den Beweis zu erbringen, dass Mr Rony ein Radikaler ist. Gibt es tatsächlich solche Beweise, dann bin ich bereit, mein Bestes zu tun, diese Beweise auch herbeizuschaffen. Aber können wir meinen Aufgabenbereich nicht etwas klarer umreißen? Wenn ich Sie recht verstehe, geht es Ihnen doch vor allem darum, dass Ihre Tochter jeden Gedanken an eine Ehe mit Mr Rony aufgibt und dass sie ihn nicht mehr in Ihr Haus einlädt. Stimmt das?«

»Ja.«

»Warum soll ich dann meinen strategischen Plan beschränken? Natürlich kann ich's versuchen, den Beweis zu erbringen, dass er ein Radikaler ist. Aber wenn er keiner ist, was dann? Und wenn er einer ist, und wir können es nicht so eindeutig beweisen, dass Ihre Tochter es glaubt? Warum sollen wir unser Vorgehen in derart lächerlicher Weise beschränken? Schließlich hat sich Mr Bascom schon einen ganzen Monat mit diesen Recherchen abgegeben und keinen Erfolg erzielt. Nein, Mr Sperling, ich glaube, wir definieren die mir übertragene Aufgabe lieber folgendermaßen: Ich verpflichte mich, das zu erreichen, worauf es Ihnen im Grunde ausschließlich ankommt. Wie das geschieht, ist meine Sache. Der Zweck heiligt die Mittel, verstehen Sie, sofern es sich dabei um Mittel handelt, die im Einklang mit unseren heutigen Anschauungen von Kultur und Zivilisation stehen. Wenn Sie mir eine diesbezügliche Vollmacht erteilen, würde es mir leichter fallen, Ihr Honorar anzunehmen, das übrigens fünftausend Dollar beträgt.«

Sperling dachte einen Augenblick nach. »Zum Teufel, er ist aber ein Radikaler!«

»Das ist Ihre fixe Idee, und wir wollen der Sache nachgehen. Habe ich genau formuliert, was Sie durch meine Tätigkeit erreichen wollen?«

»Ganz genau.«

»Dann werde ich mich mit Ihnen in Verbindung setzen, nachdem ich Mr Bascoms Berichte gründlich gelesen habe. Auf Wiedersehen, Mr Sperling. Es hat mich aufrichtig gefreut, dass Ihnen mein Büro ...«

»Aber die Sache eilt! Wir haben keine Zeit zu verlieren!«

»Ja, ich weiß.« Wolfe bemühte sich, auch weiter höflich zu bleiben. »Das gilt für alle Dinge, die in diesem Büro erörtert werden. Mr Goodwin wird sofort mit dem Lesen der Berichte beginnen. Nach dem Mittagessen wird er Sie in Ihrem Büro aufsuchen, um die nötigen Unterlagen zu erhalten. Passt es Ihnen um zwei Uhr?«

Es passte James U. Sperling keineswegs. Allem Anschein nach hatte er sich's in den Kopf gesetzt, den ganzen lieben langen Tag nichts anderes zu tun, als seine Tochter vor einem Schicksal zu retten, das ihm schlimmer als der Tod schien.

2

Zehn Minuten vor zwei stellte Wolfe seine leere Kaffeetasse auf den Tisch. Er schob seinen Stuhl zurück, erhob sich und verließ das Speisezimmer. Langsam schob er sich zum Fahrstuhl in der Vorhalle. Ich folgte ihm und rief: »Moment mal. Wie wär's, wenn wir vorher noch drei Minuten in Ihrem Büro sprechen würden?«

Er drehte sich um. »Ich dachte, Sie verschwinden jetzt, um den Mann mit seiner Tochter zu besuchen.«

»Bin schon auf dem besten Wege. Aber da Sie bei Tisch nie über geschäftliche Dinge reden und ich inzwischen die Berichte von Bascom gelesen habe, hätte ich noch ein paar Fragen zu stellen.«

Er warf einen prüfenden Blick auf die Tür zum Büro, stellte die Entfernung fest und brummte: »Also schön, fahren Sie mit mir 'rauf!« Sprach's, drehte sich um und ging zum Fahrstuhl.

Wie Wolfe seine festen Gewohnheiten und Lebensregeln hat, so hab' ich sie auch, und eine dieser Regeln lautet: Steige nie mit Wolfe in einen Fahrstuhl, denn er kann überladen sein! Ich raste also die Treppen hinauf. Wegen der prallen Junisonne waren die Jalousien heruntergezogen. Und doch war ich zunächst wie geblendet. Diese leuchtende Blütenpracht! Ich hielt einen Augenblick inne, um wenigstens einen bewundernden Blick auf eine besondere Orchideenart zu werfen.

Wolfe hatte schon sein Jackett ausgezogen. Ein Blick genügte. Er war bereit, mich anzuknurren.

»Ich muss zwei Dinge mit Ihnen besprechen«, sagte ich kurz und bündig. »Erstens: Bascom hat nicht nur ...«

Er war nicht kürzer, dafür aber noch bündiger: »Hat Bascom irgendeine Verbindung mit einer radikalen Organisation ermittelt?«

»Nein, aber er hat ...«

»Dann hat er nichts ermittelt, was uns interessieren könnte.« Er rollte sich die Hemdsärmel auf. »Wir werden über seine Berichte sprechen, wenn ich sie gelesen habe. Wen hat er bei seinen Ermittlungen beschäftigt? Gute Leute?«

»Und ob! Seine besten.«

»Dann hat's keinen Sinn, dass ich eine ganze Armee anwerbe, um dem gleichen Phantom nachzujagen, auch wenn Sperling dafür blechen müsste. Ich habe haarscharf formuliert, was wir versuchen werden. Mr Sperling war damit einverstanden. Suchen Sie ihn auf. Holen Sie sich alle Informationen. Lassen Sie sich vor allem in seine Wohnung einladen. Sie müssen Mr Rony treffen, um sich ein Bild von ihm machen zu können. Noch wichtiger ist, Archie, dass Sie sich ein Bild von Sperlings Tochter machen. Verstehen Sie mich? So umfassend wie möglich. Treffen Sie Verabredungen mit ihr. Fesseln Sie ihre Aufmerksamkeit. In einer Woche, spätestens in zwei, müsste es Ihnen gelingen, diesen Mr Rony aus dem Felde zu schlagen. Das ist das erste Ziel, das wir zu erreichen haben.«

»Was für eine Zumutung!« Ich sah ihn vorwurfsvoll an. »Sie meinen also, ich soll den Weg zu ihrem Herzen finden, ihr tief ins Auge sehen, sie betören, bezaubern und umgarnen?«

»Jeder hat seine eigenen Methoden.«

»Es bleibt also dabei, ich muss ihr armes Herz brechen?«

»Sie können vor dem letzten Akt der Tragödie aufhören.«

»Oder schon vor dem ersten Akt.« Ich stand vor ihm und kochte vor Wut. »Sie gehen zu weit. Ich bin mit Leib und Seele Detektiv. Ich bin mit Leib und Seele ein männliches Wesen. Aber ich muss es ganz entschieden ablehnen, meinen männlichen Charme auf diese schamlose Weise zu degradieren …«

»Archie!«, rief er spitz.

»Ja, Mr Wolfe?«

»Sagen Sie mal, Archie, mit wie vielen jungen Damen, die Sie ursprünglich im Zusammenhang mit Ihrer Arbeit bei mir kennen lernten, haben Sie eigentlich persönliche Beziehungen angeknüpft?«

»Mit fünf- bis sechstausend, nicht eingerechnet natürlich …«

»Und nun schlage ich vor, dass Sie in umgekehrter Reihenfolge vorgehen. Sie sollen zuerst die persönliche Beziehung anknüpfen. Was ist da schon dabei?«

»Ich habe die größten sittlichen Bedenken.« Ich zuckte die Achseln. »Okay. Vielleicht geht es auch ohne sittliche Bedenken. Mal sehen. Vor allem will ich die junge Dame erst mal kennen lernen.«

»Und jetzt ab, Archie. Sie werden sowieso schon zu spät kommen.« Er schaufelte Erde in ein Blumentöpfchen.

Ich erhöhte mein Stimmvolumen um ein paar Grade. »Ich habe immer noch ein oder zwei Fragen. Bascoms Leute hatten eine verdammt schwere Zeit, als sie hinter Mr Rony her waren. Schon bei ihrem ersten kleinen Beschattungsmanöver, als er überhaupt noch keinen Verdacht haben konnte, hat er Lunte gerochen. Weg war er. Bascom musste nun seine besten Leute einsetzen. Und auch das war nicht gut genug. Rony kannte alle Schliche, alle Tricks. Ob er nun radikal ist oder nicht, jedenfalls hat er diese Schliche und Tricks nicht in der Sonntagsschule gelernt.«

»Albernes Zeug!«, sagte Wolfe verächtlich. Er griff nach einer Dose mit irgendeiner mystischen Flüssigkeit für seine Pflanzen. Er schüttelte die Dose. »Archie, lassen Sie mich endlich allein!«

»In einer Minute. Dann ist da noch was. Drei Mal, das bemerkten die Bascom-Leute, ging er in Bischoffs Tierladen, wo man junge Hunde und kleine Katzen kaufen kann. Sie kennen doch den Laden in der Third Avenue. Er blieb da über eine Stunde. Und das Seltsame ist: Er selbst hält weder Hunde noch Katzen.«

Wolfe hörte auf, die Dose mit der mysteriösen Flüssigkeit zu schütteln. Er starrte die Dose an, als hätte er auch nicht die blasseste Ahnung, was sie enthielt. Er zögerte, stellte sie dann beiseite und sah mich scharf an.

»Oh«, sagte er. Es klang keineswegs schroff. »Das hat er also wirklich getan?«

»Ja, das hat er.«

Wolfe ließ seine Blicke durch den Raum schweifen. Er sah,

dass der überdimensionale Sessel ordnungsgemäß an seinem Platz stand. Er ging darauf zu und setzte sich.

Das war mir nun keineswegs Recht, dass ich ihn mit dieser Information derart beeindruckt hatte. Am liebsten hätte ich die ganze Sache unerwähnt gelassen. Aber das wagte ich nicht.

Jetzt saß er in seinem übergroßen Sessel und starrte mich an, als hätte ich Essig auf sein Kaviarbrötchen geschüttet. »Was wissen Sie über Bischoffs Tierladen?«, fragte er.

»Nichts Besonderes. Ich erinnere mich nur, dass Bischoff im vorigen November zu Ihnen kam und Ihnen irgendeinen Auftrag erteilen wollte. Und da sagten Sie ihm, Sie hätten keine Zeit, und ich wusste ganz genau, dass Sie Zeit genug hatten. Und als Bischoff dann ging, habe ich Ihnen Vorwürfe gemacht, und da haben Sie mir gesagt, Sie hätten nicht die geringste Lust, für Arnold Zeck oder gegen ihn zu arbeiten. Sie haben mir damals nicht erklärt, wieso Sie wussten, dass dieser Tierladen auch zu Arnold Zecks großem Gangster-Konzern gehört. Ich habe nicht weiter gefragt.«

»Archie, ich sagte Ihnen doch schon damals, Sie müssen diesen Namen vergessen!«

»Jetzt gehe ich 'runter, um Sperling anzurufen. Ich werde ihm sagen, Sie seien zu beschäftigt, könnten die Sache nicht übernehmen. Er hat ja sicher noch keine …«

»Nein. Archie! Gehen Sie sofort zu Sperling. Sie kommen sowieso schon zu spät.«

Ich war verblüfft. »Zum Teufel, was ist denn los? Kann ich denn keine Schlussfolgerungen mehr ziehen? Wenn Rony drei Mal in einem Monat in jenen Tierladen spazierte, und wahrscheinlich sogar noch öfter, wenn er da jedes Mal über eine Stunde blieb, wenn er selbst weder Katzen noch Hunde hält und ich dann zu dem logischen Schluss gelange, dass er wahrscheinlich für den Mann arbeitet, dessen Namen ich vergessen habe, dann ist es doch klar …«

»Ihr Hirn, Archie, arbeitet ganz normal. Aber dieser Fall

liegt doch etwas anders. Ich wusste genau, egal wie und woher, dass Bischoff kein Ehrenmann war. Ich wusste es, als er zu mir kam. Darum habe ich den Auftrag nicht übernommen. Den Auftrag von Mr Sperling habe ich aber übernommen. Ich kann aus der Sache nicht mehr aussteigen.« Er warf einen Blick auf die Uhr. »Gehen Sie jetzt lieber.«

Er stand auf, holte sich wieder die Dose mit der mysteriösen Flüssigkeit und schüttelte sie gründlich. Ich zog ab.

3

Diese Szene spielte sich am Donnerstag um zwei Uhr ab. Achtundvierzig Stunden später, am Sonnabend um zwei Uhr, stand ich im warmen Sonnenschein auf einer weißen Marmorplatte, die so groß wie mein Schlafzimmer war, und schwang ein lavendelblaues Handtuch, das so groß wie mein Badezimmer war, um eine Mücke von Gwenn Sperlings nackten Beinen zu verjagen. Kein schlechter Anfang für einen kleinen Casanova, selbst wenn man bedenkt, dass ich inkognito agierte. Ich war nicht mehr Archie. Jetzt hieß ich Andrew. Als ich Sperling Wolfes Vorschlag mitteilte, dass ich die Familie kennen lernen sollte – wohlweislich verschwieg ich natürlich Wolfes ›intimste‹ Gedanken –, da machte Sperling alle möglichen Einwendungen. Er war dagegen, dass ich Rony in seinem Hause traf. Er gab erst nach, als ich ihm erklärte, wir würden ein paar Leute anwerben, um Rony zu beschatten, alle Routine-Ermittlungen würden ordnungsgemäß durchgeführt werden, und ich würde versuchen, Ronys Freundschaft zu erringen. Er lud mich also für das Wochenende nach Stony Acres, seinem Landsitz in der Nähe von Chappaqua, ein. Er sagte, ich sollte unter einem anderen Namen erscheinen, weil er absolut sicher sei, dass seine Frau, sein Sohn und seine ältere Tochter Madeline gewiss schon von Archie Goodwin gehört hätten. Ich errötete bescheiden, bezweifelte das und bestand darauf, weiter als Goodwin herumzulaufen. Ich würde meine geplagten Nerven zu sehr belasten, sagte ich, wenn ich mich immer an meinen neuen Namen erinnern müsste. Schließlich einigten wir uns auf eine Kompromisslösung. Goodwin blieb Goodwin. Aus Archie wurde Andrew. Das passte immerhin auch zu dem Monogramm A.G. auf meiner Reisetasche, die mir Wolfe zum Geburtstag geschenkt hatte und die ich natürlich mitnehmen wollte, denn sie war aus feinstem Leder, und man muss doch schließlich sehen können, dass ich nicht armer Leute Kind bin.

Bascoms Berichte über Louis Ronys Besuche in Bischoffs Hunde- und Katzen-Menagerie hatten Sperling eine schöne Stange Geld gekostet. Wäre das nicht der Fall gewesen, hätte Wolfe Rony sicher laufen lassen und abgewartet, bis ich meinen Bericht über das Wochenende erstattet hätte. Im Übrigen litt Wolfe unter der Wahnvorstellung, dass sich die holde Weiblichkeit nur so auf mich stürzte, dass ich nur den kleinen Finger auszustrecken brauchte. Das war natürlich eine etwas merkwürdige Vorstellung, die der gute Wolfe da hatte. So einfach ist das auch nicht. Mit dem kleinen Finger allein klappt so was selten. Wie gesagt, aus all diesen Gründen hatte sich Wolfe bereits an die Arbeit gemacht, als ich am Donnerstagnachmittag von meinem Besuch bei Sperlings zurückkam. Er hatte inzwischen telefonisch Saul Panzer, Fred Durkin und Orrie Cather engagiert. Freitag früh erschienen sie im Büro. Saul bekam den Auftrag, sich gründlich mit Ronys Vorleben zu befassen. Fred und Orrie erhielten besondere Weisungen, wie, wo und wann sie Rony zu beschatten hatten. Ganz offensichtlich ließ sich Wolfe sein Selbstgefühl etwas kosten – auch wenn es auf Kosten von Sperling ging. Er hatte Arnold Zeck einmal am Telefon gesagt, dass er in seinen Ermittlungen immer so weit gehen werde, wie es der von ihm bearbeitete Fall erfordere, und dass er sich in dieser Hinsicht von niemandem Vorschriften machen lasse. Nun hatte Wolfe seine ersten Weisungen erteilt.

Er konnte sich wieder etwas Ruhe gönnen. Wenn Ronys Menagerie-Besuche wirklich bedeuteten, dass er im Sold von Arnold Zeck stand, und wenn Zeck bei seiner Drohung blieb »Finger weg!«, dann musste Nero Wolfe es ein für alle Mal eindeutig klar machen, dass man ihn so leicht nicht abwimmeln könne. Und das war der Grund, warum er Saul, Fred und Orrie engagiert hatte.

Schließlich war ich ja auch noch da. Am folgenden Sonnabendvormittag fuhr ich die Autostraße nach Westchester entlang. Ich überholte andere Wagen und ließ mich überholen, bog dann von der Autostraße ab und fuhr weisungsgemäß einige Kilometer über eine etwas holprige Landstraße, bis ich zu einer Art Privatweg kam, an dessen Seiten rechts und links verwitterte Säulen standen, von Efeu überwachsen. Die Fahrt ging nun durch einen schönen Park, und schließlich sah ich das Haus, einen mächtigen Steinbaukasten. Ich stoppte. Es sah ganz so aus, als ob ich am Ziel wäre. Da stand ein Mann, so um die vierzig, mit einem trübseligen Gesicht. Ich sagte ihm, ich sei der Fotograf, auf den man warte.

Sperling und ich hatten vereinbart, dass ich mich als der Sohn eines Geschäftsfreundes ausgeben solle und dass ich für einen Firmenprospekt Aufnahmen von Stony Acres machen wolle. Wir hatten das aus zwei Gründen vereinbart. Erstens muss der Mensch ja was darstellen, und zweitens wollte ich Aufnahmen von Louis Rony machen.

Vier Stunden später, nachdem ich alle kennen gelernt, gut zu Mittag gegessen und mit meinen zwei Kameras so professionell wie möglich losgeknipst hatte, stand ich am Rande des Schwimmbassins und verscheuchte die bereits erwähnte Mücke von Gwenns Beinen. Wir waren beide nass, da wir gerade aus dem Wasser kamen.

»Au«, sagte sie, »das Klatschen mit dem Handtuch tut ja viel mehr weh als ein Mückenstich … wenn es überhaupt eine Mücke war.«

Ich gab ihr die Versicherung, dass es eine war.

»Dann wäre ich Ihnen aber sehr verbunden, wenn Sie mir das nächste Mal erst die Mücke zeigen. Vielleicht kann ich selbst mit ihr fertig werden.«

Sie war eine angenehme Überraschung. Nach der Schilderung ihres Herrn Papa hatte ich mir einen intellektuellen Blaustrumpf in einfacher Verpackung vorgestellt. Aber die Verpackung war reizvoll genug, um die Aufmerksamkeit vom Inhalt abzulenken. An ihrem Gesicht war gewiss nichts auszusetzen. Sie war ein hübsches Ding, und ihre Kurven, die ich sofort gewahrte, als sie in einem Badeanzug erschien, waren in jeder Beziehung zufrieden stellend.

»Setzen Sie sich hin, ich werde Ihnen einen Drink mixen.«

Wolfe will, dass ich meinen ganzen Charme an Gwenn vergeude, dachte ich traurig. Denn Madeline war attraktiver. Sie war schlank und hatte dennoch genügend Kurven. Ihr ovales Gesicht, ihre großen schwarzen Augen, die sie gern halbgeschlossen hielt, um sie dann plötzlich aufzureißen und den Beschauer anzublitzen – nun, das war gewiss nicht so ohne. Ich wusste bereits, dass ihr Mann bei einem Autounfall ums Leben gekommen war. Ich wusste auch, dass sie glaubte, bereits alles erlebt zu haben, was es Erlebenswertes gäbe.

Ich folgte also Gwenn, und wir saßen beide auf einer Bank in der Sonne. Aber sie mixte mir keinen Drink, weil drei Männer um den kleinen Servierwagen standen, auf dem sich die Getränke befanden. Einer von diesen drei Männern war James U. Sperling junior. Er war vielleicht ein oder zwei Jahre älter als Madeline. Seine schlanke, straffe Figur, seine sonnengebräunte Haut oder sein Mund, der weichlich wirkte, hätten niemanden dazu verführt, ihn für einen Geschäftsmann zu halten. Ich hatte ihn vorher noch nicht gesehen, wohl aber manches über ihn gehört. Ich könnte keinen Eid darauf schwören, aber wenn mich mein Gedächtnis nicht täuschte, war er den Worten seines Vaters nach ein seriöser junger Mann, der redlich bestrebt war, sich im Betrieb seines Vaters nützlich zu machen, und der oft Reisen nach Brasilien, Nevada oder Arizona unternahm, um sich mit der Bergwerksarbeit vertraut zu machen, der aber leicht ermüdete und dann zur Erholung nach New York zurück musste, was ihm dadurch erleichtert wurde, dass er dort eine Menge Leute kannte, mit denen er die Zeit angenehm verbringen konnte.

Die beiden anderen Männer, die mit ihm beim Servierwagen standen, waren Gäste. Da sich mein Interesse auf Rony und Gwenn konzentrierte, hatte ich mich um die übrigen Gäste nicht gekümmert. Natürlich war ich auch ihnen gegenüber höflich gewesen, doch ich hatte nicht die Absicht, sie in meine Ermittlungen einzubeziehen, es sei denn, dass besondere Umstände dazu führen sollten. Doch Absichten hin, Absichten her. Mir schien, dass sie nun vielleicht doch etwas mehr Aufmerksamkeit verdienen würden. Es sah ganz so aus, als ob sich da eine gewisse Situation entwickeln würde. Man weiß ja nie. Ich dehnte also meinen Aktionsbereich ein wenig aus. Wenn ich, Archie Goodwin, je eine Frau sah, die auf Männerfang ausging, dann war es Mrs Emerson, von ihren Freunden und Feinden nur Connie genannt, die nun ihre Angel nach Rony auswarf.

Aber bleiben wir zunächst mal bei den beiden Männern. Der eine war nichts weiter als ein Salonlöwe. Er war etwas älter als ich und hieß Webster Kane. Ich hatte in Erfahrung gebracht, dass er so etwas wie ein Wirtschaftsfachmann war, der mal irgendeine Arbeit für das Grubenkartell Continental durchgeführt hatte und der sich nun als alter Freund der Familie aufspielte. Er hatte einen gut geformten Kopf. Er kümmerte sich offensichtlich nicht darum, wie seine Kleider aussahen. Aber er war kein Abstinenzler.

Der andere Mann interessierte mich mehr. Ich war froh darüber, dass ich ihn mal unter die Lupe nehmen konnte, denn ich hatte Wolfe oft über ihn reden hören. Es war Paul Emerson, der fünfmal in der Woche, abends um 6 Uhr 30, einen Kommentar zu den Tagesnachrichten gab, in einem Programm, das vom Grubenkartell Continental finanziert wurde. Ungefähr einmal wöchentlich hörte sich Wolfe die Sendung an. Doch fast nie bis zum Ende.

Emsersons Aussehen entsprach nicht meinen Erwartungen. Er glich aufs Haar meinem früheren Chemielehrer. Man sah es diesem Zeitgenossen auch an, dass er ein nervöses Magenleiden hatte. Etwas Sodawasser war alles, was er trank. In seiner Badehose sah er wirklich reichlich kümmerlich aus, ein halb nacktes Bild des Jammers.

Es war Emersons Frau Connie, die für unseren Fall interessant zu werden schien. Sie war eine jener seltenen Blondinen, denen Sonnenbräune gut steht, und wenn man ganz objektiv war, hatte sie besser geformte Arme und Beine als Gwenn oder Madeline, obwohl sie sich den Vierzigern näherte. Sie saß mit Louis Rony auf der anderen Seite des Bassins und holte tief Luft, nachdem sie ihm einen Ringkämpfergriff gezeigt hatte, der ihn platt zu Boden warf. Und Rony war schließlich kein Streichholz, das einfach umknickte. Jedenfalls war das eine neue Technik, einen Mann zu erobern, und offensichtlich eine Technik, die gewisse Vorteile bot. Sie kannte auch sonst noch allerlei Tricks.

Und Louis Rony – er war das große Rätsel. Man nahm an, dass er mit allen Mitteln Gwenn zu erobern suchte, entweder weil er in sie verliebt war oder weil er etwas erreichen wollte, das nur über sie möglich war. Wenn das aber der Fall war, warum kokettierte er dann mit dieser schon etwas reifen Blondine? Wollte er Gwenn ärgern? Natürlich hatte ich seine Physiognomie genau studiert. Dabei war es mir nicht entgangen, dass seine Züge eine gewisse Härte aufwiesen. Auf Grund meiner Nachforschungen, die sich nicht nur auf Bascoms Berichte beschränkten, wusste ich alles über seine Tätigkeit als Strafverteidiger. Er hatte sensationelle Erfolge als Verteidiger von Taschendieben, Mitgliedern von Verbrecherbanden, großen und kleinen Schwindlern, Hehlern und auch von braven Leuten erzielt. Aber ich war mir noch nicht klar darüber, ob er wirklich ein Kandidat für die Nachfolge des berühmten Strafverteidigers Abe Hummels war oder nur ein Mann, der eine neue Methode ausprobierte, um Skandale zu entfachen. Oder war er nur eine Marionette von Arnold Zeck – oder gar nur ein armer irregeleiteter Idealist, der einfach aus Menschenliebe jeder leidenden Kreatur helfen musste?

Das war eine heikle Frage, die ich noch nicht beantworten konnte. Aber im Augenblick gab es noch eine andere Frage, die mindestens so rätselhaft war. Was erhoffte er sich eigentlich von seinem Flirt mit Connie Emerson? Und dann noch etwas: In der Innenseite seiner Badehose trug er eine wasserdichte Brieftasche, einen Beutel oder so was Ähnliches. Wozu? Vier Mal hatte ich beobachtet, wie er diesem wasserdichten Objekt seine Aufmerksamkeit zuwandte, natürlich nicht gerade so, dass jeder es sehen konnte. Gerade jetzt war meine Neugier auf dem Siedepunkt. Unmittelbar nach der kleinen Ringkampf-Episode mit Connie hatte er dieses sonderbare Objekt sogar hervorgeholt, um es sich anzuschauen. Und dann hatte er es wieder zurückgesteckt. Warum? Meine Augen hatten noch nichts von ihrer Schärfe verloren. Ich hatte besagtes Objekt ganz deutlich gesehen.

Natürlich missbilligte ich dieses Verhalten. In einem öffentlichen Strandbad, ja von mir aus auch in einem Privatbad, wo es eine ganze Horde von Fremden gibt und man sich mit anderen Männern in einer Gemeinschaftskabine umkleiden muss, hat selbstverständlich jeder das Recht, seine Wertsachen in einen wasserdichten Behälter zu stopfen und mit sich herumzutragen. Aber Rony war doch schließlich ein Gast des Hauses wie wir alle. Er hatte sich in einem für ihn reservierten Zimmer ausgezogen, das übrigens ganz nahe bei meinem im zweiten Stock gelegen war. In seinem Zimmer hätte Rony diesen kleinen Gegenstand, der ihm so wichtig schien, doch ganz bequem irgendwo ablegen können, wo ihn niemand gefunden hätte. Es war eine Beleidigung für uns alle. Auch für mich. Zugegeben, er behielt seine Sorge um besagtes Objekt für sich. Außer mir hatte es offenbar niemand bemerkt.

Madelines Finger berührten meinen Arm. Ich nippte gerade an meinem Gin mit Zitrone und Sodawasser. Nach dem Nippen drehte ich mich um.

»Na?«

»Na was?« Sie lächelte, öffnete ihre Augen.

»Sie haben mich angefasst.«

»Wirklich? Nein, das muss jemand anderes gewesen sein.«

Offensichtlich wollte sie mich aufziehen. Langsamen Schrittes kam Paul Emerson heran. Er knurrte mich an.

»Das habe ich übrigens vergessen, Ihnen zu sagen, Goodwin. Keine Bilder ohne meine besondere Erlaubnis – ich meine für Veröffentlichung in einer Zeitung.«

»Wie bitte? Meinen Sie damit alle Aufnahmen? Oder nur Bilder von Ihnen?

»Nur von mir. Bitte vergessen Sie das nicht.«

Auf der gegenüberliegenden Seite des Schwimmbeckens hatten Rony und Connie Emerson ihren Atem wieder gefunden. Sie schickten sich jetzt an, ins Bassin zu springen. Sperling junior erschien auf der Bildfläche und fragte, ob ich noch einen Drink haben möchte. Als ich bejahte, meinte Webster Kane, er werde sich darum kümmern.

Ich muss schon sagen, seit einer Ewigkeit hatte ich als Detektiv keine Aufgabe zu erledigen gehabt, die mir so auf den Leib zugeschnitten war wie die Arbeit hier. Es hätte auch kein Wölkchen an meinem Detektiv-Himmel gegeben, wenn da nicht besagtes wasserdichtes Objekt gewesen wäre, Brieftasche oder Beutel, um das Rony so besorgt war. Die Angelegenheit bedurfte noch einiger Recherchen. Aber die mussten auf später verschoben werden.

4

Einige Stunden später befand ich mich in meinem Zimmer im zweiten Stock, das drei große Fenster und zwei besonders breite Betten hatte und im Übrigen mit Möbeln und Perserbrücken eingerichtet war, wie ich sie nie im Leben besitzen werde. Ich machte mich zum Abendessen fertig. Anschließend holte ich meine Schlüssel aus ihrem Versteck hervor. Ich hatte sie auf dem Bücherbrett hinter einem dicken Schmöker verborgen. Dann nahm ich mein Necessaire aus der Reisetasche und öffnete es. Die besondere Art meines Berufes erforderte es eben, dass ich in meinem Necessaire eine ganze Reihe ungewöhnlicher Gegenstände herumschleppen musste. Alles, was ich diesem Kästchen entnahm, war ein winziger, runder Gegenstand. Mit größter Behutsamkeit steckte ich ihn in die rechte Seitentasche meines Jacketts. Wie gesagt, ich fasste den Gegenstand ganz behutsam an, mit einer Pinzette, denn er war so empfindlich, löste sich so leicht auf, dass schon die normale Feuchtigkeit der Finger die Substanz bedroht hätte. Ich schloss das Kästchen wieder zu und verstaute es in der Reisetasche.

Die Tür ging auf, und Madeline trat ein. Sie kam näher, eingehüllt in ein hauchdünnes, weißes Faltengewand.

»Wie gefällt Ihnen mein Kleid, Archie?«, fragte sie.

»Ist ja vielleicht nicht gerade das, was man bei offiziellen Gelegenheiten trägt, aber immerhin …« Ich brach den Satz ab und sah sie an. »Gefällt Ihnen der Name Andy nicht?«

»Ich finde Archie schöner.«

»Dann bleiben wir doch lieber bei diesem Namen. Wann hat Ihnen Ihr Herr Papa das große Geheimnis anvertraut?«

»Von ihm weiß ich es nicht. Ich möchte Ihnen etwas zeigen.« Sie drehte sich um und ging aus dem Zimmer.

Ich folgte ihr. Nebeneinander gingen wir durch die große

Halle, kamen zu einem Treppenabsatz, schritten die Stufen hinunter und kamen durch eine Halle in einen anderen Flügel des Gebäudes. Sie führte mich nun in einen Raum, dessen Tür offen stand. Er war doppelt so groß wie mein Zimmer, das ich schon für einen Saal gehalten hatte. Durch die geöffneten Fenster drang aus dem Garten der würzige Geruch des Sommers, zu dem noch der betäubende Duft von Rosen kam, die überall in großen Vasen herumstanden. Ich hätte mich gern erst im Raum ein wenig umgeschaut, aber sie führte mich gleich zu einem Tisch, auf dem eine dicke Ledermappe lag. Sie schlug die Mappe auf.

»Hier, schauen Sie. Damals war ich jung und ausgelassen!«

Ich war sofort im Bilde. Ich hatte ja den gleichen Zeitungsausschnitt zu Hause im Archiv. Es war ein Bild mit Text aus der *Gazette.* Mein Konterfei ist natürlich nicht so oft in der Zeitung erschienen wie die Aufnahmen von Churchill, Cary Grant oder von Nero Wolfe. Aber damals hatte ich ein Mordsglück gehabt. Ich hatte nämlich einem Kerl die Pistole aus der Hand gerissen – gerade in dem Moment, als er abdrücken wollte.

Ich nickte stolz.

Sie nickte ihrerseits. »Ja, ja ... ich war damals siebzehn. Einen ganzen Monat lang war ich richtig in Sie verknallt.«

»Kein Wunder. Aber haben Sie diesen Ausschnitt herumgezeigt?«

»Nein! Wozu sollte ich das? Wissen Sie, dass Sie eigentlich Prügel verdienen?«

»Ja, natürlich weiß ich das. Und vor einer Stunde hätte ich noch mehr Prügel verdient. Da habe ich mir eingebildet, Sie hätten meine Nase gern oder mein Haar, meine Figur oder irgend was. Und was war es? Nichts als die wieder aufgewärmte Erinnerung.«

»Und wenn alles wieder aufflammt, Realität wird?«

»Wozu die bittere Pille versüßen? Im Übrigen habe ich jetzt

ein Problem. Wer könnte sich noch an dieses Bild erinnern? Außer Ihnen müssen es doch noch andere gesehen haben.«

Sie überlegte einen Augenblick. »Gwenn vielleicht. Aber ich möchte es bezweifeln. Und sonst wohl niemand. Weshalb sind Sie eigentlich hier? Wegen Louis Rony?«

Jetzt war ich an der Reihe, einen Augenblick zu überlegen. Ich saß bildschön in der Klemme.

»Also doch Louis Rony«, sagte sie.

»Oder auch nicht. Und wenn er es ist, was dann?«

Sie kam ganz nah an mich heran, fasste mich mit beiden Händen an den Aufschlägen meines Jacketts. Ihre Augen waren jetzt weit offen. »Mein edler Ritter«, sagte sie. Es klang ganz ernsthaft. Fast so, als ob sie es wirklich so meinte. »Kümmern wir uns jetzt nicht darum, ob meine Schwärmereien wieder aufleben oder nicht. Ich warne Sie, Archie. Stürzen Sie meine Schwester nicht ins Unglück. Seien Sie vorsichtig. Sie ist jetzt zweiundzwanzig. Gwenn ist so rein und unschuldig wie eine Rose. Nein, nicht wie eine Rose. Sie verstehen mich schon. Was Louis Rony betrifft, so sind mein Vater und ich einer Ansicht. Aber es kommt darauf an, wie man die Sache anpackt. Vielleicht gibt es nur einen Weg, um ihre Gefühle nicht zu verletzen. Und das wäre, wenn man ihm einfach eine Kugel in den Kopf jagt. Ich sage Ihnen nochmals, Archie, es geht nicht um meinen Vater oder meine Mutter. Nicht um mich oder Rony. Es geht nur um meine Schwester. Glauben Sie mir.«

Als wir nun gemeinsam die Treppen zur großen Empfangshalle hinunterstiegen, fiel es mir plötzlich wie Schuppen von den Augen. Archie, sagte ich mir, du wandelst über dicke Teppiche, aber du bist auf dem Holzwege! Ich hatte das Gefühl, dass ich sehr rasch und erfolgreich eine persönliche Beziehung angeknüpft hatte – nur nicht mit der richtigen Person.

Wir speisten auf der West-Terrasse, von wo man die untergehende Sonne beobachten konnte. Aber dazu war ich ja nicht hergekommen. Ich überließ sie ihrem Untergang. Zu diesem

Zeitpunkt war Mrs Sperling die einzige Person, die mich noch formell Mr Goodwin nannte. Sie hatte mich als Tischherrn. Wahrscheinlich sollte dadurch meine gesellschaftliche Stellung als Sohn eines Geschäftsfreundes des Herrn Generaldirektors unterstrichen werden. Mit dem Spürsinn des gewitzten Detektivs war ich mir sofort darüber klar, dass Sperling junior ganz nach der Mama geschlagen war. Vor allem hatten sie beide den gleichen Mund. Im Übrigen spürte ich sofort, dass sie ihren Haushalt gut in Schuss hatte. Das Personal, das bei Tisch bediente, sah so aus, als ob es schon lange hier in Stellung war und wahrscheinlich noch lange bleiben würde.

Nach dem Essen hielten wir uns noch einige Zeit auf der Terrasse auf. Als es anfing, dunkel zu werden, begaben wir uns alle ins Haus, mit Ausnahme von Gwenn und Rony, die über die große Rasenfläche im Park schlenderten. Webster Kane und Mrs Sperling sagten, sie wollten sich eine Fernsehsendung ansehen. Ich wurde zu einer Bridge-Partie aufgefordert, erklärte aber, ich hätte eine Verabredung mit Sperling, um fotografische Pläne für morgen zu besprechen, was übrigens auch stimmte. Sperling führte mich in einen Teil des Hauses, den ich vorher noch nicht gesehen hatte, in einen Raum mit hoher Decke, schätzungsweise viertausend Büchern in den Regalen, einem Fernschreiber und einem großen Schreibtisch, auf dem sich fünf Telefone befanden. Er forderte mich zum Sitzen auf und fragte, was für Wünsche ich jetzt habe. Die Art, wie er zu mir sprach, war nicht so, wie ein Gastgeber zu seinem Gast redet, sondern ähnelte mehr der, wie ein hoher Vorgesetzter zu einem kleinen Angestellten spricht, der gerade in die Firma eingetreten ist.

»Ihre Tochter Madeline weiß, wer ich bin. Sie hat früher mal ein Bild von mir gesehen und scheint ein gutes Gedächtnis zu haben.«

Er nickte. »Ja, das hat sie. Ist das wirklich so wichtig?«

»Nicht, wenn sie die Sache für sich behält, und ich glaube,

das wird sie. Aber ich hielt es für geboten, Sie entsprechend zu informieren. Wenn Sie es für richtig halten, können Sie ja mit ihr darüber reden.«

»Ich glaube nicht, dass ich es tun werde. Ich will's mir aber noch überlegen.« Er setzte eine finstere Miene auf, aber nicht meinetwegen. »Was ist mit Rony?«

»Er war die ganze Zeit über sehr beschäftigt. Aber weswegen ich mit Ihnen reden wollte, betrifft etwas ganz anderes. Ich habe festgestellt, dass Sie für Ihre Gästezimmer Schlüssel haben. Ich halte es für sehr richtig. Aber leider habe ich meinen Schlüssel mitgenommen und ihn im Schwimmbassin verloren. Da ich aber mein Schlafzimmer abends unbedingt absperren will, weil ich von Natur etwas nervös und ängstlich veranlagt bin, wäre ich Ihnen sehr verbunden, wenn Sie mir für diese Nacht Ihren Hauptschlüssel leihen könnten.«

Er begriff ziemlich schnell und lächelte schon, ehe ich den Satz beendet hatte. Dann schüttelte er den Kopf. »Es gibt gewisse gesellschaftliche Konventionen, an die man sich eben halten muss ... ach, zum Teufel mit diesen Konventionen! Aber er ist hier als der Gast meiner Tochter und mit meiner Einwilligung. Ich möchte Ihnen lieber nicht die Tür zu seinem Zimmer öffnen. Aus welchem Grunde wollen Sie denn ...?«

»Ich habe von *meiner* Tür gesprochen, Mr Sperling, und nicht von den Türen anderer Personen.«

Er brach in schallendes Gelächter aus. Geduldig wartete ich. Dann ging er zur Tür eines großen Tresors, der in die Wand eingebaut war. Er zog ein Fach heraus, wühlte in seinem Inhalt. Als er auf mich zukam, hielt er einen Schlüssel in der Hand, der mit einem Anhänger versehen war.

Ich nahm den Schlüssel. »Danke verbindlichst«, sagte ich. Als ich ins Wohnzimmer zurückkam, das etwa so groß wie ein privater Tennisplatz war, hatte die Bridge-Partie noch nicht angefangen. Gwenn und Rony hatten sich der übrigen Gesellschaft wieder angeschlossen: Ein Plattenspieler plärrte. Man tanzte in der Nähe der Türen, die zur Terrasse führten. Jimmy Sperling tanzte mit Connie Emerson. Paul Emerson wirkte noch muffiger, noch sauertöpfischer als vorher im Freien. Nach dem Essen hatte er drei verschiedene Pillen geschluckt. Vielleicht hatte er die falschen erwischt. Ich ging zu Madeline, forderte sie zu einem Tanz auf. Schon nach den ersten Schritten wusste ich, wie gut sie tanzte.

Etwas später kam Mrs Sperling ins Wohnzimmer. Sperling und Webster Kane folgten ihr bald. Nach einiger Zeit leerte sich die Tanzfläche. Jemand meinte, dass man doch auch ans Schlafengehen denken müsse. Es hatte ganz den Anschein, als ob ich keine Gelegenheit mehr finden würde, mich der kleinen braunen Kapsel zu entledigen, die ich meinem Necessaire entnommen hatte. Einige Gäste hatten die mit allen nur denkbaren Drinks versehene Bar frequentiert, die auf einem Servierwagen aufgebaut war. Aber Rony war nicht dabei. Wieder mal Pech gehabt, sagte ich zu mir. Doch gerade, als ich das dachte, wurde Webster Kane sehr munter. Alle müssen noch einen letzten Schluck vor dem Schlafengehen trinken, sagte er. Ich wählte für mich einen Bourbon-Whisky mit Wasser, weil ich am Nachmittag beobachtet hatte, dass Bourbon das Lieblingsgetränk von Rony war. Die ersten Silberstreifen zogen am Horizont auf, als ich sah, wie Jimmy Sperling die Flasche mit Bourbon nahm und ein Glas für Rony füllte. Die weitere Handlung verlief nun so glatt, als hätte ich das Drehbuch selbst geschrieben. Rony trank einen Schluck. Dann setzte er das Glas auf den Tisch, denn er musste jetzt beide Hände frei haben, da Connie Emerson ihm einen neuen Tanzschritt zeigen wollte. Ich trank auch einen Schluck aus meinem Glas, damit es etwa gleich voll war wie seins, holte dann die Kapsel aus meiner Tasche und ließ sie in mein Glas fallen. Ganz ungezwungen näherte ich mich dann dem Tisch, stellte mein Glas neben das Glas von Rony, um mir eine Zigarette anzünden zu können. Dann nahm ich das Glas wieder in die Hand, aber das andere.

Niemand hatte auch nur die geringste Chance, dieses Manöver beobachten zu können. Es ging alles wie am Schnürchen.

Bisher hatte ich Glück gehabt. Nun war es aus damit. Als Connie Rony losließ, ging er zum Tisch und holte sich sein Glas. Aber er trank nicht. Er hielt einfach das Glas in der Hand. Nach einiger Zeit versuchte ich, ihn zum Trinken aufzumuntern. Er unterhielt sich mit Gwenn und Connie. Ich schloss mich ihnen an und machte unentwegt große Schlucke aus meinem Glas. Ja, ich machte sogar ein paar treffende Bemerkungen über Bourbon-Whisky im Allgemeinen und diesen Bourbon im Besonderen. Aber er nippte nicht einmal an seinem Glas. Zwei oder drei der Anwesenden sagten gute Nacht, und ich drehte mich um. Als ich mich dann wieder meiner Gruppe zuwandte, sah ich, dass Rony zur Bar gegangen war, um dort sein Glas abzustellen. Hatte er es plötzlich ausgetrunken? Nein, er hatte es nicht. Ich stellte mein Glas hin, griff nach einer Salzstange, die in einem Körbchen neben den Flaschen stand, und beugte meinen Kopf tief genug, um unbemerkt am Eiskübel herumzuschnuppern. Verdammt noch mal! Er hatte seinen Whisky in den Kübel geschüttet.

Ich begab mich eilends auf mein Zimmer. Selbstverständlich war ich wütend auf mich, dass ich diese Sache verpatzt hatte. Ich rekonstruierte alles nochmals. Es war absolut sicher, dass er das Vertauschen der Gläser nicht bemerkt haben konnte. Er hatte mit dem Rücken zum Tisch gestanden. Es gab keinen Spiegel, der meine rasche Handbewegung aufgefangen hätte. Auch Connie konnte es nicht gesehen haben, da er zwischen ihr und dem Tisch gestanden und so ihr Blickfeld blockiert hatte, da sie ihm nur bis ans Kinn reichte. Ich exerzierte das ganze Manöver dann abermals durch und kam zu dem Schluss: Niemand konnte es gesehen haben. Ich war müde. Ich gähnte. Und während ich gähnte, fasste ich den Beschluss, lieber doch nicht Sperlings Hauptschlüssel zu benutzen. Aus welchen Gründen auch immer Rony seinen Drink in den Kübel geschüttet hatte, fest stand jedenfalls, dass er ihn weggeschüttet hatte. Und das bedeutete: Nicht nur war er keineswegs betäubt, sondern verdammt wach.

Ich griff nach meiner Pyjamajacke. Doch mitten im Greifen musste ich innehalten, weil ich wieder so schrecklich gähnte. Ich hatte ja kein Recht zu gähnen, nachdem ich eben so eine lächerliche Anfängerarbeit, wie einen Mann zu betäuben, derart verpatzt hatte ... seltsam, ich war aber gar nicht wütend ... ich war nur elend müde, hundemüde ...

Ich erinnere mich nur noch, dass ich mit zusammengebissenen Zähnen murmelte: »Archie, du Vollidiot, du bist betäubt.«

5

Was für ein Sonntag! Fast den ganzen Tag regnete es.

Gwenn setzte mir zu, ich sollte doch mit Blitzlicht Innenaufnahmen machen. Starker schwarzer Kaffee schien auch nicht zu helfen. Sperling glaubte, ich hätte einen Katzenjammer, und er lächelte keineswegs, als ich ihm den Hauptschlüssel zurückgab und es glattweg ablehnte, über die Ereignisse der Nacht in irgendeiner Form zu berichten. Madeline fand die ganze Sache sehr komisch. Schließlich kaperte man mich für eine Bridge-Partie. Seltsam ... alle Karten schienen ihren Schatten vorauszuwerfen. Ich war einfach hellseherisch geworden. Nichts konnte meinen Siegeszug hemmen. Aber das Allerschlimmste stand mir noch bevor, als Webster Kane zu der Erkenntnis kam, ich sei jetzt gerade in der richtigen Verfassung, um einen Kurs in Nationalökonomie zu nehmen, und sogleich mit der ersten Lektion begann. Sie dauerte eine Stunde.

Ich war weiß Gott nicht in der Stimmung, von meinem Zustand ganz zu schweigen, um auch nur die einfachsten Bruchrechnungen durchzuführen, volkswirtschaftliche Probleme zu lösen oder gar erst eine Beziehung mit Gwenn anzuknüpfen.

Und mit Madeline auch nicht. Irgendwann am Nachmittag erwischte mich Madeline, als ich gerade allein war. Sie versuchte mich auszuquetschen, was eigentlich meine Pläne in Bezug auf ihre Schwester seien. Nur mit Ach und Krach konnte ich es verhüten, dass ich nicht aus der Schule plauderte. Während wir so sprachen, erzählte mir Madeline das eine oder andere über ihre Familie und die anderen Gäste. Unter anderem erfuhr ich, dass nur Sperling eine absolut negative Einstellung zu Rony hatte. Ihre Mutter und auch ihr Bruder hatten ihn zunächst recht gern gehabt. Dann hatten sie sich mehr oder minder auf Sperlings Seite gestellt. Vor etwa einem Monat hatten sie ihre Einstellung wieder geändert und waren nun der Ansicht, dass die Entscheidung einzig und allein bei Gwenn liegen müsse. Dieser Meinungsumschwung war zu der Zeit erfolgt, als man es Rony wieder erlaubte, das Haus mit seiner Anwesenheit zu beehren. Connie Emerson, so erzählte mir Madeline weiter, habe offensichtlich den Entschluss gefasst, den gordischen Knoten zu lösen. Ihr Plan sei, Rony von Gwenn abzulenken. Ihr Herr Gemahl stehe Rony nicht muffiger gegenüber als seinen meisten übrigen Mitmenschen. Die Einstellung von Webster Kane sei alles in allem recht gleichgültig. Sie sei deswegen nicht ohne Bedeutung, weil er ja eine Art Hausfreund sei. Kane habe an sich für Rony nicht viel übrig. Persönlich mache er sich nichts aus ihm. Aber bloßer Verdacht genüge nicht, um einen Menschen zu verdammen. Er habe darüber auch eine erregte Auseinandersetzung mit Sperling gehabt.

Einige dieser Informationen, die ich von Madeline erhielt, hätten sicherlich ganz nützlich für die Beantwortung der Frage sein können: Wer hat das Betäubungsmittel in Ronys Glas praktiziert? Aber ich war jetzt nicht in der Verfassung, diese Informationen auszuwerten. Ich hätte mich schon längst wieder ins Bett gelegt, wenn da nicht eine Sache gewesen wäre, der ich noch nachgehen wollte.

Die Möglichkeit, dass ich selbst die kleine braune Kapsel mit meinem Bourbon heruntergeschluckt hatte, kam nicht in Frage. Ich hatte die beiden Gläser einwandfrei vertauscht. Rony hatte nicht gesehen, wie ich die Gläser umstellte, und niemand sonst hatte es bemerkt, der ihn hätte warnen können. Über diesen Punkt war ich mir völlig klar. Blieb nur eine Schlussfolgerung: Irgend jemand anderes musste es getan haben, und Rony wusste es oder hatte zumindest den Verdacht. Es wäre nun natürlich sehr interessant gewesen, genau zu wissen, wer es getan hatte. Aber die Zahl der möglichen Kandidaten war zu groß. Webster Kane hatte die Drinks mit Hilfe von Madeline und Connie gemixt, Jimmy hatte Rony das Glas gereicht. Wer konnte es gewesen sein? Zu allem Unglück hatte ich mein eigenes Glas nicht die ganze Zeit scharf im Auge behalten können, da ich mich ja umgewandt hatte, um gute Nacht zu wünschen. Es bestand also die Möglichkeit, dass ein Betäubungsmittel in *mein* Glas geschüttet wurde.

Aber das war es nicht, was mich noch immer auf den Beinen hielt, statt mein müdes Haupt endlich zur wohlverdienten Ruhe zu legen. Nein, was mich weiter aufrecht hielt, was mich dazu bewegte, Bridge zu spielen oder mit zwei Kameras hinter Gwenn herzutorkeln, war ein Bild, das ich nie vergessen werde: Da hat dieser Louis Rony also am Tisch gestanden und seinen Bourbon mit meiner braunen Kapsel einfach in den Kübel geschüttet, während ich selbst bis zum letzten Tropfen das Glas leerte, in das irgendein anderer ein anderes Betäubungsmittel geschüttet hatte, das vermutlich ebenfalls für Rony bestimmt war.

Die äußeren Umstände schienen mich zu begünstigen. Vorsichtig, ganz ohne Eile, sammelte ich meine Informationen. Rony war am Freitagabend mit der Bahn gekommen. Gwenn hatte ihn an der Station abgeholt. Am Sonntagabend, also heute, musste er wieder in die Stadt zurückfahren. Keiner der übrigen Gäste fuhr abends mit dem Wagen nach New York zurück, sodass er auch für die Rückfahrt wieder die Eisenbahn benutzen musste. Paul und Connie Emerson waren für eine ganze Woche gekommen. Webster war für unbestimmte Zeit hier. Er bereitete irgendeinen Bericht für das Grubenkartell vor. Mrs Sperling und ihre beiden Töchter hatten die Absicht, den ganzen Sommer in Stony Acres zu bleiben. Mr Sperling und sein Sprössling würden ganz gewiss nicht am Sonntagabend in die Stadt zurückfahren. Blieb also für Rony nur die Eisenbahn. Darauf baute ich meinen Plan. Ich wollte dableiben, bis der Hauptverkehr auf der Autostraße abgeflaut war. Bestimmt würde er die Rückfahrt in meinem Wagen der Rückreise in einem überfüllten Eisenbahnabteil vorziehen.

Ich fragte ihn nicht direkt. Stattdessen machte ich diesen Vorschlag nur so ganz beiläufig, als ich mit Gwenn sprach. Später machte ich ihn nicht ganz so beiläufig im Gespräch mit Madeline. Sie sagte, falls sich die Gelegenheit dazu bieten sollte, würde sie bestimmt eine entsprechende Bemerkung fallen lassen. Dann ging ich zu Mr Sperling ins Arbeitszimmer. Er war allein. Ich wiederholte auch ihm gegenüber meinen Vorschlag, diesmal sehr deutlich und bestimmt. Ich fragte ihn auch, welches seiner Telefone ich für ein Gespräch nach New York benützen könnte. Es sei aber ein Gespräch, das nicht für fremde Ohren bestimmt sei. Er machte da anfangs gewisse Schwierigkeiten, was ich ja auch durchaus verstehen konnte. Aber mittlerweile hatte ich wieder die Fähigkeit erlangt, in zusammenhängenden Sätzen reden zu können, und so gab er schließlich nach. Er verließ den Raum. Ich rief nun Saul Panzer in seiner Wohnung in Brooklyn an.

Das war so gegen sechs Uhr. Vor mir lagen also noch vier Stunden des Leidens, da ich um zehn Uhr abfahren wollte, was ich ja nun allgemein bekannt gemacht hatte. Ich riskierte es, an einem Sandwich mit Huhn herumzukauen – und auf einmal hatte ich das ganze Sandwich aufgegessen und obendrein noch ein Stück Kirschkuchen vertilgt und ein Glas Milch getrunken. Mrs Sperling klopfte mir freundschaftlich auf den Rücken, und Madeline sagte, jetzt werde sie sicher gut schlafen können.

Es war sechs Minuten nach zehn, als ich mich ans Steuer meines Wagens setzte und Rony fragte, ob er nicht etwa seine Zahnbürste vergessen habe, und dann Gas gab.

Er ließ sich tief in den Sitz zurückfallen und schloss die Augen.

Zwischen den Wolken konnte man eine ganze Reihe von Sternen wahrnehmen, aber nicht den Mond. Wir fuhren durch den Park, vorbei an den Säulen, die mit Efeu überwachsen waren. Für ein oder zwei Kilometer gehörte uns die Straße allein, was mir sehr angenehm war. Unmittelbar hinter einer scharfen Kurve stand ein alter Schuppen am Rande eines dichten Gebüsches. Auf der Straße, in Höhe des Schuppens, war ein Wagen in unserer Fahrtrichtung geparkt. Wegen der Kurve hatte ich die Geschwindigkeit verringert. Eine Frau machte mir Blinkzeichen mit einer Taschenlampe. Ich stoppte den Wagen. »Haben Sie einen Wagenheber?«, hörte ich die Stimme der Frau sagen. Und dann ertönte eine männliche Stimme: »Unser Wagenheber ist kaputtgegangen. Haben Sie einen?«

Ich parkte den Wagen auf der Grasfläche am Rande der Straße. Rony murmelte: »Was soll der Unfug?« Und ich murmelte zurück: »Alle Menschen sind Brüder.« Als der Mann und die Frau auf unseren Wagen zukamen, sagte ich zu Rony: »Bedaure sehr, aber Sie werden leider aufstehen müssen. Ich habe die Werkzeuge unter dem Sitz.« Die Frau sagte, das sei wirklich nett von uns. Sie stand auf Ronys Seite und öffnete ihm die Wagentür. Er kletterte heraus, und zwar rückwärts. Kaum war er aus dem Wagen, da bumste irgendwas gegen seinen Schädel. Er sank zu Boden, aber das Gras war dicht und weich.

»Alles okay, Archie?«

Ich stellte den Motor und die Scheinwerfer ab und ging dann vorn um den Wagen herum auf die andere Seite. Da lag Louis Rony platt auf der Erde. Ich verlor keine Zeit damit, ihn erst mal näher zu untersuchen. Wozu auch? Ich wusste ja, dass Ruth Brady wissenschaftliche Vorlesungen über den ordnungsgemäßen Gebrauch von Totschlägern halten konnte.

»Tut mir schrecklich Leid, Ruth, dir den Sonntagabend zu vermasseln.«

»Red keinen Unsinn, Archie. Mir ist es hier nicht ganz geheuer!«

»Mir auch nicht. Pass nur ja auf, dass er nicht nur bewusstlos spielt.«

»Keine Angst! Ich hab' ihm einen Grashalm in die Nase gestopft.«

»Tüchtig! Und wenn er sich rührt, dann gib ihm noch einen.« Ich wandte mich an Saul Panzer, der seine Hemdsärmel aufgerollt hatte.

»Hören Sie, Saul, wär's nicht besser, wenn Sie sich auf die andere Seite des Wagens bemühen. Wegen des Verkehrs, meine ich.«

Er tat es, und ich kniete neben Ruth nieder. Ich war fest davon überzeugt, dass er besagtes Objekt bei sich tragen würde. Es wäre doch dumm, wenn er sich beim Schwimmen so viel Mühe damit gab, um es dann einfach in einen Koffer zu werfen, den eines der Dienstmädchen ans Auto brachte. Und ich fand es auch. Es war allerdings nicht mehr in einem wasserdichten Behälter, sondern in einer Hülle aus Cellophan, die sich im innersten Fach seiner Brieftasche aus Krokodilleder befand. Ich wusste: Das musste es sein. Ich musterte das Ding kritisch, während Ruth Brady es mit ihrer Taschenlampe anstrahlte.

Ich holte das Ding aus der Hülle heraus. Es war eine Mitgliedskarte einer radikalen Untergrundorganisation, die wegen ihrer anarchistischen Umtriebe gefürchtet war. Nummer 1238-394. Der Name auf der Karte lautete: William Reynolds. Was mich so in Rage brachte, war einfach der Umstand, dass alles so verdammt programmgemäß ablief. Unser Klient hatte immer wieder erklärt, Rony sei ein Radikaler. Kaum gebe ich mich ein wenig mit der Sache ab, bums – da haben wir auch schon die Mitgliedskarte! Sie war zwar auf einen anderen Namen ausgestellt, aber das hatte natürlich nichts zu besagen. Nein, die Sache gefiel mir nicht.

»Halt das Ding mal«, sagte ich und gab ihr die Karte. Dann machte ich mir an meinem Gepäck zu schaffen, holte meine große Kamera heraus und das Blitzlichtgerät. Saul half mir dabei. Ich knipste die Mitgliedskarte drei Mal. Bei der ersten Aufnahme hielt Saul die Karte in der Hand. Bei der zweiten war die Karte neben dem Koffer aufgestellt, und bei der dritten hatte ich sie an Ronys Ohr gelehnt. Ich schob die Karte dann wieder in die Cellophanhülle und legte sie in die Brieftasche zurück. Dann steckte ich die Brieftasche wieder in Ronys Tasche, aus der ich sie hervorgeholt hatte.

Blieb noch eine Sache, die erledigt werden musste, aber sie war nicht so Zeit raubend wie das Fotografieren. Davon verstand ich nicht viel, wohl aber davon, wie man Wachsabdrücke von Schlüsseln macht. Ich hatte das Wachs in meinem Necessaire. An Ronys Schlüsselbund waren acht Schlüssel.

»Achtung! Er wird bald wieder zu sich kommen«, sagte Ruth.

»Macht nichts«, meinte ich. Saul hatte meinen Koffer mit den Kameras und meinem Kästchen wieder hinten im Wagen verstaut. Ich schob ihm ein Bündel Banknoten zu. »Die Scheine hier sind aus seiner Brieftasche herausgefallen. Ich weiß nicht, wie viel es ist! Es ist mir auch egal. Ich will diese bunten Lappen nicht bei mir haben. Ich glaube, es ist jetzt höchste Zeit, dass ihr abhaut!«

Saul und Ruth fackelten nicht lange. Eine Minute später waren sie weg. Kaum waren sie um die nächste Biegung, da ging ich auf die andere Seite meines Wagens und legte mich ins Gras. Da lag ich nun flach ausgestreckt und begann elend zu stöhnen. Als nichts geschah, hörte ich mit dem Stöhnen auf. Gerade als ich meine Lage etwas verändern wollte, vernahm ich einen Laut von Ronys Seite her. Sofort fing ich wieder zu stöhnen an. Ich richtete mich langsam auf, murmelte ein paar solide Flüche, jammerte wieder ein wenig, stieß noch einen gemurmelten Fluch aus und stöhnte weiter. Dann richtete ich mich mit Hilfe des Griffs meiner Wagentür zur vollen Höhe auf, wimmerte und stöhnte wieder, langte mit der Hand in den Wagen und drehte die Scheinwerfer an. Da sah ich Rony im Gras sitzen. Er fummelte an seiner Brieftasche herum. Offenbar untersuchte er sie genau.

»Gott sei Dank«, stammelte ich, »dass Sie am Leben sind!«

Er sagte nichts.

»Diese verdammten Hunde!«, sagte ich mit einer Stimme, die fast schon abgestorben klang.

Er sagte wieder nichts. Er brauchte zwei weitere Minuten, ehe er den Entschluss fasste, es doch mal mit dem Aufstehen zu versuchen.

Ich muss ehrlich bekennen, dass ich eine Stunde und fünfzig Minuten später, als ich ihn an seiner Wohnung in der 37. Straße abgesetzt hatte, noch immer völlig im Dunkeln tappte. Ich hatte auch nicht den blassesten Schimmer, was er von mir hielt. Während der ganzen Fahrt hatte er kaum mehr als zwanzig Worte gesprochen. Er überließ mir die Entscheidung, ob wir bei einem Polizeirevier halten sollten, um über das zu berichten, was uns zugestoßen war. Da ich wusste, dass Saul und Ruth längst über alle Berge waren, entschied ich mich für die Meldung bei der Polizei. Aber schließlich konnte ich von Rony ja auch nicht erwarten, dass er allzu gesprächig war, nachdem ihn Ruth Brady sachgemäß bearbeitet hatte. Da braucht man schon einige Zeit, um wieder zu sich zu kommen. Ich zerbrach mir den Kopf, ob er nun in stummem Mitgefühl für einen Leidensgefährten neben mir saß, oder ob er sich dachte: Warte nur, mein Bürschchen, die Abrechnung kommt später …

Die Uhr am Armaturenbrett meines Wagens zeigte 1 Uhr 12

Minuten, als ich in meiner Garage hielt. Ich nahm nur die Reisetasche aus dem Wagen. Alles in allem fühlte ich mich recht munter, als ich um die Ecke in die 35. Straße einbog. Jedenfalls war ich nun in besserer Verfassung als zu irgendeinem Zeitpunkt in den letzten vierundzwanzig Stunden. Mein Kopf war wieder leicht und frisch. Das Wochenende war doch keine Pleite gewesen, wenn man davon absah, dass ich mit einem mörderischen Hunger nach Hause kam. Ich freute mich schon auf eine kleine Prasserei in der Küche. Wolfe und Fritz Brenner hatten sicher dafür gesorgt, dass der Kühlschrank nicht leer war.

Ich steckte den Schlüssel in die Haustür, aber die Tür öffnete sich nur ein paar Zentimeter. Das fand ich sehr seltsam. Wenn ich aus war und man mich abends oder nachts zurückerwartete, war es nicht üblich, dass Fritz oder Wolfe die Kette vorlegten. Das geschah nur in einigen ganz seltenen Ausnahmefällen. Ich drückte auf die Klingel. Ein paar Sekunden später wurde das Licht angedreht. Ich hörte die Stimme von Fritz durch den Spalt. »Sind Sie's, Archie?«

Auch das war seltsam. Durch ein kleines Guckloch in der Tür konnte er mich ja ganz deutlich sehen. Aber ich befriedigte seine Neugier, sagte ihm, dass ich es wirklich sei. Er machte die Tür auf. Als ich über die Schwelle getreten war, machte er die Tür sofort wieder zu und legte die Kette vor. Und dann erlebte ich meine dritte Überraschung. Um diese Zeit lag Wolfe sonst immer schon im Bett. Aber da stand er nun vor mir und starrte mich finster an.

Ich sagte guten Abend. »Na, das ist ja ein schöner Empfang, den man mir bereitet«, fügte ich hinzu. »Warum hat man das Haus so verbarrikadiert? Hat jemand versucht, eine Ihrer Orchideen zu klauen?« Ich wandte mich an Fritz. »Ich bin mordsmäßig hungrig.« Ich machte mich auf den Weg in die Küche. Aber Wolfes Stimme stoppte mich.

»Kommen Sie ins Büro«, befahl er. »Fritz, Sie sind so gut

und bringen ihm eine Kleinigkeit zu essen, nicht wahr?« Auch das war seltsam. Ich folgte ihm ins Büro. Wie ich bald erfahren sollte, gab es eine bestimmte Sache, die er mir erzählen wollte. Deswegen war er die ganze Zeit aufgeblieben. Aber eine Bemerkung von mir hatte ihn veranlasst, damit noch ein wenig zu warten. Wenn es ums Essen ging, gab es nichts, was Vorrang hatte. Er ließ sich in seinen Sessel am Schreibtisch fallen und fragte: »Warum sind Sie so hungrig? Lässt Mr Sperling seine Gäste verhungern?«

»O nein«, sagte ich. »Mit dem Essen war alles in Ordnung, aber sie tun da irgendwas in die Getränke hinein, was einem den Appetit nimmt. Das ist eine lange Geschichte. Wollen Sie sie noch heute Abend hören?«

»Von wollen kann da überhaupt keine Rede sein.« Er sah auf die Uhr. »Aber ich muss sie hören. Fangen Sie an.«

Und so legte ich also los. Ich war gerade dabei, die handelnden Personen aufzuzählen, als Fritz mit einem Tablett erschien. Ich biss in ein Sandwich. Dann fuhr ich fort. Aus Wolfes Gesichtsausdruck konnte ich erkennen, dass ihm aus irgendwelchen Gründen jedes kleinste Detail willkommen war. Ich bediente ihn wunschgemäß. Als ich meine Geschichte beendet hatte, war es schon nach zwei Uhr. Der Teller auf dem Tablett war leer. Nur ein wenig Milch hatte ich stehen lassen. Wolfe wusste jetzt alles, was ich wusste. Nur ein paar allzu persönliche Einzelheiten hatte ich unerwähnt gelassen.

Ich trank jetzt auch noch den letzten Schluck Milch. »Ich nehme also an, dass Sperlings Vermutung richtig war und dass Rony wirklich ein Radikaler ist. Wir haben jetzt ein Foto seiner Mitgliedskarte und Wachsabdrücke seiner Schlüssel. Der Rest sollte einfach sein, vor allem, wenn Sie jenes Individuum bemühen, das von Zeit zu Zeit immer wieder als Mr Jones in unseren Spesenrechnungen auftaucht.«

Fritz war mit einem neuen Tablett erschienen, diesmal mit Bier. Wolfe füllte sein Glas.

»Ja, das könnte ich.« Er nahm einen Schluck und setzte das Glas nieder. »Aber es wäre Geldverschwendung – auch wenn es Sperlings Geld ist. Nehmen wir einmal an, es ist wirklich Ronys Mitgliedskarte, selbst dann noch glaube ich, dass es sich nur um ein Tarnungsmanöver handelt.« Er wischte sich den Schaum von den Lippen. »Ich habe an der Art, wie Sie Ihre Ermittlungen führten, nichts auszusetzen, Archie. Sie haben so gehandelt, wie es Ihrer Art entspricht – und mit Ihrer Art sollte ich ja nun mehr oder minder gut vertraut sein. Sie haben auch in keiner Weise Ihre Vollmachten überschritten, da ich Ihnen völlig freie Hand ließ, aber es wäre wohl doch besser gewesen, wenn Sie mich angerufen hätten, ehe Sie sich auf die immerhin riskante Tätigkeit eines Buschkleppers einließen.«

»Verzeihung«, sagte ich etwas sarkastisch, »aber seit wann haben Sie es für nötig befunden, dass ich in jeder Feld-, Wald- und Wiesensache ständig mit Ihnen in Kontakt bleibe? Es geht doch nur darum, einem Bräutigam etwas auf die Finger zu schauen …«

»Sie wussten ganz genau, dass hier auch noch etwas anderes mitspielt – oder zumindest, dass wir eine diesbezügliche Vermutung hatten. Jetzt ist es keine Vermutung mehr. Sie haben mich nicht angerufen, Archie. Aber jemand anders rief mich an. Ein Mann – eine Stimme, die Ihnen keineswegs unbekannt ist. Und mir auch nicht.«

»Meinen Sie Arnold Zeck?«

»Name wurde keiner genannt. Aber es war die Stimme. Und, wie Sie wissen, ist sie unverkennbar.«

»Was sagte er?«

»Auch der Name von Rony wurde nicht genannt – und Sperlings Name auch nicht. Aber im Übrigen war die Stimme am Apparat sehr deutlich. Klipp und klar wurde mir gesagt, ich müsse unverzüglich meine Ermittlungen in Sachen Rony abbrechen.«

»Und was haben Sie geantwortet?«

»Ich? Ich habe gewisse Einwendungen gemacht. Seine Stimme klang diesmal noch bestimmter als das letzte Mal. Ich war darüber leicht verstimmt und habe das nicht ganz verbergen können. Ich habe ihm mit ziemlicher Deutlichkeit meine Position auseinander gesetzt. Er stellte mir zum Schluss ein Ultimatum. Er verlangte, dass ich Sie binnen vierundzwanzig Stunden von Ihrem Wochenend-Ausflug abberufen sollte.«

»Er wusste, dass ich dort war?«

»Ja.«

»Hol's der Teufel! Dieser Rony ist schon eine harte Nuss. Mitglied einer radikalen Organisation und überdies noch einer der Handlanger von diesem Mister Z., was übrigens gar nicht so überraschend ist, wie man zunächst annehmen sollte. Wann kam dieser Anruf?«

»Gestern nachmittag.« Wolfe warf einen Blick auf die Uhr. »Sonnabend, zehn Minuten nach sechs.«

»Dann ist dieses Ultimatum also vor acht Stunden abgelaufen – und wir haben uns noch immer nicht zu den himmlischen Heerscharen versammelt. Aber auch so finde ich, Sie hätten sich keine Verzierung abgebrochen, wenn Sie mich da draußen angerufen hätten. Warum haben Sie das nicht getan? Ich hätte dann ja sofort …«

»Reden Sie keinen Unsinn! Ich machte Ihnen den Vorwurf, dass Sie mich nicht angerufen haben. Sie machen mir den Vorwurf, dass ich Sie nicht angerufen habe. Es ist nur ein Gebot primitivster Vorsicht, dass ich die Kette vor die Haustür legen ließ, aber es besteht auch nicht die geringste …«

Es ist durchaus möglich, dass er dem Satz noch ein paar Silben hinzufügte. Aber wenn er's tat, so habe ich sie nicht mehr gehört. Ich habe in meinem Leben schon mancherlei Geräusche vernommen und möglicherweise sogar schon ein oder zwei Geräusche, die genauso laut waren wie das, welches Wolfe mitten in der Rede unterbrach und mich von meinem Stuhl aufspringen ließ. Und doch – so was hatte ich noch nicht gehört. Es lässt sich einfach nicht schildern.

Auf den totalen Krach folgte totale Stille.

Ich zerrte eine Pistole aus der Schublade, rannte in die Vorhalle, knipste das Licht an, entfernte die Kette an der Haustür, öffnete sie und trat dann ins Freie. Auf der anderen Seite der Straße wurden links zwei Fenster geöffnet. Man hörte Stimmen und sah Köpfe, die zu den Fenstern herausschauten. Aber die Straße war völlig leer. Dann bemerkte ich, dass ich ja gar nicht auf den Steinstufen der Treppe stand, sondern auf einem Stück Glas, das heißt auf einem ganzen Haufen Scherben. Sie lagen überall umher. Ich schaute nach oben. Ein weiteres Stück Glas kam heruntergeflogen, sauste nur zwei oder drei Zentimeter an mir vorbei und zersplitterte unmittelbar vor meinen Füßen. Ich zog mich vorsichtshalber wieder zurück, ging ins Haus und schloss die Tür. In der Vorhalle stand Wolfe. Sein Gesicht drückte einiges Erstaunen aus.

»Er hat es sicher auf Ihre Orchideen abgesehen«, sagte ich. »Bleiben Sie hier. Ich flitze nach oben und sehe nach, was los ist.«

Als ich die Treppen hinaufraste, drei Stufen auf einmal, hörte ich den Fahrstuhl. Er muss sich verdammt beeilt haben. Hinter mir keuchte Fritz. Er jagte auch die Treppen hinauf, konnte aber nicht mit mir Schritt halten. Der Treppenflur im obersten Stock, der mit Zementplatten ausgelegt war, hatte nichts abbekommen. Ich öffnete die Tür zum ersten Raum. Schon gleich nach dem ersten Schritt stand ich still. Es gab kein Licht. Ich stand so etwa fünf Sekunden da, damit sich meine Augen an die Dunkelheit gewöhnen konnten. Inzwischen hatten mich die andern eingeholt.

»Lassen Sie mich vorbei«, bellte Wolfe.

»Nein«, sagte ich und stieß ihn zurück. »Sie werden sich nur das Genick brechen oder zumindest die Kehle durchschneiden. Warten Sie, bis ich Licht geholt habe.«

Er rief: »Theodor! Theodor!«

Aus den Trümmern, die nur matt von ein paar Sternen erhellt waren, wurde eine Stimme hörbar: »Ja, Mr Wolfe! Was ist denn nur los?«

»Sind Sie in Ordnung?«

»Nein, Mr Wolfe! Ja, was ist ...?«

»Sind Sie verletzt?«

»Nein, nicht verletzt. Aber was ist denn los?«

In der Ecke, wo sich die Schlafkammer von Theodor befand, nahm ich eine Bewegung wahr. Ich hörte Glas herunterfallen und zersplittern.

»Können Sie Licht machen?«, rief ich.

»Nein, diese verdammten Lampen sind ja alle ...«

»Dann rühren Sie sich nicht vom Fleck, während ich runterlaufe und eine Lampe beschaffe.«

Ich jagte die Treppen runter und flitzte ins Büro. Als ich wieder oben war, hörte man Lärm aus den Fenstern auf der anderen Seite der Straße und auch von unten her. Wir kümmerten uns nicht weiter darum. Was wir jetzt im Schein der Taschenlampen sahen, war so, dass man keine Lust mehr verspürte, sich überhaupt noch um irgendwas zu kümmern. Von tausend Glasscheiben und zehntausend Orchideen waren ein paar noch ganz intakt, wie wir später feststellen konnten. Aber zunächst sah es nicht so aus. Selbst mit Taschenlampen war es kein Vergnügen, durch dieses Chaos zu wandern. Aber Wolfe wollte sich den Schaden nun einmal selbst besehen. Und Theodor wollte es auch. Rein äußerlich hatte er nichts abbekommen, aber er sah aus, als könnte er jeden Augenblick ersticken.

Endlich gelangte Wolfe zu dem Platz, wo er ein Dutzend *Odontoglossum harryanum* hielt, die in den letzten Tagen seine besondere Freude und sein ganzer Stolz gewesen waren. Er strahlte sie mit der Taschenlampe von allen Seiten an und betrachtete die von Glassplittern geknickten Stängel und Blüten.

Dann wandte er sich um und sagte ruhig: »Wir können jetzt genauso gut nach unten gehen.«

6

Oben im Dachgeschoss war eine Horde von vierzehn Mann, Theodor nicht mitgerechnet, damit beschäftigt, aufzuräumen und zu bergen, was noch zu bergen war. Für zwölf Uhr erwarteten wir eine ganze Armee von Glasermeistern, Gesellen und Lehrlingen. Von Long Island war Andy Krasicki gekommen, um die Aufräumungsarbeiten zu leiten. Die Polizei hatte die Straße abgesperrt, weil noch immer die Gefahr bestand, dass Glasscherben auf die Straße stürzen konnten. Im Übrigen schnüffelten die Beamten vor unserem Haus in der umliegenden Gegend herum.

Für die Polizei gab es keine Geheimnisse mehr. Die Leute im Haus uns gegenüber waren für den Sommer verreist. Auf dem Dach dieses Hauses hatte man hundertzweiundneunzig Patronen einer Maschinenpistole gefunden, und die Fachleute der Polizei suchten da oben noch immer nach Spuren, um ihre Theorie zu stützen, dass der Angriff wirklich von da drüben erfolgt war. Man kann ja nie wissen. Vielleicht kommt nachher ein Verteidiger und erklärt, alle diese Geschosse seien von Tauben abgeworfen worden. Noch war es natürlich nicht so weit, dass man überhaupt an einen Verteidiger zu denken hatte, denn es gab ja noch keine Angeklagten. Bisher hatte man sich nicht dazu geäußert, wie überhaupt jemand auf das Dach des unbewohnten Hauses gelangt war. Alles, was die Polizei wusste, war dies: Unbekannte Personen waren irgendwie auf das Dach geklettert und hatten von hier aus genau um 2 Uhr 24 unser Treibhaus unter Beschuss genommen. Sie waren dann durch eine Passage in die 36. Straße entkommen. All das hätte ich den Beamten auch mitteilen können, ohne auch nur eine Zehe meines rechten Fußes aus dem Hause zu rühren.

Doch ich will zugeben, dass die Polizei nicht viel Hilfe von uns zu erwarten hatte. Wolfe erwähnte sogar nicht mal die Namen von Sperling und Rony, ganz zu schweigen von dem Namen des Anrufers. Er lehnte es glattweg ab, irgendwelche bestimmten Vermutungen über die Identität der in Frage kommenden Täter von sich zu geben. Und die Polizei gab sich damit zufrieden.

Ich telefonierte gerade, als Wolfe mit dem Fahrstuhl nach oben fuhr. Ich hing noch immer an der Strippe, als Wolfe wieder herunterkam, in sein Büro trottete, sich in seinen Sessel fallen ließ und einen tiefen Stoßseufzer von sich gab.

Ich sah ihn an. »Es wäre besser, wenn Sie jetzt in Ihr Schlafzimmer gingen und ein kleines Nickerchen machten. Und ich muss Ihnen noch etwas sagen. Ich kann genauso stur sein wie Sie. Mut und Tapferkeit sind gewiss sehr schöne Tugenden, und ich habe immer etwas für Tugenden übrig gehabt. Aber ich verstehe auch was von der Buchführung. Wenn die Sache so weitergeht, dann wird es mit unserem Gewinn recht kläglich aussehen. Sie haben nichts weiter zu tun, als den Vorschuss zurückzugeben. Ich versprech Ihnen, wenn Sie das tun, werde ich die Sache nie auch nur mit einem Sterbenswörtchen erwähnen.«

»Kommt überhaupt nicht in Frage!« Seine Augen waren halb geschlossen. »Haben Sie alles Nötige wegen der Reparaturen und Neuanschaffungen veranlasst?«

»So weit es im Augenblick möglich war – ja!«

»Dann rufen Sie mal in Stony Acres an, und sprechen Sie mit der älteren Tochter.«

»Warum gerade mit ihr? Aus welchen Gründen möchten Sie ...?«

»Pfui, Archie!«, sagte er. »Sie wollten mir verheimlichen, welcher jungen Dame Sie Ihre persönliche Aufmerksamkeit gewidmet haben. Aber mir können Sie nichts vormachen. Ich kenne Sie ganz genau. Rufen Sie an, erkundigen Sie sich, ob die ganze Familie noch draußen ist – mit Ausnahme des Sohnes. Auf ihn kommt es ja wohl nicht so an. Wenn alle noch da sind, sagen Sie ihr, wir werden in zwei Stunden eintreffen und möchten mit allen sprechen.«

»Ich höre immer ›wir‹!«

»Sie und ich.«

Ich ging ans Telefon. Man kann nicht gerade sagen, dass Wolfe mit allen bisherigen Lebensregeln aufräumte. Wohl war es bei ihm oberstes Prinzip, sein geheiligtes Büro nie in geschäftlichen Angelegenheiten zu verlassen. Aber was nachts passiert war, hatte ja nichts mehr mit geschäftlichen Angelegenheiten zu tun.

Ein Dienstmädchen meldete sich. Ich nannte meinen Namen und bat, Miss Madeline Sperling zu sprechen. Nach ihrer Ehe hieß sie eigentlich Pendleton, doch sie hatte diesen Namen wieder abgelegt. Ich wollte mich an sich auf die wirklich wichtigen Dinge konzentrieren, aber sie verstrickte mich in eine lange Unterhaltung. Von ihr erfuhr ich, dass Rony vor etwa einer halben Stunde Gwenn angerufen und ihr von dem Überfall erzählt hatte. Natürlich wollte Madeline die ganze Geschichte nochmals von mir hören. Da war nichts zu machen. Ich wärmte alles wieder auf. Sie war sehr besorgt über meine Kopfverletzung, und ich musste ihr mehrfach sagen, dass der Schlag dieses Banditen keine allzu üblen Schrammen an meinem Kopf hinterlassen hätte. Als ich endlich auf den springenden Punkt kam, begriff sie sofort, dass ich nicht mehr privat mit ihr sprach, sondern sozusagen in amtlicher Eigenschaft. Sie reagierte sehr vernünftig und machte mir meine Aufgabe leicht. Ich legte den Hörer auf und wandte mich an Wolfe.

»Alles in Butter. Sie sind alle da. Madeline wird dafür sorgen, dass niemand weggeht, ehe wir kommen. Wir sind zum Mittagessen eingeladen.«

»Ist auch ihre Schwester da?«

»Alle.«

Er warf einen Blick auf die Uhr. Es war 11 Uhr 23. »Wir sollten es eigentlich schaffen und um halb zwei da sein.«

Ich ging in die Garage, um den Wagen zu holen. Es war fast schon zwölf Uhr, als wir endlich starteten. Wolfe saß wie immer hinten im Wagen. Das war nun mal so seine Art, wenn er sein kostbares Leben einem Vehikel auf Rädern anvertraute. Trotzdem konnte ich im Spiegel feststellen, dass er die ganze Fahrt über seine Augen auch nicht für eine Sekunde schloss, obwohl er seit dreißig Stunden nicht mehr im Bett gewesen war.

Es war ein bewölkter, windiger Tag, wenn es auch nicht regnete. Als wir uns Stony Acres näherten und die Stelle erreichten, wo Rony und ich überfallen worden waren, stoppte ich den Wagen, um Wolfe das Gelände zu zeigen. Ich erzählte ihm, Saul habe mir mitgeteilt, der Rony abgenommene Betrag belaufe sich auf 312 Dollar, und er wolle nun wissen, was er damit machen solle.

Wolfe interessierte das Gelände nicht. »Sind wir bald da?«

»Ja. Nur noch einen Kilometer etwa.«

»Dann fahren Sie weiter!«

Als wir vor dem Haupteingang des Hauses vorfuhren, wurden wir mit allen Ehren empfangen. Nicht von dem Mann mit dem trübseligen Gesicht, mit dem ich bei meiner Ankunft am Wochenende gesprochen hatte. O nein, da stand James U. Sperling höchstpersönlich.

»Was bedeutet das Ganze? Ich habe versucht, Sie telefonisch zu erreichen. Was wollen Sie eigentlich hier? Sie wissen nur zu gut, dass mir dieser Besuch nicht passt.«

Wolfe fixierte ihn scharf. »Sie haben sich an mich gewandt, Mr Sperling. Es muss Ihnen bekannt gewesen sein, dass ich meine eigenen Wege gehe. Ich kann Ihnen die Versicherung abgeben, dass dieser neue Einsatz von mir seine guten Gründe hat. Nachdem ich Ihnen und Ihrer Familie alles erklärt habe, werden wir ja sehen, ob wir vielleicht eine Alternative zu Ihrer Missbilligung meines Vorgehens finden können.«

Sperling hätte den Wortwechsel am liebsten gleich an Ort und Stelle fortgesetzt. Aber Wolfe stand da wie ein Fels aus Fleisch, unbeweglich, hart und schroff. Sperling hatte keine andere Wahl: Er musste uns entweder ins Haus bitten, oder er musste uns das Haus verbieten. Der Herr Generaldirektor des Grubenkartells entschied sich für Ersteres. Er ging mit Wolfe zur Eingangstür. Da niemand da war, der sich um den Wagen hätte kümmern können, fuhr ich ihn ums Haus und parkte hinten auf einem kleinen Platz, der durch Gebüsch abgeschirmt war. Ich war gerade im Begriff, das Haus durch den nächsten Eingang, über die West-Terrasse, zu betreten, als ich auf Madeline stieß.

Sie musterte mich von oben bis unten, wobei sie ihre großen, dunklen Augen halb geschlossen hielt. »Sie sehen aber gar nicht so mitgenommen aus.«

»Wirklich nicht? Bin's aber. Lauter innere Verletzungen. Aber das hat nichts mit dem Überfall zu tun. Diese inneren Verletzungen …« Ich machte eine abwehrende Handbewegung. »Sie sollten das ganz genau wissen.«

»Archie, Sie enttäuschen mich.« Jetzt öffnete sie ihre Augen ganz. »Warum haben Sie die Burschen nicht abgeknallt?«

»Ich war ein wenig zerstreut. Warum, sollten Sie eigentlich auch ganz genau wissen. Wir können uns darüber mal bei anderer Gelegenheit unterhalten. Vielen Dank jedenfalls, dass Sie die Sache mit Ihrem Herrn Papa so gedeichselt haben, dass er keine Zeit mehr hatte, unseren Besuch zu verhindern. Es war auch nett von Ihnen, dass Sie mir sofort vertrauten, als ich Ihnen sagte, wir müssten im Interesse von Gwenn so handeln, es bliebe uns keine andere Wahl. Übrigens … wie viele Namen besitze ich zur Zeit eigentlich?«

»Oh, Sie sind jetzt für alle Archie. Ich habe das Webster,

Paul und auch Connie erklärt, da sie ja mit uns bei Tisch sein werden. Es wäre sonst zu kompliziert gewesen. Vor allem, da Nero Wolfe auch da ist. Webster, Paul und Connie sind keine Dummköpfe.«

Das Mittagessen wurde im großen Speisesaal serviert.

Es war eine ganz zwanglose Gesellschaft, aber der Ton war durchaus formell. Jeder aß mit gutem Appetit. Doch niemand wusste recht, was er sagen sollte.

Nach Tisch gab es diesmal kein Herumstehen in kleinen Gruppen. Paul Emerson sah genauso griesgrämig wie immer aus. Er und Connie zogen in Richtung des Wohnzimmers ab. Webster Kane erklärte, er müsse noch etwas arbeiten, und verschwand in entgegengesetzter Richtung. Für den Rest von uns hatte man wahrscheinlich die Marschrichtung vorausgeplant. Sperling übernahm die Führung. Im Gänsemarsch trotteten wir hinter ihm her, bis wir in die Bibliothek kamen, wo die vielen Bücher und der Fernschreiber standen und wo ich ihm den Hauptschlüssel abgeluchst und dann später mit Saul telefoniert hatte.

7

Wolfe verharrte einige Sekunden völlig regungslos. Dann hob er die Hände und presste seine Fingerspitzen gegen die Augen. Wieder saß er bewegungslos da. Endlich ließ er seine Hände auf die Sessellehnen fallen. Er öffnete seine Augen und richtete sie auf Gwenn.

»Sie sehen intelligent aus, Miss Sperling!«

»Wir sind alle intelligent«, unterbrach ihn Sperling. »Fangen Sie endlich an!«

Wolfe warf ihm einen Blick zu. »Bedaure, aber ich kann mich leider nicht kurz fassen. Ich kann Ihnen nichts ersparen. Wenn Sie mich unterbrechen, wird die Sache noch länger dauern. Als Direktor eines großen Unternehmens mit einer ganzen Armee von Angestellten ist es Ihnen sicher bekannt, wann man am besten schweigt. Wollen Sie mir einen Gefallen tun? Setzen Sie sich. Es ist für meine Gesundheit besser. Wenn ich zu Leuten rede, die stehen, bekomme ich immer einen steifen Hals.«

»Ich möchte etwas sagen«, erklärte Gwenn.

Wolfe nickte ihr zu. »Bitte!«

Sie sprach zögernd, mit unsicherer Stimme. »Ich wollte nur sagen, Mr Wolfe, ich weiß ganz genau, weshalb Sie hier sind. Sie haben diesen Mann zu uns geschickt ...« Sie stockte und warf mir einen Blick zu, der mir sehr deutlich zeigte, wie es in eben dieser Sekunde um unsere persönliche Beziehung stand. Sie griff den Satz wieder auf. »Sie haben hier diesen Mann zu uns geschickt, um Louis Rony nachzuspionieren. Und Rony ist ein Freund von mir. Das ist die ganze Sache. Darum geht es hier.« Sie stockte wieder. »Aber ich will hören, was Sie zu sagen haben. Wegen meiner Familie will ich es tun. Meine Mutter und meine Schwester haben mich darum gebeten.«

Wolfe gab zunächst einen seiner beliebten Grunzlaute von sich. Dann sagte er: »Ich bin Ihnen dankbar dafür, dass Sie mich anhören wollen. Aus welchen Gründen Sie dazu bereit sind, ist nebensächlich.« Er sah sich im Kreise um. »Wünscht sonst noch jemand eine Bemerkung zu machen, die er nicht unterdrücken kann?«

»Fangen Sie endlich an!«, sagte Sperling, der sich inzwischen gesetzt hatte.

»Also gut. Wenn ich zunächst etwas umständlich sein werde, müssen Sie mir das verzeihen. Ich will Ihnen etwas über einen Mann erzählen, dessen Namen ich zwar weiß, aber lieber nicht nennen will. Ich werde ihn daher einfach als *X* bezeichnen. Doch *X* steht nicht für irgendein Fantasiegebilde. Ich wollte, das wäre der Fall. Über den gewaltigen Grundbesitz, der diesem *X* gehört, habe ich keine allzu genaue Kenntnis. Doch ich weiß, dass er sich knapp fünfzig Kilometer von hier vor ein paar Jahren ein großes und luxuriöses Landhaus gebaut hat. Es steht auf einer Anhöhe, von der aus man die ganze Gegend überschauen kann. Dieser *X* verfügt über weitläufige Einnahmequellen mannigfachster Art. Alle verstoßen gegen das Gesetz. Einige dieser Einnahmequellen sind auch vom moralischen Standpunkt aus höchst anrüchiger Natur. Es handelt sich dabei um Rauschgift, um Schmuggelei größten Stils, die Leitung von Verbrecher-Ringen, die einen verheerenden Einfluss auf Industrie und Handel ausüben. Das ist noch längst nicht alles. Hinzu kommen Spielhöllen, das berüchtigte Gangster-Unwesen in den großen Hafenstädten unseres Landes, Diebstahl, Erpressung, politische Korruption. Auch das ist noch kein vollständiges Register. Aber im Augenblick mögen diese Angaben genügen. Bisher ist es diesem *X* in geradezu erstaunlicher Weise gelungen, über das Gesetz zu triumphieren – erstens, weil zwischen seinen Verbrechen und seiner Person eine Kluft besteht, die nicht überbrückt werden kann, und zweitens, weil er über ungewöhnliche Begabung verfügt, über größte Rücksichtslosigkeit und unbeugsame Willenskraft.«

Sperling rutschte unruhig auf seinem Stuhl hin und her. »Sollten Sie jetzt zu der Erkenntnis gelangt sein, dass es sich bei dem von mir geschilderten Mann um ein ungewöhnliches Exemplar des *homo sapiens* handelt, so sind Sie keineswegs im Irrtum. Bleibt nun die Frage: Wie macht er es, dass er sich nicht mit seinen Verbrechen identifiziert? Wie kommt es, dass man ihn nicht erwischen kann? Nun, es gibt zwei Arten, einen Verbrecher zu fangen. Erste Methode: Man stellt einen direkten Zusammenhang zwischen ihm und dem Tatbestand des Verbrechens her. Zweite Methode: Man erbringt den Nachweis, dass er sich wissentlich durch ein Verbrechen bereichert hat, das andere für ihn begangen haben. Mit beiden Methoden ist bei *X* nichts auszurichten. Ich will das an einem typischen Verbrechen näher erläutern. Es ist völlig gleichgültig, ob es sich dabei um eine solche Bagatelle wie Taschendiebstahl oder Handtaschenraub handelt oder um einen groß angelegten Banküberfall. Für die Tat selbst übernimmt der Verbrecher oder die Verbrecherbande fast immer die ausschließliche Verantwortung. Ich meine damit, die Tat wird von dieser Bande allein ausgeführt. Nach der Tat ergibt sich aber ein neues Problem. Man muss die Beute sichern, und zwar so sichern, dass sie nicht entdeckt wird. Und der Verbrecher muss sich vor Verhaftung schützen. Dafür braucht er fremde Hilfe. Er braucht entweder einen Hehler oder einen gerissenen Anwalt, vielleicht auch einen Zeugen, der ihm ein passendes Alibi zu verschaffen vermag, vielleicht auch eine gute Verbindung zur Polizei oder zu einflussreichen Politikern. Wie gesagt, in fast allen Fällen ist der Verbrecher nach der Tat auf Außenstehende angewiesen. Er wendet sich also an jemanden, den er kennt oder von dem er schon mal gehört hat. Nennen wir diesen Jemand jetzt *A*. Dieser *A* findet die Sache ein wenig heikel, etwas zu schwierig für ihn. Er zieht daher *B* zu Rate. Wie Sie sehen, meine Herrschaften, haben wir uns bereits von dem ursprünglichen Verbrechen ganz erheblich entfernt. Wir sind jetzt bei *B*. Und was macht *B*? Er vergrößert den Abstand vom ursprünglichen Verbrechen noch mehr, indem er *C* als seinen Helfershelfer anwirbt. *C* macht sich an die Arbeit. Aber die Sache hat irgendeinen Haken, mit dem er nicht fertig werden kann. Was tut *C*? Er wendet sich an *D*. Und nun, meine Herrschaften, sind wir schon ganz nah bei der Endstation. *D* kennt *X* und weiß, wie man sich mit ihm in Verbindung setzen kann.

In New York werden jeden Monat Tausende von Verbrechen begangen, vom kleinen Diebstahl bis zu den schwersten Kapitalverbrechen. In den meisten Fällen werden die Schwierigkeiten, die sich nach der Tat ergeben, von dem Täter selbst beziehungsweise von *A* oder *B* oder *C* erledigt. Hin und wieder geht die Sache auch schief, und der Täter wird geschnappt. Aber in sehr vielen Fällen wird auch *D* mit in die Sache gezogen. Und wenn sie zu *D* kommt, dann kommt sie auch zu *X*. Ich habe keine Ahnung, wie viele *D's* es gibt. Aber sicher ist ihre Zahl nicht groß, denn sie werden alle von *X* ausgewählt. Jeder Einzelne wird auf Herz und Nieren geprüft, denn *X* weiß genau, dass er einen *D*, den er einmal angenommen hat, unter allen Umständen und um jeden Preis decken muss. Ich möchte annehmen, es gibt nur sehr wenige *D's*. Sollte nun einer von ihnen aus irgendwelchen Gründen, gleichviel welcher Art, gezwungen sein, Verrat zu üben, dann dürfte auch in diesem Fall, wie ich annehmen möchte, für ihn gesorgt sein – in höchst unliebsamer Weise, versteht sich.«

Wolfe hob seine rechte Hand. »Die Stellung von *X* ist Ihnen jetzt klar. Wenige Verbrecher, ja auch *A* oder *B* oder *C* wissen überhaupt, dass er existiert. Und die wenigen, die es wissen, kennen seinen Namen nicht. Wenn ein paar von ihnen seinen Namen vermuten, so bleibt es bei dieser Vermutung.«

Wolfe ließ seine Blicke von rechts nach links und von links nach rechts schweifen. »Meine Herrschaften, ich bin Ihnen für Ihr geduldiges Zuhören sehr verbunden. Wirklich sehr freundlich von Ihnen. Aber ohne diese Einzelheiten geht es eben nicht. Ich sagte Ihnen schon, dass ich den Namen von *X* kenne. Doch ich habe den Mann nie gesehen. Von seiner Existenz erfuhr ich vor elf Jahren. Damals suchte mich ein höherer Polizeibeamter auf. Er wollte meinen Rat in einer Mordsache einholen, mit der er gerade beschäftigt war. Aus reiner Neugier habe ich damals einige kleine Ermittlungen angestellt – ein Luxus, den ich mir heute nicht mehr leiste. Ehe ich mich's versah, führte meine Spur auf höchst schlüpfriges Gelände, auf alle Fälle zu schlüpfrig für einen Privatdetektiv. Da ich zu jener Zeit keinen zahlenden Klienten hatte und mich der Fall nichts anging, habe ich mich damit begnügt, das Ergebnis meiner Ermittlungen dem betreffenden Polizeibeamten mitzuteilen. Ich habe mich dann nicht weiter um die Angelegenheit gekümmert. Was ich damals wusste, war, dass es einen Mann wie *X* gibt. Ich wusste auch dies und das über sein Betätigungsfeld. Doch sein Name war mir unbekannt.

In den folgenden acht Jahren spürte ich bei vielen Gelegenheiten, dass *X* dabei seine Hand im Spiel hatte. Aber ich hatte genug mit meinen eigenen Fällen zu tun, die zufälligerweise nie in sein Betätigungsfeld hineingriffen. Und schließlich – ich stellte gewisse Nachforschungen für einen Klienten an – kam ein Telefonanruf. Eine Stimme, die ich noch nie gehört hatte, eine schroffe und sehr energische Stimme, die es übrigens mit der Grammatik sehr genau nahm, forderte mich nun auf, meine Tätigkeit in Sachen meines Klienten etwas einzuschränken. Ich erwiderte dem Anrufer, das Ausmaß meiner Nachforschungen richte sich einzig und allein nach der Aufgabe, die ich zu lösen habe. Die Stimme beharrte auf ihrer Forderung. Am nächsten Tag hatte ich die Arbeit zur vollsten Zufriedenheit meines Klienten abgeschlossen. Damit war die Sache erledigt.«

Wolfe ballte seine Rechte zur Faust. »Ich sprach eben von der vollsten Zufriedenheit meines Klienten. Ich selbst aber hatte das Gefühl, dass ich der Sache doch noch etwas weiter nachgehen sollte. Der Fall selbst und auch eine Bemerkung, die die Stimme im Laufe des Gesprächs gemacht hatte, führten mich zu der Vermutung, dass es vielleicht *X* selbst war, der mit mir gesprochen hatte. Da ich die Leute, die ich von Zeit zu Zeit beschäftige, nicht in diese Sache verwickeln wollte – und ganz gewiss nicht Mr Goodwin –, engagierte ich einige Angestellte von einer Privatdetektei und Auskunftei in einer anderen Stadt. Innerhalb eines Monats verfügte ich über alle benötigten Informationen – und dazu gehörte natürlich auch der Name von *X*. Ich entließ die Leute, die ich für diese Arbeit angeworben hatte, und vernichtete ihre Berichte. Ich gab mich nun der Hoffnung hin, dass sich die Wege von *X* und mir nie wieder kreuzen würden. Aber sie kreuzten sich doch. Einige Monate später, vor etwas über einem Jahr, war ich mit einer Mordsache befasst. Diesmal hatte ich einen zahlenden Klienten. Vielleicht erinnern Sie sich noch? Ein Mann namens Orchard war während der Mitwirkung bei einer Rundfunksendung vergiftet worden.«

Alle, mit Ausnahme von Sperling, nickten bejahend. Mrs Sperling sagte, sie habe die Sendung an jenem Abend sogar gehört. Wolfe fuhr fort.

»Ich war gerade mitten drin in meiner Ermittlungsarbeit. Da rief mich dieselbe Stimme wieder an. Sie sagte, ich solle unbedingt meine Suche nach dem Mörder aufgeben. Diesmal war die Stimme nicht ganz so redselig wie das erste Mal, vielleicht weil ich so nebenbei erwähnt hatte, dass mir der Name kein Geheimnis mehr sei. Das war natürlich ein höchst kindisches Verhalten meinerseits. Ich kümmerte mich nicht weiter um den guten Rat, den mir die Stimme erteilt hatte. Bald stellte es sich heraus, dass Mr Orchard sowie eine Frau, die ebenfalls ermordet worden war, von gewerbsmäßiger Erpressung gelebt hatten, wobei sie sich einer Methode bedienten, die darauf schließen ließ, dass hinter ihnen eine mächtige und weit verzweigte Organisation stand, die in fast schon genialer Weise geleitet wurde. Es gelang mir, den Mörder festzustellen. Auch er hatte zu ihren Opfern gehört und war von den beiden in rücksichtslosester Weise erpresst worden. Einen Tag, nachdem der Mörder verurteilt worden war, bekam ich wieder einen Anruf von *X*. Er hatte die Unverschämtheit, mir zu gratulieren, dass ich seinem Wunsch entsprechend meine Ermittlungen innerhalb gewisser Grenzen gehalten hätte. Das war natürlich nicht der Fall gewesen. Was geschehen war, war einfach, dass ich den Mörder zur Strecke gebracht hatte, wie es sich gehört. Darüber hinaus hatte ich aber meine Ermittlungen nicht ausgedehnt. Ich war nicht zum Angriff auf *X* übergegangen. Das war völlig überflüssig und lag außerhalb des Rahmens der mir übertragenen Aufgabe.«

Sperling schien sich auf seinem Stuhl noch immer nicht wohl zu fühlen. Er machte da alle möglichen und unmöglichen Freiübungen. Jetzt hielt er mit der Turnerei ein wenig inne und fragte: »Zum Teufel, können Sie sich nicht kurz fassen?«

»Nicht, wenn ich mein Honorar verdienen will«, sagte Wolfe seelenruhig und nahm den Faden wieder auf.

»Das war im Mai vorigen Jahres – vor dreizehn Monaten also. In der Zwischenzeit hatte ich nichts mehr von *X* gehört, weil ich keine Fälle zu bearbeiten hatte, die ihn irgendwie interessieren konnten. Ich war sehr glücklich darüber, dachte mir aber, sehr lang werde das mit dem Glück wohl doch nicht anhalten. Früher oder später wird er sich gewiss wieder melden, denn wir arbeiten schließlich in der gleichen Branche. Ich meine, wir haben beide mit Verbrechen zu tun, wenn auch auf etwas verschiedene Art. Also vorgestern, zehn Minuten nach sechs, kommt wieder so ein Anruf. Er war diesmal wesentlich bestimmter als sonst und stellte mir ein befristetes Ultimatum. Ich habe das Ultimatum dankend abgelehnt. Ich will nun nicht behaupten, dass ich keinerlei Notiz von dieser Drohung nahm. Als Mr Goodwin von seinem Wochenendbesuch bei Ihnen hier zurückkehrte, Sonntag so gegen Mitternacht, und mir Bericht erstattete, da habe ich ihm von diesem Telefongespräch erzählt, und wir haben die Lage ausführlich besprochen.«

Wolfe sah sich wieder einmal um. »Weiß jemand von Ihnen zufällig, dass ich auf dem Dach meines Hauses ein Treibhaus mit Tausenden von Orchideen habe, alles besonders schöne Exemplare, darunter auch sehr seltene, ganz neue und ausnehmend schöne Arten?«

Ja, alle wussten es natürlich. Nur Sperling bildete wieder die einzige Ausnahme.

Wolfe nickte. »Ich will jetzt nicht das Spannungsmoment unnötig erhöhen. Ich saß also mit Mr Goodwin in meinem Büro. Wir unterhielten uns. Es war heute Nacht zwischen zwei und drei Uhr. Plötzlich hörten wir einen Mordskrach. Leute, die dieser *X* sich gedungen hatte, waren auf das Dach eines gegenüberliegenden Hauses geklettert und knallten nun mit

Maschinenpistolen auf mein Treibhaus. Mit welcher Wirkung – nun, das können Sie sich wohl selbst vorstellen. Dazu gehört keine Fantasie. Ich will Ihnen die Szene nicht beschreiben. Ich will nur am Rande erwähnen, dass sich nun dreißig Leute mit den Bergungs- und Reparaturarbeiten abrackern. Es wird mich etwa vierzigtausend Dollar kosten. Einige der beschädigten oder zerstörten Pflanzen sind unersetzbar. Man hat die Täter nicht gefunden. Wahrscheinlich wird man sie nie erwischen. Und selbst wenn man sie findet? Es war nicht ganz korrekt, wenn ich sagte, dass sie von *X* gedungen waren. Sie waren von einem *C* oder *B* gedungen. Ganz gewiss steht *X* nicht in unmittelbarem Kontakt mit irgendjemandem, der so nah zu einem Verbrechen steht wie die kleinen Strolche, die mit einer Maschinenpistole herumknallen. Jedenfalls …«

»Wollen Sie damit sagen«, warf Sperling ein, »dass sich das alles wirklich ereignet hat? Gestern Nacht?«

»Genau das. Ich habe den ungefähren Schadensbetrag nur erwähnt, weil Sie dafür werden zahlen müssen. Sie werden den Betrag auf meiner Rechnung finden.«

»Von mir aus können Sie den Betrag auf Ihre Rechnung setzen; aber zahlen werde ich nicht.«

»Es handelt sich hier um Ausgaben, die in Verfolg der Tätigkeit entstanden sind, zu der Sie mich beauftragt haben. Meine Treibhausanlagen wurden zerstört, weil ich mich nicht um das Ultimatum von *X* gekümmert habe. Was *X* von mir verlangte, war, dass ich Mr Goodwin von seinem Besuch bei Ihnen abberufe. Er verlangte, dass ich keine weiteren Nachforschungen über das Treiben und den Charakter dieses Mr Louis Rony anstelle. Sie dagegen, Mr Sperling, verlangten von mir, ich solle den Nachweis erbringen, dass Mr Rony Angehöriger einer radikalen Organisation sei. Diesen Nachweis kann ich nicht erbringen; aber ich kann beweisen, dass er einer der Leute von *X* ist. Entweder ein *C* oder ein *D* – und damit ein gefährlicher Berufsverbrecher.«

Die rascheste Reaktion auf diese Worte von Wolfe erfolgte von Madeline. Ehe er seinen Satz noch ganz beendet hatte, sagte sie: »O mein Gott!« Sie stand auf, ging zu dem Platz, wo Gwenn saß, und legte ihre Hand auf die Schulter ihrer Schwester. Dann erhob sich auch Mrs Sperling. Doch sie blieb nur ein paar Sekunden stehen, setzte sich dann wieder. Jimmy, der die ganze Zeit Wolfe unfreundlich angestarrt hatte, richtete nun seinen unfreundlichen Blick auf seinen Herrn Papa.

Der Generaldirektor des Grubenkartells saß einen Augenblick regungslos da. Erst starrte er Wolfe an, dann seine jüngere Tochter. Er erhob sich und ging auf sie zu. »Gwenn«, sagte er, »er kann es beweisen, behauptet er.«

Ich bin nun gewiss kein Hellseher, aber das hatte ich schon vor einer Weile gemerkt, dass es Wolfe besonders auf Gwenn abgesehen hatte – und so hatte ich sie die ganze Zeit über still und unauffällig beäugt. Als Wolfe begann, konnte man es ganz deutlich sehen; man merkte es an der Art, wie sie ihre schönen Lippen bewegte; man konnte es an ihren trotzigen Augen erkennen, dass sie fest entschlossen war, seinen Worten keinen Glauben zu schenken. Aber als er dann von dem geheimnisvollen *X* sprach, der ja bestimmt nicht ihr Louis sein konnte, hatten sich ihre Züge ein wenig entspannt. Ja, die Geschichte schien sie sogar zu interessieren. Doch plötzlich wurde Ronys Name erwähnt; und es war auf einmal eine Geschichte, die sie selbst betraf. Als sie die Hand ihrer Schwester auf ihrer Schulter fühlte, da legte sie ihre eigene Hand auf die Hand von Madeline und sagte kaum hörbar: »Nichts … Madeline … nichts … es ist alles in Ordnung!« Dann sprach sie zu Wolfe, doch jetzt mit gehobener Stimme: »Das sind Lügen, nichts als Lügen!«

Als Sperling neben ihr stand, konnten Wolfe und ich sie nicht sehen.

»Hören Sie, Mr Sperling, ich habe kaum mit meinen Darlegungen begonnen. Bisher habe ich Ihnen nur den Hintergrund skizziert. Nun folgt der Lagebericht.«

Gwenn sprang bei diesen Worten von ihrem Sitz auf. Mit fester, entschiedener Stimme sagte sie: »Dafür brauchen Sie mich nicht. Ich kenne die Lage ganz genau.«

Und nun fingen alle zu reden an. Madeline hielt Gwenn fest. Mrs Sperling schnappte nach Luft. Wolfe sah sich das alles ein paar Minuten geduldig an. Dann sagte er scharf: »Meine Herrschaften, Sie benehmen sich ja wie aufgescheuchte Hühner.«

Sperling pflanzte sich vor ihm auf. »Unerhört, einfach unerhört, wie Sie diese Sache angepackt haben! Sie hätten erst mit mir sprechen müssen! Sie hätten unbedingt ...«

»Seit Monaten liegen Sie Ihrer Tochter in den Ohren und sagen ihr, Rony sei ein Radikaler. Ihre Tochter hat ganz Recht gehabt, wenn sie einen Beweis von Ihnen verlangte. Wenn Sie ihr nun gesagt hätten, was ich Ihnen eben mitgeteilt habe, dann hätte sie logischerweise auch dafür einen Beweis verlangt. Und was hätten Sie dann erwidern können? Ich befinde mich in einer besseren Position. Würden Sie gefälligst die Güte haben und aus meinem Blickfeld verschwinden, damit ich Ihre Tochter sehen kann? ... Danke verbindlichst ... So, Miss Sperling, Sie hatten also keine Scheu, Ihrem Vater entgegenzutreten und von ihm Beweise zu fordern. Jetzt aber wollen Sie das Zimmer verlassen. Haben Sie Angst, diese Beweise von mir zu fordern? Ich nehme es Ihnen keineswegs übel. Ich kann das nur zu gut verstehen.«

»Ich habe keine Angst!«

»Dann setzen Sie sich wieder, und hören Sie zu. Darf ich alle bitten, wieder Platz zu nehmen!«

Alle begaben sich wieder zu ihren diversen Sitzgelegenheiten. Gwenn spürte jetzt, dass es nicht mehr genügte, einfach mit ungläubiger Miene dazusitzen. Ihre Lippen waren fest zusammengepresst. Ihre Augen waren nicht mehr trotzig und herausfordernd auf Wolfe gerichtet. Sie warf auch mir einen fragenden, unsicheren Blick zu, als könnte ich ihr in irgendeiner Weise helfen.

Wolfe fasste sie scharf ins Auge. »Ich will Ihnen jetzt erklären, Miss Sperling, warum ich mich so ausführlich mit der Schilderung des Hintergrunds abgegeben habe. Hätte ich das nicht getan, hätten Sie keine vernünftige Entscheidung treffen können. Wohl ist Ihr Vater mein Klient, aber die Entscheidung liegt bei Ihnen. Nur bei Ihnen. Die Frage, die Sie zu beantworten haben, lautet: Soll ich mit der Beschaffung der Beweise fortfahren oder nicht?«

»Sie sagten doch, Sie hätten die Beweise!«

»Nein. Das habe ich nicht gesagt. Ich sagte, ich könnte es beweisen. Und das kann ich auch. Wenn es sein muss, werde ich sie beschaffen. Aber ich würde es lieber unterlassen. Eine Möglichkeit, aus der Sache herauszukommen, wäre einfach die: Ich gebe Ihrem Vater den mir geleisteten Vorschuss zurück, komme selbst für meine bisherigen Auslagen auf, desgleichen für den Sachschaden, der mir zugefügt wurde, für all die Reparaturen und unbedingt erforderlichen Neuanschaffungen, und teile *X* dann mit, dass ich die Sache aufgegeben habe. Das wäre gewiss die vernünftigste Lösung. Aber ich muss gestehen, dass ich nicht so vernünftig bin. Da ich den Auftrag übernommen habe, den mir Ihr Vater in bester Absicht übertragen hat, und da ich nicht auf einer Rücktrittsklausel bestanden habe, werde ich die Sache auch weiterverfolgen, sofern es gewünscht wird.

Was nun Sie betrifft, Miss Sperling, so gibt es da auch noch einige andere Möglichkeiten, um aus der Sache herauszukommen. Sie könnten zum Beispiel annehmen, dass ich nicht gelogen habe oder, falls ich doch ein Lügner bin, dass ich nicht so verderbt bin, diese ganze Geschichte nur zu erfinden, um mir ein Honorar dadurch zu verdienen, dass ich Ihre Ehe mit einem Manne verhindere, den Sie wirklich lieben und der Ihrer Liebe wert ist. Gehen Sie nun von einer dieser beiden Annahmen aus, so ergibt sich doch der logische Schluss, dass Mr Rony ein Schurke ist, was dann ja wieder logisch dazu führen müsste, da

Sie von Haus aus ein vernünftiges Mädchen sind, dass Sie Mr Rony endgültig aufgeben. Aber …«

»Sie sagten, Sie könnten es beweisen!«

Wolfe nickte. »Ja, das kann ich. Und das werde ich tun müssen. Sie begreifen jetzt, warum ich mich so ausführlich mit *X* befasst habe. Es wird sich als unmöglich erweisen, belastendes Material gegen Mr Rony zu beschaffen, ohne dass *X* in die Sache verwickelt wird – und selbst wenn es möglich wäre, würde sich *X* dann in die Sache einmischen. Dafür ist der Beweis bereits vorhanden. Er liegt auf dem Dach meines Hauses. Wenn Sie Lust haben, können Sie mit mir kommen und sich alles selbst ansehen. Ich habe übrigens, wie mir jetzt einfällt, noch eine andere Möglichkeit vergessen.«

Wolfe sah jetzt unseren Brötchengeber, Mr Sperling, an. »Sie könnten natürlich meine Rechnung inklusive Auslagen bis zum heutigen Tage bezahlen und mir dann den Laufpass geben. Sollten Sie sich dazu entschließen, so wird Ihre Tochter natürlich alles, was ich gegen Mr Rony vorgebracht habe, für genauso unbewiesen halten wie Ihre eigenen Anschuldigungen, und sie würde dann … ja, ich weiß nicht, was sie dann tun würde. Sie kennen Sie besser als ich. Sagen Sie mir jetzt klipp und klar: Wollen Sie, dass ich die Sache aufgebe?«

Sperling machte einen völlig gebrochenen Eindruck. Er saß auf seinem Stuhl, den Ellbogen aufgestützt. Mit trüben Augen sah er abwechselnd Gwenn und Wolfe an. »Nein«, sagte er ruhig. »Nein, nicht jetzt … nur eine Frage noch … wie weit entsprechen Ihre Ausführungen den Tatsachen?«

»Bis aufs I-Tüpfelchen, mein Herr!«

»Und wie lautet der Name von *X*?«

»Lassen wir das für später. Wenn wir uns mit dieser Sache abgeben müssen und wenn Sie wünschen, dass ich auch weiterhin für Sie arbeite, dann werde ich Ihnen den Namen natürlich mitteilen müssen.«

»Einverstanden. Bitte, fahren Sie fort.«

Wolfe wandte sich wieder an Gwenn. »Es gibt da eine Schwierigkeit, falls wir versuchen sollten, *X* zu entlarven. Es dürfte nahezu unmöglich sein, zu wissen, wann, wie und wo wir es mit ihm zu tun haben. Ich kenne persönlich etwa dreitausend Leute, die in New York leben und arbeiten, und unter ihnen dürfte es kaum mehr als zehn geben, von denen ich mit Bestimmtheit sagen könnte, dass sie in keiner Weise in die Machenschaften dieses *Mr X* verwickelt sind. Vielleicht ist es keiner. Vielleicht ist es jeder. Das klingt sehr absurd und übertrieben. Aber Sie dürfen nicht vergessen, Miss Sperling, dass er viele Jahre lang seine Netze ausgeworfen hat und im Übrigen ein Mann von fast schon genialer Begabung ist.

Sie sehen also, ich kann nicht mit ihm konkurrieren, auch wenn Ihr Vater noch so viele Millionen in dieses Abenteuer investieren sollte. Aber in anderer Hinsicht werde ich es mit ihm aufnehmen können – und das ist seine Unnahbarkeit. Ich werde mich daher jetzt auf einen Operationsschauplatz begeben, dessen geographische Lage nur Mr Goodwin und vielleicht noch zwei anderen Personen bekannt sein wird. Ich muss dabei betonen, dass es sich hier nicht um einen Angstkomplex meinerseits handelt. Es handelt sich hier um Tatsachen, höchst unerfreuliche sogar. Ich weiß mit absoluter Sicherheit, dass *X*, sobald er von meinem Plan erfährt, seinen ganzen Machtapparat gegen mich loslassen wird.«

Wolfe hob seine Schultern ein wenig. »Ich klappre nicht vor Angst mit den Zähnen. Ich weiß, dass ich den Kampf gewinnen werde; aber um welchen Preis – das lässt sich nicht vorhersagen. Die Sache kann ein Jahr dauern. Mag sein, auch fünf Jahre. Vielleicht sogar zehn.« Er machte eine ungeduldige Handbewegung. »Nicht um Ihren Mr Rony zur Strecke zu bringen. Das wird eine Kleingkeit sein, eine Art Nebenprodukt. Es wird nicht mehr lange dauern, dann werden Sie mit ihm nur noch durch den Gitterschirm der Besucherzelle im Gefängnis reden können – vorausgesetzt, dass Sie dann überhaupt noch mit ihm reden wollen. Aber *X* wird es nicht dabei bewenden lassen, obwohl er alles tun wird, um mich in Sicherheit zu wiegen. Es wird da kein Zurück für mich geben, wenn ich mich erst einmal auf die Sache eingelassen habe. Mit anderen Worten: Mein Zeitverlust ist nicht abzuschätzen.

Und auch nicht, was mich die Sache an Geld kosten wird. Ich habe auch nicht annähernd genug Eigenkapital, ich werde während der ganzen Zeit auch nichts verdienen. Ihr Vater wird also für die Kosten aufkommen müssen. Ein beträchtlicher Vorschuss ist eine unerlässliche Bedingung. Wenn ich meine Bequemlichkeit, meine Freiheit und mein Leben aufs Spiel setze, dann ist es nur recht und billig, wenn er sein Vermögen riskiert. Reden wir also nicht um den heißen Brei herum. Sie verdienen es, dass ich ganz offen mit Ihnen spreche. Wie ich schon sagte, Mr Rony ist eine Kleinigkeit. Mit ihm werden wir im Handumdrehen fertig sein, sobald ich mich erst irgendwo eingenistet habe, wo ich völlig ungestört bin. Aber ich hoffe, ich habe Ihnen jetzt ein klares Bild von *X* gegeben. Er wird genau wissen, dass ich ohne Geld die Sache nicht weiterverfolgen kann. Wenn er also merkt, dass er mich nicht fangen kann, wird er versuchen, mir meine Geldzufuhr abzuschneiden. Er wird alle möglichen Tricks versuchen, ehe er Gewalt anwendet; denn er ist ein sehr vernünftiger Mann und weiß natürlich, dass ein Mord besonders gefährlich ist, wenn es sich dabei um einen Mann in der Stellung Ihres Vaters handelt. Aber selbstverständlich würde er auch davor nicht zurückschrecken, wenn er der Ansicht sein sollte, dass es anders nicht geht. Ich glaube allerdings nicht …«

»Und ich glaube, Sie können dieses Kapitel auslassen«, unterbrach Sperling. »Wenn meine Tochter die finanzielle Seite der Angelegenheit in ihre Erwägungen einbeziehen will, dann kann sie das in Gottes Namen tun. Aber ich will nicht, dass sie mir das Leben rettet.«

Wolfe sah ihn an, ohne einen Muskel seines Gesichts zu verziehen. »Vor kurzem sagten Sie doch, ich solle die Sache weiterverfolgen. Und nun? Soll ich mich pensionieren lassen?«

»Nein. Ich gebe die Sache nicht auf. Es ist auch nicht meine Absicht, sie je aufzugeben.«

»Aber, James ...«, ließ sich seine Frau vernehmen. Um sie zum Schweigen zu bringen, bedurfte es keiner Worte. Ein Blick von ihm genügte.

»Unter diesen Umständen«, wandte sich Wolfe an Gwenn, »gibt es nur zwei Möglichkeiten. Ich will die Sache nicht aufgeben, und Ihr Vater will die mir erteilte Vollmacht nicht zurückziehen. Die Entscheidung liegt also bei Ihnen, wie ich Ihnen schon sagte. Wenn Sie wünschen, werde ich Ihnen die nötigen Beweise liefern. Wie ist es? Wünschen Sie es?«

Gwenn saß da und starrte Wolfe an, nicht mehr trotzig, sondern so, als versuchte sie, durch ihn hindurchzuschauen: Wolfe sprach jetzt wieder zu ihr. »Miss Sperling«, sagte er, »bisher habe ich nur erwähnt, was die Beweisbeschaffung, falls Sie eine diesbezügliche Order erteilen, mich selbst, Ihren Herrn Papa und Ihre Familie kosten wird. Aber ich möchte auch noch erwähnen, wie hoch sich die Kosten für eine andere Person belaufen werden, nämlich für Mr Rony. Für ihn wird dabei eine langjährige Gefängnisstrafe herauskommen. Wenn Sie auch nur den geringsten Verdacht haben, dass man hier einem armen, unschuldigen Mann einen Fallstrick legt, bitte sagen Sie es – und wir blasen die ganze Sache ab. Doch ich muss Sie darauf aufmerksam machen, dass er kein armer, unschuldiger Mann ist. Er ist ein Schurke reinsten Wassers. Ich weiß, Ihre Schwester ist der Ansicht, dass ich zu brutal in meiner Formulierung bin. Aber wie sollte ich mich sonst ausdrücken? Sollte ich etwa mit ein paar schlichten Worten andeuten, dass er Ihrer nicht wert ist? Ich weiß das ja nicht, da ich Sie nicht kenne. Eines aber weiß ich: Ich habe Ihnen über Mr Rony die Wahrheit gesagt. Und ich kann den Beweis dafür erbringen, wenn Sie darauf bestehen.«

Gwenn erhob sich von ihrem Stuhl. Zum ersten Mal, seit sie mir einen unsicheren, fragenden Blick zugeworfen hatte, wandte sie ihre Augen von Wolfe ab. Sie sah ihren Vater an, ihre Mutter, ihre Schwester.

»Noch vor dem Schlafengehen werde ich meine Antwort geben«, sagte sie mit fester, klarer Stimme – und verließ das Zimmer.

8

Vier Stunden später, um neun Uhr abends, gähnte Wolfe so stark, dass ich schon das Schlimmste befürchtete.

Wir befanden uns in dem Zimmer, in dem ich am Sonnabend geschlafen hatte, sofern man meinen Zustand noch als Schlaf bezeichnen konnte. Kaum hatte Gwenn die Bibliothek verlassen und damit die Sitzung aufgehoben, da fragte mich Wolfe, wo er eine kleine Siesta halten könnte, und Mrs Sperling hatte dann dieses Zimmer vorgeschlagen. Als ich Wolfe nach oben lotste und ihm das Zimmer zeigte, ging er sofort auf eines der breiten Betten zu und prüfte es auf seine Tragfähigkeit. Dann riss er die Bettdecke herunter, zog sich Jackett, Weste und auch die Schuhe aus. Er legte sich hin, und schon drei Minuten später schlief er wie ein Murmeltier. Ich holte von dem anderen Bett noch eine Decke und deckte ihn damit zu. Dann folgte ich dem Beispiel von Wolfe.

Als wir um sieben Uhr zum Abendessen gerufen wurden, schickte mich Wolfe als eine Art Boten zu Mrs Sperling. Ich sollte ihr sagen, dass Mr Wolfe und ich unter den gegebenen Umständen lieber ein paar Bissen auf unserem Zimmer verzehren würden. Wenn das nicht ginge, sei es auch nicht so schlimm, dann würden wir eben auf das Abendessen verzichten. Es war eine wirkliche Freude, zu sehen, wie glücklich Mrs Sperling war, als ich ihr diesen Vorschlag unterbreitete.

Inzwischen war es also neun Uhr abends geworden. Nachdem ich Wolfes vorbildliches Gähnen bewundert hatte, suchte ich nach der ersten besten Entschuldigung, um meine Gehwerkzeuge ein wenig in Bewegung zu setzen. Da entdeckte ich das Tablett, auf dem der Kaffee gestanden hatte. Alles andere Geschirr war bereits abgetragen. Aber ein Tablett tut's auch, dachte ich, und trug es nun nach unten. Als ich es in der Küche abstellte, war niemand da. Schade ... ich fühlte mich so einsam, war so anschlussbedürftig. Ich beschloss daher, auf eigene Faust eine kleine Aktion zu unternehmen. Ich ging zuerst in die Bibliothek. Die Tür stand offen. Sperling saß an seinem Schreibtisch und studierte offenbar einige Dokumente. Als er mich eintreten sah, ehrte er mich durch einen Blick. Doch er sprach kein Wort.

Ich wartete einen Augenblick. Dann sagte ich: »Wir sind oben und warten.«

»Ja, ich weiß«, sagte er, ohne nochmals von seinen Papieren aufzublicken.

Seiner Ansicht nach schien die Konversation damit beendet zu sein. Ich zog wieder ab. Das Wohnzimmer war leer. Ich öffnete die Tür, die zur Terrasse führte. Niemand war zu sehen. Man hörte nichts. Auch das Bridgezimmer war dunkel. Ich drehte das Licht an, um vielleicht doch einen Mitmenschen zu entdecken. Es war keiner da. So ging ich wieder nach oben und erstattete Wolfe genau und ausführlich Bericht.

»Das ganze Haus ist eine Wüste«, sagte ich. »Weit und breit habe ich nur ein Lebewesen angetroffen – Sperling. Und der macht gerade, glaube ich, sein Testament. Sie haben allen einen solchen Schrecken eingejagt, dass sie sich sofort verflüchtigt haben.«

»Wie spät ist es?«

»Neun Uhr zwanzig.«

Er sagte: »Vor dem Schlafengehen. Rufen Sie jetzt mal Fritz an.«

Wir hatten erst vor einer Stunde mit Fritz telefoniert. Aber was machte das schon, wir brauchten das Gespräch ja nicht zu bezahlen. Ich ging also zum Apparat, der auf dem Tisch zwischen den beiden Betten stand, und rief Fritz an. Er hatte nichts Neues zu berichten. Andy Krasicki befand sich noch immer mit fünf Leuten auf dem Dach und rackerte sich ab. Er ließ bestellen, dass er alles behelfsmäßig wiederhergestellt habe. Theodor, so erzählte Fritz weiter, sei noch immer keineswegs bei bester Laune, habe aber einen sehr gesunden Appetit entwickelt und so weiter.

Ich legte auf und gab den Bericht an Wolfe weiter, wobei ich hinzufügte: »Mir scheint, dass wir vielleicht mit all diesen Reparaturen das Geld unseres Klienten verplempern. Wenn Gwenn auf Beweisen besteht und wir uns dann nach einem kleinen Luftschutzkeller oder sonst einem Asyl für Obdachlose umschauen müssen, da kommt es doch auf ein paar Fensterscheiben oder Dachziegel nicht so an. Es kann ja Jahre dauern, bis Sie das liebe, traute Heim wiedersehen. Vielleicht werden Sie's überhaupt nicht mehr erleben.«

Ich hatte das alberne Gefühl, dass unsere Zukunft von dem Ja oder Nein eines sommersprossigen Mädchens abhing. Wenn ich nun auch an sich nichts gegen hübsche Mädchen mit oder ohne Sommersprossen habe, so fand ich doch: Das geht etwas zu weit! Aber ich machte Wolfe keine Vorwürfe. Er konnte ja nicht anders handeln, als er gehandelt hatte. Aus dem Wohnzimmer hatte ich ein paar neue Illustrierte mitgebracht. Doch ich schaute sie nicht an, da ich noch immer auf dem Bett lag und mir überlegte, ob ich versuchen sollte, Madeline zu erwischen und mit ihr zu sprechen. Vielleicht konnte sie Gwenn zu einer vernünftigen Entscheidung bringen. Da läutete das Telefon.

Eines der Dienstmädchen war am Apparat und meldete einen Anruf für Mr Goodwin. Ich dankte ihr und hörte dann eine Stimme, die mir bekannt war.

»Hallo! ... Ist da Archie?«

»Am Apparat.«

»Hier ist ein Freund.«

»Ich habe viele Freunde. Moment mal. Lassen Sie mich raten. Die Telefonleitungen sind hier verdammt kompliziert. Ich befinde mich in einem Schlafzimmer mit Wolfe. Wenn ich den Hörer abnehme, habe ich sofort direkte Verbindung mit dem Amt. Ihr Gespräch ging aber erst nach unten und wurde dann weitergeleitet.«

»Aha. Ja, ich verstehe. Also hören Sie, ich sitze hier und beobachte jemanden, der sein Gesicht hinter einer Zeitung versteckt hat. Ich bin ein wenig spazieren gegangen, aber es waren mir zu viele Leute auf der Straße. So habe ich mich in meinen Wagen gesetzt und bin hergefahren. Und da bin ich nun. Tut mir schrecklich Leid, dass Sie Ihre Verabredung nicht einhalten können.«

»Tut mir auch schrecklich Leid. Aber vielleicht klappt's ein wenig später, wenn Sie dableiben und warten. Geht das?«

»Okay.«

Ich legte den Hörer auf, erhob mich und sagte zu Wolfe: »Saul war gerade im Begriff, irgendwohin zu gehen; da merkte er, dass jemand hinter ihm her war. Er lässt sich nicht gern von fremden Leuten beschatten. So machte er sich aus dem Staub. Er kam ins Büro, um Bericht zu erstatten. Nun ist er da. Haben Sie irgendwelche Vorschläge?«

»Wer folgte ihm?«

»Ich glaube nicht, dass er es weiß. Gesagt hat er jedenfalls nichts. Sie hörten ja, was ich ihm über die seltsamen Telefonleitungen sagte.«

Wolfe nickte und dachte einen Augenblick nach. »Wie weit ist es zur nächsten Telefonzelle?«

»Oh, ich glaube, ich kann's schaffen. Auch in der Dunkelheit. Chappaqua ist sieben Minuten von hier und Mount Kisco zehn Minuten. Haben Sie irgendwelche besonderen Instruktionen?«

Er hatte keine, sagte nur, wenn Saul schon in unserem Büro sei, dann solle er ruhig dableiben und warten, bis er wieder von uns höre. Ich zog ab.

Ich verließ das Haus durch die Tür, die zur West-Terrasse führte; denn das war der kürzeste Weg zu dem Gebüsch, wo ich den Wagen geparkt hatte. Im Wohnzimmer sah ich Paul und Connie Emerson, die sich ein Fernsehprogramm anschauten; und auf der Terrasse traf ich Webster Kane, der offenbar nur ein wenig auf und ab ging.

Ich grübelte darüber nach, wer wohl Saul auf den Fersen gewesen war. War es die liebe Polizei? War es ein *A*, *B*, *C* oder *D*? Auch nachdem ich mit Saul gesprochen hatte, war mir die Sache noch immer nicht ganz klar. Saul wusste nur, dass ihm eine unbekannte Person gefolgt und dass es verdammt schwierig gewesen war, diesen Begleiter abzuschütteln. Da ich Saul Panzer kannte, wusste ich, dass ich mich auf seine Angaben über das Abschütteln verlassen konnte. Da er sonst nichts zu berichten hatte, außer dass ihm jemand gefolgt war, sagte ich ihm, er solle sich's in einem unserer Gästezimmer bequem machen. Ich fuhr dann nach Stony Acres zurück.

Madeline hatte sich inzwischen zu den Emersons im Wohnzimmer gesellt.

»Wo waren Sie?«, fragte sie.

Ich sagte ihr, dass ich in Chappaqua war, um ein Telefongespräch zu führen. Sie ergriff meinen Arm und zog mich in die große Vorhalle. Dort fragte sie mich: »Haben Sie Gwenn gesehen?«

»Nein. Wo ist sie?«

»Ich weiß es nicht. Aber ich glaube …«

Sie hielt mitten im Satz inne. Um die Pause auszufüllen, sagte ich: »Ich dachte, sie sitzt irgendwo in einer Ecke und denkt nach, um zu einem Entschluss zu kommen.«

»Sie haben das Haus nicht verlassen, um mit ihr zu sprechen?«

»Warum sollte ich?«

Madeline zögerte einen Augenblick, ehe sie fortfuhr. »Nach dem Essen sagte sie zu Papa, sie würde ihn so bald wie möglich ihren Beschluss wissen lassen. Dann ging sie auf ihr Zimmer. Ich folgte ihr, weil ich mit ihr sprechen wollte. Aber sie jagte mich aus dem Zimmer. Ich begab mich dann ins Schlafzimmer meiner Mutter. Einige Zeit später ging ich wieder zu Gwenn. Diesmal ließ sie mich reden und sagte mir, sie brauche frische Luft und wolle ein wenig ins Freie. Sie verließ das Haus durch den Hintereingang. Ich begab mich wieder ins Zimmer meiner Mutter. Als ich nun wieder runterkam und Sie hier sah, dachte ich mir, Sie hätten sie vielleicht getroffen.«

»Kein Grund, sich aufzuregen. Vielleicht konnte sie im Haus zu keiner Entscheidung gelangen und ging deswegen ins Freie. Schließlich sagte sie ja, sie wolle uns ihren Beschluss vor dem Schlafengehen mitteilen. Wir müssen ihr etwas Zeit lassen. Sie sollten sich etwas entspannen.«

»Sie kennen Gwenn nicht«, sagte sie.

»Nein – das stimmt schon.«

»Sie ist ein gescheites Mädchen. Aber sie ist so bockig wie ein Maulesel. In der Beziehung ähnelt sie Papa. Wenn er sich nicht in die Sache eingemischt hätte, würde sie Louis sicher schon längst aufgegeben haben. Aber jetzt ... ich mache mir wirklich die größten Sorgen. Nero Wolfe hat gewiss alles getan, was er tun konnte. Aber er hat etwas übersehen. Stimmt es, dass Papa ihm den Auftrag gab, gewisse Dinge über Louis ausfindig zu machen, die meine Schwester davon abhalten sollten, ihn zu heiraten?«

»Stimmt.«

»Und so wie Nero Wolfe die Dinge sah, gab es nur vier Möglichkeiten. Entweder musste er sich aus der Sache zurückziehen, oder Papa musste ihm den Laufpass geben, oder Gwenn musste ihm alles glauben, was er über Louis gesagt hat, und auf weitere Nachforschungen seinerseits verzichten, oder aber er musste mit Gwenns Einverständnis den Entschluss fassen, die Sache weiterzuverfolgen, bis er die nötigen Beweise in Händen hat. Aber ich sagte schon, er hat da eine Möglichkeit übersehen. Was geschieht, wenn Gwenn mit Louis auf und davon geht und ihn heiratet? Was dann? Wird Papa dann immer noch wollen, dass Nero Wolfe hinter Louis herjagt, wenn Rony sein Schwiegersohn geworden ist? Wohl kaum. Ich glaube ganz bestimmt, Gwenn rechnet damit, dass Papa dann endlich von der Sache ablassen würde.« Madeline ergriff meinen Arm. »Ich mache mir solche Sorgen! Ganz bestimmt ging sie fort, um Louis zu treffen!«

»Verflucht! Nahm sie eine Reisetasche?«

»Bestimmt nicht. Sie wusste ja, dass ich alles tun würde, um sie nicht fortgehen zu lassen. Auch Papa hätte das getan. Die ganze Familie. Wenn Nero Wolfe wirklich so gescheit ist, wie er immer tut, warum hat er dann nicht an diese fünfte Möglichkeit gedacht?«

»Er ist bisweilen stockblind, der arme Mann. Was er nicht sehen will, sieht er nicht. Und dazu gehören Liebespaare, die nachts entwischen, um sich dann irgendwo heimlich trauen zu lassen. Aber ich … ich hätte daran denken sollen … ich könnte mich ohrfeigen. Wann ging sie weg?«

»Es muss vor ungefähr einer Stunde gewesen sein …«

»Nahm sie einen Wagen?«

Madeline schüttelte den Kopf. »Nein. Ich hätte es ganz bestimmt gehört.«

»Dann muss sie …«, ich brach ab, überlegte. »Wenn sie keinen Wagen nahm, wenn sie nur ausging, um etwas frische Luft zu schnappen, während sie über ihren Beschluss nachdachte – oder wenn sie möglicherweise ausging, um ihn irgendwo zu treffen und mit ihm alles zu besprechen, dann müssen wir uns jetzt fragen, wo kann sie hingegangen sein? Gibt es einen Spazierweg, den sie besonders liebt?«

»Eine ganze Reihe.« Madeline warf mir einen leicht verächtlichen Blick zu, als hätte ich das als Detektiv längst schon wissen müssen. »Auf dem großen Feld hinter dem Haus steht ein alter Apfelbaum. Zu diesem Baum geht sie immer gern. Und dann ist da noch ein Lorbeergebüsch unten beim Bach und eine …«

»Wissen Sie, wo wir eine Taschenlampe finden können?«

»Ja, wir haben eine …«

Sie ging. Einen Augenblick später war sie zurück, und wir verließen das Haus durch die Vordertür. Sie gab dem alten Apfelbaum die größten Chancen. Wir gingen also halb ums Haus herum, überschritten den Rasen, fanden einen Pfad durch das Gebüsch, bis wir zu einem Gitter kamen, das uns auf eine Wiese führte. Madeline rief den Namen ihrer Schwester. Keine Antwort. Als wir den alten Apfelbaum erreichten, war niemand da. Wir kehrten auf einem anderen Wege in die Nähe des Hauses zurück, vorbei an der Scheune, dem Hundezwinger und einem kleinen Schuppen, wobei wir an der Scheune Halt machten. Vielleicht hatte Gwenn gar in romantischem Überschwang ein Pferd gesattelt und war auf und davon galoppiert, um ihren edlen Ritter zu treffen. Aber alle Pferde standen im Stall. Der Bach lag in entgegengesetzter Richtung, nicht weit von der Landstraße. Wir eilten also zum Bach. Hin und wieder rief Madeline den Namen ihrer Schwester, doch mit verhaltener Stimme, sodass man den Ruf im Haus nicht hören konnte. Ich benutzte die Taschenlampe nur, wenn es unbedingt nötig war. Inzwischen hatten sich unsere Augen an die Dunkelheit gewöhnt. Wir hielten uns an den Weg, bis wir die Brücke über den Bach erreichten. Dann machte Madeline eine scharfe Wendung nach links.

Wir waren etwa zwanzig Schritte von dem Weg entfernt, der zum Hause führte, als ich den Lichtstrahl nach links schwenkte und unmittelbar vor einem Strauch einen Gegenstand am Boden entdeckte. Ich blieb stehen. Ein Blick genügte, um festzustellen, was dieser Gegenstand war. Da gab es überhaupt keinen Zweifel. Die Frage war nur: Wer war es? Madeline, die mir vorausgelaufen war, rief Gwenns Namen. Da ich stehen geblieben war, rief sie mir zu: »Kommen Sie nicht nach?« Ich antwortete, ich käme schon, und setzte mich wieder in Bewegung. Ich machte schon den Mund auf, um ihr zu sagen, dass ich gleich bei ihr sein würde. Da rief Madeline nochmals den Namen ihrer Schwester, und man hörte ganz schwach, ganz leise eine Antwort. Es war Gwenns Stimme.

»Ja, Madeline, hier bin ich.«

Ich musste daher eine genauere Untersuchung meines Fundes vertagen. Madeline hatte einen Seufzer der Erleichterung ausgestoßen und stürmte vorwärts. Ich folgte ihr. Auf einmal hatte ich mich im Gestrüpp verfangen und musste mich mühsam wieder herauswinden. Dabei wäre ich fast in den Bach geplumpst. Ich bewegte mich jetzt in Richtung der Stimmen vorwärts und fuchtelte mit meiner Taschenlampe herum. Endlich stieß ich auf Madeline und Gwenn.

»Was bedeutet dieses Theater?«, fragte Gwenn ihre Schwester. »Meine Güte, ich bin ja nur an einem Sommerabend ein wenig spazieren gegangen. Was ist denn dabei? Es sind auch schon andere Leute mal abends ausgegangen, um frische Luft zu schnappen.«

»Du weißt ganz genau«, sagte Madeline, »dass es sich hier nicht um einen kleinen Spaziergang handelt. Und du hast ja nicht einmal eine Jacke angezogen!«

»Ja, ich weiß. Ich hab's nicht getan. Wie spät ist es?«

Ich richtete die Taschenlampe auf meine Armbanduhr.

»Fünf nach elf.«

»O Gott, dann hat er auch diesen Zug nicht mehr erreicht.«

»Wer hat den Zug nicht mehr erreicht?«, fragte Madeline.

»Wer? Drei Mal darfst du raten!« Gwenn war sehr gereizt. »Der gefährliche Verbrecher natürlich. Vielleicht ist er wirklich ein Schurke. Ich weiß es nicht. Ich glaube es fast schon selbst. Aber ich wollte ihn nicht einfach abschieben, ohne vorher mit ihm zu sprechen. Das lässt sich nicht telefonisch machen. Und auch nicht brieflich. Ich rief ihn an und bat ihn, herzukommen.«

»Klar«, sagte Madeline – und es klang nicht sehr herzlich, »klar, versteht sich von selbst. Er sollte kommen und dir beichten. Er sollte dir sagen, wer *X* ist, und dann sollte er Asche auf sein Haupt streuen und Besserung geloben.«

»Red doch keinen Unsinn, Madeline! Ich wollte ihm nur sagen, dass es zwischen uns aus ist. Verstehst du das? Und ich wollte es tun, ehe ich mit Papa sprach, mit dir und mit den anderen. Er sollte eigentlich mit dem Zug um neun Uhr zwanzig kommen, dann am Bahnhof ein Taxi nehmen und mich hier treffen. Diesen Zug hat er nicht erreicht. Und nun sieht es so aus, als ob er auch den nächsten nicht mehr erwischt hat. Aber vielleicht kommt er mit dem ... Wie spät ist es?«

Ich sah nochmals auf meine Uhr. »Neun Minuten nach elf.«

»Es gibt noch einen Zug um elf Uhr zweiunddreißig. Ich will bis dahin warten. Wenn er dann nicht kommt, geb' ich's auf. Ich warte sonst nicht zwei Stunden auf einen Mann. Aber hier liegt der Fall ja anders. Das musst du doch zugeben, Madeline, nicht wahr?«

»Wenn Sie bereit sind, sich einen Ratschlag erteilen zu lassen«, warf ich ein, »dann würde ich an Ihrer Stelle anrufen und mal feststellen, was eigentlich los ist. Warum gehen Sie nicht mit Ihrer Schwester ins Haus und machen diesen Anruf? Ich werde inzwischen hier warten. Vielleicht kommt er doch noch. Ich verspreche Ihnen hoch und heilig, ich werde ihm kein Sterbenswörtchen sagen – außer, dass Sie gleich wieder hier sein werden.«

Gwenn und Madeline waren damit einverstanden. Der Vorschlag leuchtete ihnen ein. Ich wartete, bis sie ein ziemliches Stück gegangen waren, und begab mich dann zu der Stelle, wo ich einige Minuten zuvor im Gestrüpp etwas entdeckt hatte.

Erste Frage: War dieses Etwas tot? Ja. Zweite Frage: Wer hat dieses Etwas getötet? Die Antwort darauf war nicht ganz so einfach. Dritte Frage: Wie lange war dieses Etwas schon tot? Das ließ sich immerhin auf Grund meiner Erfahrungen mit einiger Sicherheit schätzen. Vierte Frage: Was hatte dieses Etwas in der Tasche? Das war schon schwieriger. Da gab es eine ganze Reihe von Komplikationen. Als ich die gleichen Taschen am Sonntagabend untersucht hatte, nachdem Ruth Brady dieses Etwas für mich präpariert hatte, war ich mit größter Vorsicht ans Werk gegangen. Aber Vorsicht genügte jetzt nicht. Ich nahm mein Taschentuch, wischte seine lederne Brieftasche sorgfältig ab, innen und außen. Dann presste ich seine Fingerabdrücke auf das Leder, ganz behutsam und so, dass sie überall waren. Ich steckte die Brieftasche wieder in sein Jackett. Sie enthielt übrigens eine kleine Musterkollektion von Banknoten. Gern hätte ich mir die Mitgliedskarte der radikalen Organisation nochmals angeschaut, konnte es aber nicht. Das verdammte Ding war nicht da.

Ich hatte es mir in den Kopf gesetzt, die Sache auf der Stelle zu erledigen. Aber als ich die Suche nach der verdammten Karte endlich aufgab, hatte ich auf einmal ein ganz seltsames Gefühl in meiner Magengegend. Ich stand auf und drehte mich um, sog tief Luft ein. Ein paar Mal tief atmen hilft ja meistens.

Still und friedlich stand ich auf meinem Posten, als die beiden Mädchen wieder erschienen und auf die Lichtung zukamen, wo wir uns getrennt hatten. Als sie nur noch ein paar Schritte von mir entfernt waren, fragte Madeline: »Ist er gekommen?«

»Er hat nichts von sich hören lassen«, sagte ich. Das war immerhin die reine Wahrheit, und bisweilen ist es ja ganz zweckdienlich, wenn man sich an die Wahrheit hält. »Sie haben ihn also nicht erreicht?«

Gwenn antwortete: »Nein, es meldete sich der Auftragsdienst. Im Übrigen würde er kurz nach Mitternacht zurück sein. Ich will hier noch etwas warten. Vielleicht kommt er mit dem Zug um elf Uhr zweiunddreißig. Dann werde ich es aufgeben. Glauben Sie, dass ihm etwas zugestoßen ist?«

»Gewiss ist ihm etwas zugestoßen. Sonst hätte er Sie nicht sitzen lassen. Aber was da passiert ist, werden wir erst später erfahren. Jetzt brauchen Sie mich ja nicht mehr«, sagte ich. »Sollte er doch noch kommen, so werden Sie ja sowieso lieber auf meine Anwesenheit verzichten. Ich gehe also jetzt ins Haus zurück. Mr Wolfe wartet schon auf mich. Er kann es vor Spannung kaum noch aushalten, und ich muss ihn ein wenig beruhigen.«

Letztere Bemerkung schien sie nicht weiter zu berühren. Aber sie meinten, das sei ganz vernünftig. So zog ich denn ab. Ich wählte den näheren Weg, den sie mir gezeigt hatten, und erreichte schließlich das Haus, das ich durch die Vordertür betrat. Ich rannte die Treppen hinauf. Wolfe las noch immer in seinem Buch. Als ich die Tür hinter mir zumachte, wollte er mir gerade einen höchst unwilligen Blick wegen meines langen Ausbleibens zuwerfen.

»Nun?«, fragte er ganz sanft. »Alles in Ordnung?«

»Im Gegenteil«, sagte ich. »Alles in Unordnung. Irgendjemand hat Louis Rony getötet, indem er ihn mit seinem Wagen überfahren hat. Aber das muss man noch genauer prüfen. Er liegt hinter einem Gebüsch, etwa fünfzehn Meter von der Auffahrtstraße entfernt. Aber das ist die Schuld von Gwenn, die sich da mit ihm treffen wollte.«

Wolfe knurrte mich an. »Wer hat ihn gefunden?«

»Ich.«

»Weiß jemand davon?«

»Niemand. Das heißt, jetzt wissen Sie es.«

Wolfe erhob sich erstaunlich rasch. »Wo ist mein Hut?« Er blickte sich um. »Ach ja, ich habe ihn unten gelassen. Wo sind Mr und Mrs Sperling? Wir werden ihnen sagen, wir hätten hier jetzt nichts mehr zu tun und fahren deshalb nach Hause – aber nicht überstürzt ... Nein, wir sagen einfach, es würde sonst zu spät. Kommen Sie, Archie!«

»Sie wissen ganz genau, dass wir hier bleiben müssen.«

Er stand still und starrte mich an. Als er sich klar darüber wurde, dass Stillstehen und Starren die Situation nicht verbesserten, ließ er sich wieder auf einen Stuhl fallen.

9

»Problem Nummer eins lautet wie folgt«, sagte ich. »Habe ich die Leiche gesehen oder nicht? Wenn ja, bitteschön, da steht das Telefon. In diesem Fall müssen alle Arrangements verdammt flink getroffen werden, ehe die Polizei auf der Bildfläche erscheint und uns Gesellschaft leistet. Wenn nein, bitteschön, dann brauchen Sie sich kein Bein auszureißen. Die Leiche liegt, wie gesagt, hinter einem Gebüsch an einer sehr unzugänglichen Stelle. Kann sein, dass man sie da die ganze nächste Woche nicht findet, es sei denn, ein Hund schnüffelt herum. Sie müssen sich jetzt entscheiden. Habe ich die Leiche gesehen oder nicht?«

»Ich weiß zu wenig über den Sachverhalt«, sagte Wolfe etwas kleinlaut. »Was haben Sie eigentlich an der Stelle im Gebüsch zu tun gehabt?«

Ich klärte ihn auf. Ich erzählte ihm, warum Madeline über Gwenns Verschwinden so aufgeregt war, und ich erwähnte auch, wie ich das Problem mit den Fingerabdrücken auf der Brieftasche gelöst hatte. Es war ein sehr konzentrierter Bericht, schlicht und sachlich. Als ich fertig war, hatte er nur drei Fragen zu stellen.

»Haben Sie auch nur für einen Augenblick, bewusst oder unbewusst, mit oder ohne schlüssige Verdachtsmomente, die Möglichkeit in Erwägung gezogen, dass Miss Sperling Sie absichtlich zu jener Stelle geführt hat?«

»Nein.«

»Wird man in der Nähe der Leiche irgendwelche Fußspuren identifizieren können?«

»Da bin ich nicht ganz sicher, glaub's aber nicht.«

»Sind irgendwelche Spuren vorhanden, die Ihren Weg aus dem Gestrüpp zur Leiche und dann wieder zurück aufzeigen könnten?«

»Antwort wie gehabt. Vielleicht würde Davy Crockett diese Spuren finden. Ich habe nicht an ihn gedacht, als ich mir meinen Weg durch das Gestrüpp bahnte. Und es war auch stockdunkel.«

Wolfe reagierte mit einem seiner Grunzlaute. »Wir sind hier nicht im eigenen trauten Heim und können die Sache nicht riskieren. Lassen Sie mal alle hier raufkommen – die ganze Familie Sperling. Rufen Sie die beiden jungen Damen persönlich. Das jüngere Fräulein würde sonst wohl kaum erscheinen. Lassen Sie die anderen rufen. Alles Weitere werde ich dann besorgen. Holen Sie zuerst die jungen Damen. Es hat Zeit, die anderen kommen zu lassen, wenn Sie wieder im Haus sind. Ich will nicht, dass Mr Sperling hier als Erster erscheint.«

Ich raste los. Das war ja eine ziemlich leichte Aufgabe, die er mir da gestellt hatte, überhaupt nicht zu vergleichen mit sonstigen Gelegenheiten, wenn ich losziehen musste, um irgendwelche Leute in sein Büro zu schleppen.

Mit den beiden Mädchen war alles sehr einfach. Ich sagte Gwenn, Wolfe hätte gerade Nachrichten erhalten, aus denen absolut sicher hervorginge, dass Rony nicht mehr kommen würde, und er möchte sie sofort sprechen, um ihr alles mitzuteilen. Natürlich erhob Gwenn keinerlei Einwendungen. Mit den Leuten im Haus war die Sache auch nicht weiter schwierig. Jimmy spielte unten mit Connie Tischtennis. Madeline ging und verständigte ihn. Mr und Mrs Sperling befanden sich im Wohnzimmer. Sie saßen da mit Webster Kane und Paul Emerson. Ich sagte ihnen, dass Wolfe sie für ein paar Minuten sprechen möchte, das heißt nur die Mitglieder der Familie Sperling.

Oben fehlte es an genügend Sitzgelegenheiten. Wolfe hat es nicht gern, wenn Leute stehen, während er zu ihnen spricht. Aber das ließ sich nun nicht ändern. Sperling war offensichtlich über das lange Warten sehr verärgert. Er hatte nun schon sieben Stunden auf eine wichtige Entscheidung in eigenen Angelegenheiten warten müssen, obendrein eine Entscheidung, die nicht er, sondern seine eigene Tochter zu treffen hatte. Er konnte seinen Ärger kaum verbergen und wollte gerade über Gwenn herfallen. Doch Wolfe kam ihm zuvor.

»Am Nachmittag haben wir eine überaus ernste Angelegenheit besprochen, nicht wahr?«

Allgemeine Zustimmung.

»Jetzt ist die Angelegenheit noch ernster geworden – oder auch nicht. Ich weiß es nicht. Es geht jetzt darum, wie man den Tod von Mr Rony bewertet.«

In Fachkreisen ist man der Ansicht, es sei immer ratsam, den Tod einer bestimmten Person einer Gruppe von Menschen schlagartig mitzuteilen, wenn man den Verdacht hat, dass einer von ihnen den Mord begangen haben könnte. Das ist eine sehr einfache Theorie. Man hat dann nichts weiter zu tun, als sich die Gesichter gründlich anzuschauen – und dann löst sich auch der komplizierteste Mord sozusagen in Wohlgefallen auf. In der Praxis ist die Sache nicht ganz so wohlgefällig, und ich habe es eigentlich noch nie erlebt, selbst bei Nero Wolfe nicht, dass man mit einer theoretischen Methode Mörder fangen kann. Aber die Theorie hat ihre Reize, und so bemühte ich mich, die ganze ehrenwerte Versammlung mit einem umfassenden Blick aufs Korn zu nehmen. Zweifellos tat Wolfe dasselbe.

Alle gaben gewisse Laute von sich. Einige stießen sogar ein paar Worte aus. Aber niemand schrie oder fiel in Ohnmacht. Der Gesamteindruck war hundertprozentige Verblüffung. So weit ich beurteilen konnte, war sie echt.

Gwenn fragte: »Sie meinen Louis?«

Wolfe nickte. »Ja, Miss Sperling, Louis Rony ist tot. Mr Goodwin hat den Leichnam vor einer Stunde gefunden, als er mit Ihrer Schwester losgezogen war, um Sie zu suchen. Er fand ihn hier auf diesem Grundstück, ganz dicht bei einem Gebüsch. Es hat den Anschein …«

»Dann … ist er also doch gekommen!«

Die anderen hatten sich inzwischen gefasst. Sie waren jetzt bereit, Fragen zu stellen. Wolfe machte eine abwehrende Handbewegung.

»Bitte, bitte, meine Herrschaften! Wir haben jetzt keine Zeit …«

»Wie kam er ums Leben?«, fragte Sperling.

»Das wollte ich gerade mitteilen. Alle Anzeichen deuten darauf hin, dass er von einem Wagen überfahren und dann von der Auffahrtstraße ins Gebüsch geschleppt wurde. Aber das alles bedarf noch weiterer Untersuchungen. Der Leichnam lag nur kurze Zeit da, ehe er gefunden wurde. Knapp zwei Stunden. Die Polizei muss unverzüglich verständigt werden. Ich nehme an, Mr Sperling, dass Sie das selbst erledigen wollen. Es würde jedenfalls einen besseren Eindruck hinterlassen.«

Gwenn begann zu zittern. Madeline ergriff ihren Arm, führte sie zu einem der beiden Betten und half ihr beim Hinsetzen. Mrs Sperling war völlig außer Fassung.

»Wollen Sie damit sagen …« Sperling hielt inne. »Wollen Sie damit sagen, dass er ermordet wurde?«

»Weiß ich nicht. Der Tatbestand des Mordes setzt eine vorsätzliche, mit Überlegung ausgeführte Tötung voraus. Sollte die Polizei auf Grund ihrer Untersuchungen zu dem Ergebnis gelangen, dass hier ein Mord vorliegt, so bleibt immer noch die Überführung des Täters. Und dann wird man mit der üblichen Routine beginnen. Man wird nach einem Tatmotiv suchen. Man wird prüfen, wer in der Lage war, die Tat auszuführen … Ich weiß nicht, wie weit Sie über die Untersuchungsmethoden der Polizei informiert sind. Wenn nicht, werden Sie bald Gelegenheit haben, diese Methoden kennen zu lernen. Wen werden Sie übrigens verständigen, die Ortspolizei oder die Bundespolizei? Die Wahl liegt ganz bei Ihnen. Aber an Ihrer Stelle würde ich nicht mehr zögern.«

Zum ersten Mal ergriff jetzt Mrs Sperling das Wort. »Aber das ist ja ... das wird ja grauenhaft sein! Hier bei uns ... auf unserem Grundstück ... in unserem Haus! Warum können Sie die Leiche nicht fortschaffen und sie ...«

Niemand kümmerte sich auch nur im Geringsten um das, was sie sagte. Sperling fragte Wolfe: »Haben Sie eine Ahnung, was er hier wollte?«

»Ich weiß, was ihn hergeführt hat. Ihre Tochter rief ihn an. Sie bat ihn zu kommen.«

»Stimmt das, Gwenn? Hast du das getan?«

Gwenn schwieg. Madeline antwortete für sie. »Ja, Papa, sie hat ihn angerufen. Sie wollte Schluss mit ihm machen. Er sollte es aus ihrem Munde erfahren.«

»Es gibt wohl keine Möglichkeit, die Polizei aus dem Spiel zu lassen? Ich kenne einen Doktor hier, der vielleicht ...«

»Nein, es geht nicht. Schlagen Sie sich diesen Gedanken aus dem Kopf!«

»Sie sind ein Fachmann auf diesem Gebiet. Wird die Polizei diesen Fall als Mord ansehen?«

»Ein Fachmann braucht Tatsachen, auf die er sein Urteil stützen kann. Ich verfüge zur Zeit nicht über alle Fakten. Aber ich vermute, dass die Polizei Mord annehmen wird.«

»Wäre es dann nicht besser, dass ich einen Anwalt herbitte?«

»Das hat noch Zeit. Sie werden später einen brauchen, vielleicht sogar mehrere. Aber die Sache lässt sich nicht länger verschieben. Mr Goodwin und ich haben gewisse Verpflichtungen, an die wir uns halten müssen, sowohl in unserer Eigenschaft als Staatsbürger als auch in unserer Eigenschaft als lizenzierte Privatdetektive.«

»Sie haben auch Verpflichtungen mir gegenüber. Ich bin Ihr Klient.«

»Das ist uns bekannt. Wir haben diesen Umstand nicht außer Acht gelassen. Es war elf Uhr, als Mr Goodwin einen Leichnam fand. Äußere Anzeichen ließen ein Gewaltverbrechen vermuten. Es war seine gesetzliche Pflicht, die zuständigen Behörden unverzüglich davon in Kenntnis zu setzen. Jetzt ist es bereits nach Mitternacht. Wir wollten Ihnen eine Chance geben, den ersten Schock abzureagieren. Jetzt aber muss ich leider darauf bestehen.«

»Donnerwetter noch mal! Ich muss erst über die Sache nachdenken!«

»Rufen Sie die Polizei an und denken Sie nach, während die Polizei unterwegs ist.«

»Nein!« Sperling ergriff einen Stuhl, schwenkte ihn herum und setzte sich dann auf die Kante, ganz nah bei Wolfe. »Ich will Ihnen mal was sagen. Ich habe Sie in einer vertraulichen Angelegenheit engagiert. Ich kann mit Fug und Recht erwarten, dass Sie die Angelegenheit vertraulich behandeln. Ich sehe nicht ein, warum jetzt die ganze Sache enthüllt werden soll. Ich bin unter allen Umständen dagegen. Es handelt sich hier um die Wahrung eines Berufsgeheimnisses ...«

»Nein, Mr Sperling«, sagte Wolfe sehr scharf. »Das Berufsgeheimnis gilt nur für Rechtsanwälte, Notare, Verteidiger in Strafsachen, Ärzte, Apotheker und Gehilfen dieser Personen. Ich bin weder Anwalt noch Arzt. Für Privatdetektive gibt es keine Schweigepflicht, ganz egal, wie hoch man sie honoriert ...«

»Aber Sie ...«

»Sie scheinen der Ansicht zu sein: Wenn ich nun über das Gespräch berichte, das ich heute Nachmittag mit Ihnen und anderen Mitgliedern der Familie führte, dann muss das unbedingt den Eindruck erwecken, dass alle – mit einer Ausnahme – den Tod von Mr Rony für sehr wünschenswert hielten. Und in dieser Annahme irren Sie auch nicht. Infolgedessen wird es für die Polizei nahezu unmöglich sein, den Tod von Mr Rony nicht als Mord anzusehen. Dabei wird es keine Rolle spielen, welche Position Sie im öffentlichen Leben einnehmen. Ich verrate Ihnen kein Geheimnis, wenn ich Ihnen sage, dass Sie und Ihre Familie in eine höchst unerquickliche Situation geraten werden. Tut mir Leid, aber ich kann da auch nichts machen. Ich habe der Polizei schon mehrfach gewisse Informationen vorenthalten. Aber nur dann, wenn es sich um einen Fall handelte, mit dem ich selbst befasst und bei dem ich darüber hinaus überzeugt war, es sei besser, die Informationen selbst auszuwerten, statt sie mit anderen zu teilen. Im Übrigen ...«

»Verdammt noch mal! Es handelt sich hier ja um einen Fall, mit dem Sie sich befassen. Sie müssen sich sogar mit ihm befassen, denn ich habe Sie ja engagiert!«

»Stimmt nicht! Der Fall, für den Sie mich engagiert haben, ist abgeschlossen. Und ich bin froh darüber. Sie erinnern sich doch noch, dass ich den mir übertragenen Aufgabenkreis scharf abgegrenzt habe? Das Ziel, das wir damals vereinbarten, ist erreicht. Ich gebe allerdings zu, nicht durch meine ...«

»Schön. Dann engagiere ich Sie jetzt zur Bearbeitung einer neuen Sache. Ich engagiere Sie, den Tod von Mr Rony zu untersuchen.«

Wolfe runzelte die Stirn. »Tun Sie das nicht. Ich rate Ihnen unbedingt davon ab.«

»Sie sind bereits engagiert.«

Wolfe schüttelte den Kopf. »Sie befinden sich im Augenblick in einem Zustand starker Erregung. Ich warne Sie. Sie dürfen jetzt nicht impulsiv handeln. Wenn Mr Rony ermordet wurde und ich die Aufgabe übernehme, der Sache nachzugehen, dann werde ich auch den Mörder fangen. Ich könnte mir vorstellen, dass Sie es eines Tages bedauern werden, je meine Bekanntschaft gemacht zu haben.«

»Ich sage Ihnen nochmals: Sie sind bereits engagiert!«

Wolfe zuckte mit den Achseln. »Ich weiß, im Augenblick haben Sie nur eine fixe Idee. Sie wollen unter allen Umständen verhüten, dass ich der Polizei über unser Gespräch am Nachmittag berichte. Aber Sie können mich nicht heute engagieren und mich morgen mit einem kurzen Dankeschön an die Luft setzen. Ich hoffe, Sie wissen, was ich in einem solchen Fall tun würde.«

»Ja, ich weiß. Aber ich verspreche Ihnen, dass von einem An-die-Luft-Setzen nicht die Rede sein wird. Sie sind engagiert.« Sperling stand auf. »Ich werde jetzt die Polizei anrufen.«

»Moment mal!« Wolfe befand sich in einem Zustand, wo der Geduldsfaden jede Sekunde reißen konnte. »Sind Sie ganz von Sinnen? Haben Sie denn keinen Schimmer, wie heikel die Sache ist? Bei jener Besprechung waren sieben von uns zugegen ...«

»Wir können auf diesen Punkt noch zurückkommen, wenn ich telefoniert habe.«

»Nein! Das können wir nicht! Ich bestehe darauf, dass wir die Sache jetzt erörtern.« Wolfe ließ seine Blicke die volle Runde machen. »Es geht Sie alle an! Miss Sperling?«

Gwenn lag auf dem Bett, das Gesicht tief in das Kissen gepresst. Madeline saß auf der Bettkante.

»Müssen Sie jetzt meine Schwester derart anfauchen?«, fragte Madeline.

»Ich werde mich bemühen, nicht zu fauchen. Aber ich muss mit ihr sprechen – mit allen hier im Raum.«

Gwenn richtete sich auf. »Danke, mir fehlt nichts«, sagte sie. »Ich habe jedes Wort gehört. Papa hat Sie jetzt wieder engagiert, um ... ach Gott!« Sie hatte nicht geheult, aber sie sah arg mitgenommen aus. »Bitte, fahren Sie fort«, sagte sie.

»Meine Herrschaften«, sagte Wolfe, »die Sachlage ist Ihnen bekannt. Ich muss jetzt eine eindeutige Antwort auf die Frage haben: Hat irgendeiner von Ihnen etwas über das Gespräch in der Bibliothek verlauten lassen? Hat irgendeiner von Ihnen darüber mit einer dritten Person gesprochen?«

Alle verneinten die Frage.

»Dieser Punkt ist wichtig. Sind Sie dessen absolut sicher?«

»Connie hat ...«, räusperte sich Jimmy, ehe er fortfuhr. »Connie hat ein paar Fragen gestellt. Sie war so neugierig.« Der kleine Jimmy sah sehr unglücklich aus.

»Und was haben Sie ihr gesagt?«

»Ach ... so gut wie nichts.«

»Was heißt hier, so gut wie nichts?«, fragte Sperling.

»Nichts, Papa, wirklich nichts. Ich glaube, ich habe Louis erwähnt. Aber ich habe nichts über *X* und all das andere Zeug gesagt.«

»Du bist dümmer, als die Polizei erlaubt, mein Junge.« Sperling sah Wolfe an. »Soll ich Connie rufen lassen?«

Wolfe schüttelte den Kopf. »Nein! Unter keinen Umständen. Wir werden dieses Risiko auf uns nehmen müssen. War das alles? Sonst hat keiner von Ihnen irgendetwas über das Gespräch in der Bibliothek verlauten lassen?«

Wieder wurde die Frage von allen verneint.

»Also gut. Die Polizei wird einige Fragen stellen. Die Polizei wird sich besonders dafür interessieren, warum ich und Mr Goodwin hier sind. Ich werde sagen, Mr Sperling wusste, dass Louis Rony seiner Tochter den Hof machte, und weil er annahm, dass dieser Rony ein Radikaler sei ...«

»Nein!«, warf Sperling ein. »Das werden Sie nicht tun! Das würde ja ...«

»Unsinn«! Wolfe war jetzt in sehr gereizter Stimmung. »Wenn man in New York Ermittlungen anstellt – und Sie können sich darauf verlassen, dass das geschehen wird –, dann wird man bald dahinter kommen, dass Sie Mr Bascom engagiert hatten. Und warum, wird man auch bald wissen. Und was dann? Nein, das wird sich nicht verschweigen lassen. Ich werde also der Polizei mitteilen, warum Sie Rony verdächtigten und dass Sie mich beauftragt haben, diese Verdachtsgründe entweder zu bestätigen oder ad absurdum zu führen. Ich werde sagen, dass es sich dabei Ihrerseits nur um eine höchst natürliche Vorsichtsmaßnahme gehandelt hat. Im Übrigen werde ich selbstverständlich erwähnen, dass ich kaum mit meinen Nachforschungen begonnen hatte, indem ich Mr Goodwin zu Ihnen in Ihr Landhaus schickte und drei Aushilfskräfte engagierte, als auch schon mitten in der Nacht ein wüstes Bombardement meines Treibhauses erfolgte, wobei ganz erheblicher Schaden angerichtet wurde. Ich werde hinzufügen, dass meiner Ansicht nach Mr Rony und seine Gefährten diesen Überfall inszeniert hatten und dass sie nun befürchteten, es würde mir gelingen, Mr Rony zu entlarven, und dass sie mich daher einzuschüchtern versuchten.

Das war der Grund, werde ich weiter der Polizei mitteilen, warum ich gestern hierher kam. Ich wollte die ganze Angelegenheit einmal mit Mr Sperling gründlich durchsprechen. Mr Sperling hat die Familie zusammengerufen, da es sich ja um eine Familienangelegenheit handelte. Ich werde dann erwähnen, dass wir uns in der Bibliothek versammelten. Hier, so werde ich weiter sagen, erfuhr Mr Sperling nun, dass es mir in erster Linie um Schadenersatz ging – Schadenersatz für mein zerstörtes Treibhaus. In der Bibliothek wurde nur darüber gesprochen. Mr Sperling und ich sind uns dabei mächtig in die Haare geraten. Die übrigen Anwesenden haben nichts gesagt – oder zumindest nichts von Bedeutung.«

Wolfe hielt einen Augenblick inne, fixierte alle im Raum der Reihe nach. Dann fragte er: »Nun?«

»Einverstanden«, sagte Sperling.

Madeline dachte scharf nach. Man sah es ihr an. Dann platzte sie mit der Frage heraus: »Weswegen sind Sie dann noch den ganzen Abend hier geblieben?«

»Eine sehr vernünftige Frage, Miss Sperling. Aber die Antwort darauf können Sie mir überlassen. Ich habe mich einfach geweigert, wegzugehen, ehe mir Ihr Herr Papa die geforderte Schadenersatzsumme gezahlt hatte.«

»Und wie steht es damit, dass Gwenn bei Louis anrief und ihn bat, herzukommen?«

Wolfe sah Gwenn an. »Was haben Sie ihm gesagt?«

»Ach, das ist einfach grauenhaft.« Gwenn sprach mit kaum hörbarer Stimme. Sie starrte Wolfe an.

Wolfe nickte. »Ja, es ist grauenhaft. Da wird Ihnen niemand widersprechen. Können Sie sich noch daran erinnern, was Sie ihm sagten?«

»Natürlich kann ich mich noch daran erinnern. Ich sagte ihm, dass ich ihn unbedingt sprechen müsse. Er erwiderte, er hätte noch zu tun und könnte erst den Zug erreichen, der von der Grand Central Station um acht Uhr zwanzig abgeht.«

»Sie haben ihm nichts davon erzählt, was sich hier abgespielt hat?«

»Nein, ich ... ich hatte nicht die Absicht, das zu tun. Nein, ich wollte ihm nur sagen, dass ich beschlossen hatte, unsere Beziehung abzubrechen.«

»Gut. Ich habe nichts dagegen, wenn Sie das der Polizei mitteilen.« Wolfe wandte sich wieder an Madeline. »Sie denken sehr logisch, Miss Sperling. Sie möchten, dass die ganze Sache fein säuberlich arrangiert wird. Das lässt sich aber leider nicht machen. Wichtig ist noch ein Punkt. Ich habe ihn schon erwähnt. Bitte, merken Sie sich diesen Punkt genau. Bei dem Gespräch in der Bibliothek ging es einzig und allein um den Schadenersatz für mein Treibhaus. Nur darum. Im Übrigen bitte ich Sie, sich streng an die Wahrheit zu halten. Geschieht das nicht, sind Sie alle verloren. Ich möchte fast annehmen, dass Sie das sowieso sind, wenn dringende Verdachtsmomente vorliegen, dass einer von Ihnen Mr Rony vorsätzlich umgebracht hat, und wenn die Polizei einen erstklassigen Mann herschickt, der mit allen Wassern gewaschen ist und gut zu fragen versteht.«

»O Gott«, sagte Mrs Sperling mit schwacher Stimme und sah ganz verzweifelt aus. »Ich habe es nie verstanden zu lügen.«

»Hör jetzt mit diesem albernen Gewinsel auf«, sagte Mr Sperling. Doch es war nicht so unliebenswürdig gemeint, wie es klang. »Geh nach oben und leg dich schlafen!«

Wolfe griff dieses Stichwort auf. »Eine großartige Idee. Ja, gnädige Frau, das ist das Beste, was Sie tun können.« Er wandte sich dann an Sperling. »Und wenn Sie jetzt vielleicht ...«

Der Herr Generaldirektor verstand den Wink und ging zum Telefon.

10

Um elf Uhr am nächsten Morgen, am Dienstag, sagte Cleve Archer, Staatsanwalt des Bezirks Westchester, zu James U. Sperling: »Das ist eine höchst bedauerliche Angelegenheit. Wirklich höchst bedauerlich.«

Wahrscheinlich wäre Archer nicht in eigener Person erschienen, sondern nur einer seiner Untergebenen, wenn es sich bei Stony Acres nicht um einen so großen Besitz gehandelt hätte und das Einkommen von Mr Sperling niedriger gewesen wäre. Nun, das ist nicht weiter verwunderlich. Wolfe und ich hatten früher schon mehrfach mit Cleve Archer zu tun gehabt. Er war klein und untersetzt. Sein Gesicht war stark gerötet. Auf zehn Kilometer konnte er einen Einheimischen von einem Touristen unterscheiden. Kein übler Bursche.

»Wirklich höchst bedauerlich«, wiederholte er nochmals.

Keiner der Hausbewohner hatte die ganze Nacht aufbleiben müssen, nicht einmal ich, der ich die Leiche gefunden hatte. Zuerst war die Kriminalpolizei auf der Bildfläche erschienen. Dann kamen noch ein paar Beamte von der Ortspolizei in White Plains. Ein paar Fragen wurden gestellt. Alles ging sehr höflich zu. Dann wurden alle ins Bett geschickt. Nur ich wurde ausgesondert, weil ich die Leiche gefunden hatte. Es hatte aber noch andere Gründe. Der Mann, der es speziell auf mich abgesehen hatte, war einer meiner intimsten Feinde, Polizeileutnant Con Noonan. Er war tief enttäuscht, als er feststellen musste, dass Wolfe von Sperling engagiert worden war, was ihn immerhin dazu nötigte, eine gewisse Höflichkeit vorzutäuschen. Er war ein großer, grobknochiger Geselle, dieser Leutnant Con Noonan, verliebt in seine Uniform. Erst um zwei Uhr sagte er mir, da die Leiche in seinem Bezirk und nicht auf einer zur Staatsverwaltung gehörenden Landstraße gefunden worden war: »Mr Goodwin, nun können Sie sich schlafen legen.«

Ich schlief fünf Stunden. Dann stand ich auf und zog mich an. Ich ging nach unten und frühstückte mit Sperling, Jimmy und Paul Emerson. Emerson sah genauso sauertöpfisch wie immer aus, behauptete aber, er fühle sich ganz besonders frisch und munter, was er auf die ungewöhnlichen Ereignisse am Abend zuvor zurückführte. Er sagte, es sei schon eine Ewigkeit her, dass er eine wirklich gute Nachtruhe gehabt habe. Seine Schlaflosigkeit sei schon fast chronisch geworden, doch in der vergangenen Nacht habe er wie ein Murmeltier geschlafen. Offenbar war er nun zu der Erkenntnis gelangt, dass es wohl kein besseres Schlafmittel gibt als einen kleinen Mordfall unmittelbar vor dem Zubettgehen. Jimmy bemühte sich, die Stimmung durch ein paar uralte Witze zu beleben. Sperling zeigte keinerlei Interesse an diesen gut gemeinten Bemühungen seines Sprösslings, und ich selbst schlang mein Frühstück so rasch wie möglich hinunter, um dann Wolfes Essen aufs Zimmer zu tragen.

Als Wolfe mit seinem Frühstück fertig war, nahm ich das Tablett und trug es nach unten. Dabei hielt ich ein wenig Umschau. Madeline saß beim Kaffee auf der West-Terrasse. Weil es noch früh am Morgen und daher kühl war, hatte sie sich eine Jacke über die Schultern geworfen.

Madeline erzählte mir, was alles vorgefallen sei, während ich oben bei Wolfe war. Staatsanwalt Archer und Ben Dykes, der

Leiter der regionalen Kriminalpolizei, seien gekommen und befänden sich jetzt mit ihrem Vater in der Bibliothek. Ein Beamter der Staatsanwaltschaft unterhalte sich gerade mit Gwenn. Mrs Sperling liege noch immer im Bett und klage über furchtbare Kopfschmerzen. Jimmy sei zur Garage gegangen, weil er sich einen Wagen holen wollte, um in einer Privatangelegenheit nach Mount Kisco zu fahren. Man habe ihm aber gesagt, das ginge nicht, da die genaue polizeiliche Untersuchung der fünf Wagen, die Mr Sperling gehörten, noch nicht abgeschlossen sei. Paul und Connie Emerson seien zu der Erkenntnis gelangt, dass Hausgäste unter den obwaltenden Umständen wohl doch unerwünscht sein müssten, und sie hätten daher beschlossen abzufahren. Ben Dykes aber habe sie sehr dringend zum Bleiben aufgefordert. Im Übrigen hätten sie auch keinen Wagen gehabt, da ihr eigenes Auto mitsamt den anderen wegen der polizeilichen Untersuchung in der Garage blockiert war. Ein Reporter aus New York habe sich nach Übersteigen eines Zauns fast bis an das Haus herangepirscht, sei dann aber noch von einem Wachtmeister geschnappt worden.

Ich überließ Madeline ihrer dritten Tasse Kaffee auf der Terrasse und schlenderte zu der Stelle hinter dem Haus, wo ich meinen Wagen vorsichtshalber so geparkt hatte, dass er durch das Gestrüpp neugierigen Blicken entzogen war. Der Wagen stand noch da. Aber mit der Tarnung vor neugierigen Blicken hatte ich mich doch geirrt! Daneben standen zwei Polizeibeamte und fummelten an allem herum. Eine Zeit lang sah ich ihnen beim Untersuchen zu, ohne dass sie mich eines Blickes würdigten. Dann zog ich weiter und begann zu grübeln. Da stimmt doch was nicht, dachte ich mir. Wie sind alle diese lieben Leute hergekommen? Zu Fuß oder hoch zu Ross?

Als ich dann zu der Brücke am Bach kam, erhielt ich die Antwort auf meine Frage. Fünfzehn Schritte vom Bach entfernt, in der Mitte der Auffahrt, stand ein PKW, und ein zweiter PKW hielt auf der Brücke. Noch mehr Polizeibeamte waren irgendwie an der Auffahrt, zwischen den beiden Wagen, beschäftigt. Ich grübelte wieder. Da müssen sie doch nachts irgendetwas gefunden haben, dachte ich mir, was sie nun bei Tage genauer inspizieren wollen. Kein Wagen durfte diese Stelle passieren. Und das galt auch für den Wagen des Staatsanwalts. Diese Maßnahme fand meine uneingeschränkte Zustimmung. Da ich immer bestrebt bin, neue Eindrücke zu gewinnen und etwas dazuzulernen, was mir vielleicht künftighin in meinem Berufsleben nützlich sein kann, ging ich näher heran und sah mir die Arbeiten mit großem Interesse an.

Ich hatte nicht übel Lust, mir die Stelle im Gestrüpp etwas näher anzuschauen, wo ich gestern Rony gefunden hatte, vor allem da ich jetzt den Eindruck hatte, dass diese Stelle viel näher bei der Auffahrt lag, als es mir gestern schien.

Dann ging ich aber doch die Auffahrt zurück.

Als ich die drei Stufen hinaufstieg, die zur Vorderterrasse führen, hielt mich ein Uniformierter an.

»Sind Sie Mr Goodwin?«

Ich nickte.

Er machte mit dem Kopf eine Bewegung zum Haus hin. »Man verlangt Sie da drinnen.«

Ich betrat das Haus. Da kam Madeline gerade vorbei. Als sie mich sah, blieb sie stehen.

»Ihr Boss will Sie sprechen.«

»Wo? Oben in seinem Zimmer?«

»Nein. In der Bibliothek. Man hat nach ihm geschickt und will, dass Sie auch kommen.«

Diesmal saß Wolfe nicht auf dem bequemsten Stuhl. Wahrscheinlich einfach deshalb nicht, weil sich Staatsanwalt Cleve Archer diesen Stuhl schon vorher gesichert hatte. Neben Wolfe stand ein kleiner Tisch. Darauf war ein Tablett mit einem Glas und zwei Flaschen Bier. Sperling stand. Doch als ich mir eine Sitzgelegenheit verschafft hatte, setzte er sich auch. Archer, der vor sich einen Tisch hatte, der mit allerlei Papieren bedeckt war, erinnerte sich liebenswürdigerweise daran, dass wir uns bereits früher einmal getroffen hatten.

Wolfe sagte, Archer wolle einige Fragen an mich richten. Archer, der keineswegs angriffslustig wirkte, nickte mir freundlich zu. »Ja, ich habe da ein paar Fragen. Sonntagabend wurden Sie und Rony am Hotchkiss Road überfallen.«

Das klang nun durchaus nicht wie eine Frage. Aber ich wollte meinen guten Willen zeigen. So sagte ich, ja, das stimme.

»Sehen Sie, das ist merkwürdig«, fuhr Archer erklärend fort. »Am Sonntagabend wurde er überfallen und ausgeraubt und am Montagabend überfahren und getötet. Etwas viel Gewalttätigkeit auf einmal. Man könnte fast schon sagen, dass hier die Gewalttätigkeit epidemischen Charakter angenommen hat. Ich möchte daher die Frage an Sie richten: Besteht da irgendein Zusammenhang?«

»Wenn Sie mich so fragen, kann ich nur sagen: nicht, dass ich wüsste.«

»Mag sein. Aber es gibt da gewisse Begleitumstände, ich will nicht sagen verdächtiger Art, aber doch höchst sonderbare Umstände. Als Sie den Raubüberfall bei der Polizei meldeten, gaben Sie einen falschen Namen an.«

»Keine Ausflüchte machen«, murmelte Wolfe und schenkte sich ein neues Glas Bier ein.

»Wahrscheinlich wissen Sie bereits«, sagte ich Archer, »dass mich mein Arbeitgeber, Mr Wolfe, hierhergeschickt hat. Mr Sperling und ich hatten vorher vereinbart, unter welchem Namen und Beruf ich bei seiner Familie und bei den Gästen eingeführt werden sollte. Als ich nun die Anzeige erstattete, war Rony dabei. Ich wollte den armen Mann, der ja noch von dem Überfall ganz benommen war, nicht verwirren, indem ich plötzlich den Namen änderte.«

»Benommen, sagten Sie?«

»Ja. Man hatte ihm eins auf den Schädel gegeben. Sein Kopf war zu dieser Stunde noch immer nicht ganz klar.«

Archer nickte. »Aber auch in solchen Fällen sollte man es tunlichst unterlassen, bei der Polizei einen falschen Namen und eine falsche Adresse anzugeben. Sie wurden von einem Mann und einer Frau überfallen.«

»Stimmt.«

»Sie haben die Kenn-Nummer des Wagens angegeben, aber mit der Nummer war nichts anzufangen.«

»Überrascht mich nicht.«

»Nein, mich auch nicht. Haben Sie den Mann oder die Frau erkannt?«

Ich schüttelte den Kopf. »Mir scheint, Mr Archer, dass Sie Ihre Zeit vergeuden.« Ich wies auf die vor ihm auf dem Tisch liegenden Schriftstücke hin. »Da haben Sie doch sicher bereits alles schwarz auf weiß.«

»Gewiss habe ich das. Aber nachdem nun der Mann, mit dem Sie dem Raubüberfall ausgesetzt waren, getötet worden ist, sollte sich Ihr Gedächtnis doch ein wenig geschärft haben, nicht wahr? Sie sind von Beruf Detektiv. Sie kommen viel herum. Sie treffen eine Unmenge von Menschen. Konnten Sie sich wirklich nicht daran erinnern, dass Sie den Mann oder die Frau schon mal gesehen hatten?«

»Nein.«

»Warum ließen Sie und Rony es nicht zu, dass die Polizei Ihre Brieftaschen an sich nahm, um Fingerabdrücke zu machen?«

»Weil es schon spät war und wir nach Hause wollten. Und im Übrigen sah es ganz so aus, als ob die Beamten nur wegen der Routine um die Brieftaschen gebeten hatten. Ich hatte nicht den Eindruck, dass sie wirklich Fingerabdrücke nehmen wollten.«

Archer sah auf ein Stück Papier, das vor ihm lag.

»Rony wurden etwa dreihundert Dollar abgenommen und Ihnen etwas über zweihundert Dollar. Stimmt das oder nicht?«

»Stimmt, was mich betrifft. So weit es um Rony geht, kann

ich nur seine eigenen Angaben wiederholen. Danach waren es dreihundert Dollar.«

»Rony hatte wertvollen Schmuck bei sich: in Form von Manschettenknöpfen, einer Krawattennadel und einem Ring. Man nahm ihm den Schmuck nicht ab. Im Wagen befand sich auch Gepäck, darunter zwei wertvolle Fotoapparate. Gepäck und Kameras wurden nicht angerührt. Ist Ihnen das nicht etwas seltsam vorgekommen?«

Ich machte eine abwehrende Handbewegung. »Aber, Mr Archer, das wissen Sie doch genauso gut wie ich. Alle diese Ganoven haben ihre eigene Tour. Manche nehmen alles, was nicht niet- und nagelfest ist, einschließlich Hosenträger und Gürtel. Diese Anfänger scheinen sich auf Bargeld spezialisiert zu haben, und sie brachten es immerhin auf fünfhundert Dollar. Das ist ja auch nicht zu verachten. Nein, sonst ist mir nichts aufgefallen – außer, dass mir etwas auf den Kopf bumste.«

»Es ist keine Verletzung zurückgeblieben?«

»Bei Rony auch nicht. Die beiden müssen die Sache vorher gut geübt haben.«

»Sind Sie zu einem Arzt gegangen?«

»Nein, das bin ich nicht. Ich wusste nicht, dass man hier in Westchester bei Raubüberfällen ein ärztliches Attest benötigt. Ich werde es ganz bestimmt nicht vergessen, wenn ich hier das nächste Mal überfallen und beraubt werden sollte.«

»Hören Sie, Goodwin, es liegt keinerlei Anlass vor, sarkastisch zu werden.«

»Nein, Herr Staatsanwalt«, sagte ich und grinste ihn an.

»Wie kam es, dass Sie sich so übel fühlten und den ganzen Sonntag über keine Nahrung zu sich nahmen?«

Ich muss schon sagen, diese Frage überraschte mich.

»Alle Achtung«, sagte ich voll ehrlicher Bewunderung. »Da haben die Männer von der Polizei aber tüchtig herumgefragt. Ich wusste nicht, dass es das Personal hier auf mich abgesehen hatte. Vielleicht hat man bei der Befragung die Daumenschraube angesetzt. Oder sollte etwa einer meiner lieben Mitgäste aus der Schule geplaudert haben?« Ich beugte mich vor und sagte mit ganz leiser Stimme: »Ich trank neun Whiskys, und alle neun enthielten Betäubungsmittel.«

»Spielen Sie doch nicht den Narren«, brummte Wolfe und setzte sein leeres Bierglas auf das Tablett.

»Was soll ich denn sonst tun?«, fragte ich. »Soll ich ihm etwa in Gegenwart meines Gastgebers sagen, dass man mir irgendetwas vorgesetzt hat, was verdorben war und mir nicht bekommen ist?«

»Es stimmt nicht, dass Sie neun Gläser tranken«, stellte Archer fest. »Sie hatten nur zwei oder drei.«

»Okay«, sagte ich und gab nach. »Dann muss es eben die frische Landluft gewesen sein. Ich weiß nur, dass ich fürchterliche Kopfschmerzen hatte und mein Magen rebellierte.«

Archer wandte sich Sperling zu. »Es ist nicht die Gepflogenheit der Behörde, die ich hier vertrete, Leuten Unannehmlichkeiten zu bereiten. Ich glaube, das versteht sich von selbst. Wir haben Ihre Ansicht in Erwägung gezogen, dass Rony irgendwo anders getötet wurde, und zwar im Zusammenhang mit einem Verkehrsunfall, und dass man die Leiche dann auf Ihr Grundstück gebracht hat, um sie hier zu verbergen; aber die Sache hat sich eben doch nicht so abgespielt. Rony kam mit dem Zug um neun Uhr dreiundzwanzig in Chappaqua an. Ein Taxi brachte ihn dann bis zu Ihrem Besitz. Der Fahrer sah ihn dann die Auffahrtstraße entlanggehen. Im Übrigen liegen auch eindeutige Beweise dafür vor, dass er hier auf Ihrem Besitz getötet, das heißt von einem Wagen überfahren wurde, und zwar auf einem Privatweg, der zu Ihrem Hause führt, etwa zehn Meter von der Brücke entfernt. Das Beweismaterial wird noch weiter ergänzt. Aber alle bereits vorliegenden Beweise lassen keinerlei Zweifel offen. Soll ich einen der Kriminalbeamten rufen lassen, damit er Ihnen über das Ergebnis der bisherigen Ermittlungen ausführlich berichtet?«

»Nein«, sagte Sperling.

»Wie wir einwandfrei feststellen konnten, fuhr der Wagen in östlicher Richtung – von Ihrem Hause zum Eingangstor Ihres Besitzes. Aber daraus lassen sich – bisher wenigstens – keine weiteren Schlüsse ableiten. Die Untersuchung der Wagen in Ihrer Garage ist noch nicht abgeschlossen. Möglicherweise war es auch ein anderer Wagen. Irgendein Wagen, der von der Straße kam. Auch diese Möglichkeit müssen wir in Betracht ziehen.«

Archer machte eine Pause. »Sehen Sie, Mr Sperling, meine Behörde kann einen Todesfall, der auf so plötzliche und auch gewaltsame Art erfolgt ist, nicht einfach abtun, auch wenn sie es wollte. Es geht einfach nicht. Wir haben eine gewisse Verantwortung, verstehen Sie, unserem Gewissen gegenüber und auch was die Bevölkerung betrifft, deren Diener wir sind. Die zuständigen Behörden in New York haben von der Sache bereits Wind bekommen und ihre Mitarbeit angeboten. Das ist durchaus kollegial gemeint, und wir haben an sich auch nichts dagegen. Ich erwähne das nur, um Ihnen zu zeigen, dass Mr Ronys Tod nicht mehr auf meinen eigenen Zuständigkeitsbereich beschränkt ist. Ich hoffe, Mr Sperling, ich habe mich einigermaßen klar und verständlich ausgedrückt.«

»Ja, durchaus«, sagte Sperling.

»Dann werden Sie also auch verstehen, dass wir bei der Untersuchung dieses Falles nichts übersehen dürfen. Wie Sie wissen, haben wir alle Personen, die in Ihrem Haus leben, einem ziemlich gründlichen Verhör unterzogen, sogar Ihr Personal. Und doch haben wir bisher nichts, absolut nichts herausgefunden. Niemand weiß, was eigentlich passiert ist – mit Ausnahme Ihrer jüngeren Tochter. Sie gibt zu, dass sie Rony gebeten hat, herzukommen, und dass sie sich mit ihm an einer vereinbarten Stelle auf Ihrem Grundstück treffen wollte. Der Zug hatte keine Verspätung. Er nahm sofort ein Taxi. Vom Bahnhof bis zum Eingangstor Ihres Besitzes dauert die Fahrt normalerweise sechs oder sieben Minuten. Er muss also um halb zehn am Eingangstor gewesen sein. Vielleicht war es eine Minute früher oder später. Er hat sich dann entweder sofort zu der vereinbarten Stelle begeben oder ist noch ein wenig auf der Auffahrtstraße spazieren gegangen; wir wissen es nicht.«

Archer griff nach den Papieren, die vor ihm lagen, fischte sich ein Blatt heraus und sah es gründlich an. Dann setzte er sich wieder aufrecht hin. »Sollte er erst noch einen kleinen Spaziergang gemacht haben, dann ist anzunehmen, dass sich Ihre Tochter zu dem Zeitpunkt, da er getötet wurde, bereits an der vereinbarten Stelle befand. Sie wollte um halb zehn dort sein, wurde aber durch ein Gespräch mit ihrer Schwester aufgehalten und verspätete sich daher etwas. Wie sie selbst annimmt, um etwa zehn Minuten, vielleicht sogar fünfzehn Minuten. Ihre ältere Schwester, die sie das Haus verlassen sah, hat diese Angaben bestätigt. Wenn Rony also erst einmal etwas spazieren ging …«

»Ist das nicht etwas reichlich an den Haaren herbeigezogen?«, warf Sperling ein.

Archer nickte. »Ja, Mr Sperling. Aber wenn Rony erst einmal auf der Auffahrtstraße ein wenig spazieren ging und Ihre Tochter sich bereits an der vereinbarten Stelle befand, wie ist es dann zu erklären, dass sie den Wagen nicht hörte, durch den Rony getötet wurde? Sie erklärt, sie habe kein Wagengeräusch gehört. Wir haben diese Aussage genau überprüft. Wir haben dabei festgestellt, dass man an der Stelle, wo sie auf Rony wartete, tatsächlich nur ganz schwach das Geräusch eines Wagens hören kann, der von Ihrem Haus aus die Auffahrtstraße entlangfährt. Überdies wehte gestern Abend ein ziemlich starker Nordostwind. Es ist also durchaus möglich, dass Rony getötet wurde, während Ihre Tochter auf ihn wartete, ohne dass sie irgendetwas hörte.«

»Warum dann all dies Gerede?« Mr Sperling schien nicht bei bester Laune zu sein, was man ihm ja auch nicht weiter verargen konnte.

Der Staatsanwalt ließ sich nicht aus der Ruhe bringen. »Wir reden darüber, verehrter Mr Sperling, weil wir über nichts anderes reden können. Außer der Aussage Ihrer Tochter haben wir nichts, an das wir uns halten können. Niemand hat etwas gesehen. Niemand hat etwas gehört. Mit der Aussage von Mr Goodwin ist absolut nichts anzufangen. Er hat das Haus zehn Minuten vor zehn verlassen …« Archer warf mir einen Blick zu. »Das ist doch die Zeit, die Sie angegeben haben, nicht wahr?«

»Jawohl. Auf die Minute genau. Wenn ich mich in meinen Wagen setze, habe ich die Angewohnheit, die Uhr im Wagen mit meiner Armbanduhr zu vergleichen. Es war neun Uhr fünfzig.«

Archer wandte sich wieder an Sperling. »Mr Goodwin verließ das Haus um neun Uhr fünfzig und fuhr nach Chappaqua, um von dort aus zu telefonieren. Ihm ist bei der Auffahrtstraße nichts aufgefallen. Dreißig oder fünfunddreißig Minuten später fuhr er die gleiche Strecke wieder zurück. Auch jetzt bemerkte er nichts. Wie gesagt, seine Aussage gibt uns keinerlei Anhaltspunkte. Ihre Tochter hat übrigens auch seinen Wagen nicht gehört oder kann sich nicht mehr daran erinnern.«

Mr Sperlings Stimmung war um ein paar weitere Grade gefallen. Er runzelte die Stirn. »Warum wird hier immer von meiner Tochter geredet? Warum konzentriert sich alles auf sie?«

»Bitte, beruhigen Sie sich, Mr Sperling«, warf Archer ein. »Ich rede nur deshalb die ganze Zeit von Ihrer Tochter, weil sich die Umstände auf sie konzentrieren.«

»Welche Umstände?«

»Sie war mit Rony eng befreundet. Sie hat selbst gesagt, dass sie zwar nicht mit ihm verlobt war und ihn auch nicht heiraten wollte, dass sie aber sehr oft mit ihm zusammenkam. Ihre Verbindung mit Rony, so hat sie weiter erklärt, hat Anlass zu mancherlei Diskussionen innerhalb der Familie gegeben. Und das sei auch der Grund gewesen, warum Sie, Mr Sperling, Nero

Wolfe engagiert haben. Mr Wolfe wiederum gibt sich nicht mit Kleinigkeiten ab. Das wissen wir alle. Deswegen kam Mr Wolfe gestern zu Ihnen …«

»Nein, stimmt nicht. Er kam, weil er von mir Geld verlangte. Er kam, weil ich ihm den Schaden an seinem Treibhaus ersetzen sollte.«

»Das mag schon sein. Aber diesen Schadenersatz hat er doch nur verlangt, weil seiner Ansicht nach ein gewisser Kausalzusammenhang zwischen dem ihm zugefügten Schaden und seiner Tätigkeit für Sie bestand. Wir wissen, dass sich Mr Wolfe normalerweise nie aus seinen vier Wänden rührt. Im Übrigen fand hier eine lange Familienkonferenz statt …«

»Keine Konferenz. Außer Mr Wolfe hat niemand geredet. Er bestand darauf, dass ich ihm seinen Schaden ersetze.«

Archer nickte. »Ja, in diesem Punkt decken sich alle Aussagen. Wie ist die Sache übrigens ausgegangen? Zahlen Sie?«

»Ist diese Frage wichtig?«, knurrte Wolfe.

»Vielleicht nicht«, gab Archer zu.

Sperling polterte: »Ja, ich ersetze Mr Wolfe seinen Schaden, doch nicht, weil ich dazu rechtlich irgendwie verpflichtet wäre. Es liegt auch nicht der geringste Beweis dafür vor, dass irgendein Zusammenhang zwischen dem ihm zugefügten Schaden und meinen Angelegenheiten besteht.«

»Wenn das so ist, geht mich die ganze Sache nichts an«, erklärte Archer liebenswürdig. »Dennoch bleibt die Tatsache bestehen, dass irgendetwas gestern vorgefallen sein muss, was Ihre Tochter veranlasste, Rony herzubitten und ihm mitzuteilen, dass die Beziehung nun aus sei. Ihre Tochter begründet das einfach damit, dass ihre Freundschaft mit Rony Anlass zu mancherlei Unannehmlichkeiten und Aufregungen gegeben habe. Sie hätte das schließlich nicht mehr ertragen können, und so habe sie den Beschluss gefasst, die Beziehung zu ihm abzubrechen.«

Archer beugte sich vor. »Verehrter Mr Sperling, Sie wissen

ganz genau, dass mir nichts ferner liegt, als Ihnen Unannehmlichkeiten zu bereiten. Aber ich muss meine Pflicht erfüllen. Mein Amt legt mir eine gewisse Verantwortung auf. Hinzu kommt, dass sich meine Tätigkeit nicht in einem luftleeren Raum vollzieht. Ich weiß nicht, wie viele Leute über die Beziehung Ihrer Tochter zu Rony informiert waren. Aber es ist ganz gewiss kein Geheimnis. Eine ganze Anzahl von Leuten weiß darüber recht gut Bescheid. Zur Zeit befinden sich drei Gäste in Ihrem Haus. Einer davon ist ein prominenter Rundfunkkommentator. Was ich also in dieser Angelegenheit unternehme – oder nicht unternehme –, man wird immer glauben, dass ein gewisser Zusammenhang zwischen der Beziehung Ihrer Tochter zu Mr Rony und seinem Tod besteht. Ich werde diesen Fall, ob ich will oder nicht, auf das Gründlichste untersuchen müssen. Und das wird auch geschehen. Ich werde ausfindig machen müssen, wer Rony tötete und warum das geschah. Die Ermittlungen werden sehr unerquicklich sein, ich weiß. Es tut mir Leid, aber es lässt sich nicht ändern, auch wenn ich …« Archer hielt inne, da sich die Tür zur Bibliothek geöffnet hatte. Ben Dykes trat ein, der Chef der regionalen Kriminalpolizei, gefolgt von Con Noonan von der Polizei des Staates New York. Der Gesichtsausdruck Con Noonans gefiel mir ganz und gar nicht, was aber nichts besagt, da mir sein Gesichtsausdruck nie gefällt.

»Na, Ben, was gibt's?«, fragte Archer etwas nervös und irritiert, da man ihn mitten in seiner Rede unterbrochen hatte.

»Eine wichtige Information«, sagte Dykes.

»Schießen Sie los.«

»Vielleicht wäre es besser, wenn ich Ihnen die Mitteilung unter vier Augen machte.«

»Warum? Wir haben vor Mr Sperling nichts zu verbergen. Und was Mr Wolfe betrifft, so arbeitet er für ihn. Also, worum handelt es sich?«

Dykes zuckte die Achseln. »Die Untersuchung der Wagen ist jetzt abgeschlossen. Wir haben den Wagen gefunden, der

Rony getötet hat. Es war der letzte, der untersucht wurde, der Wagen, der außerhalb des Hauses geparkt war – der Wagen von Nero Wolfe.«

»Und das steht einwandfrei fest!«, fügte Noonan hinzu und strahlte über das ganze Gesicht.

11

Ich nahm diese fröhliche Kunde mit sehr gemischten Gefühlen auf. Ich war überrascht. Aber es lässt sich nicht leugnen, dass ich es die ganze Zeit gefürchtet hatte.

Archer wandte sich an Ben Dykes. »Sind die Feststellungen absolut hieb- und stichfest?«

»Absolut«, antwortete Dykes. »Natürlich muss alles erst noch ins Labor. Aber unter der Stoßstange haben wir Blut gefunden und einen Knopf mit einem Stückchen Stoff von einem Jackett, das sich an der Achse des Wagens eingeklemmt hatte. Nein, Herr Staatsanwalt, ich glaube, mehr kann man nicht verlangen.«

Archer sah mich an. »Was sagen Sie dazu?«

Ich setzte mein schönstes Lächeln auf. »Ich könnte es nicht besser formulieren, als Sie es getan haben, Mr Archer. Sie sagten: Mit der Aussage von Mr Goodwin ist absolut nichts anzufangen. Wenn es unser Wagen war, mit dem Rony getötet wurde, dann befand ich mich zu jenem Zeitpunkt irgendwo anders. Das ist alles, was ich zu erklären habe. Schade ... ich wäre Ihnen gern behilflich gewesen. Aber das ist alles, was ich für Sie tun kann.«

»Ich werde ihn aufs Revier bringen«, ließ sich Noonan vernehmen.

Er wurde glatt ignoriert. Archer wandte sich an Wolfe: »Der Wagen gehört Ihnen, nicht wahr? Wünschen Sie sich zu äußern?«

»Ich kann mich sehr kurz fassen. Der Wagen gehört mir, aber ich kann nicht fahren. Sollte Mr Goodwin aufs Revier mitgenommen werden, dann werde ich ihn begleiten.«

Der Staatsanwalt wandte sich wieder an mich. »Warum rücken Sie nicht mit der Sprache heraus? Wir könnten dann die ganze Sache in zehn Minuten abwickeln und nach Hause gehen.«

»Tut mir Leid«, sagte ich höflich, »aber wenn ich versuchen würde, eine halbwegs plausible Geschichte aus dem Stegreif zu erfinden, könnte ich vielleicht doch einen kleinen Schnitzer begehen. Und ich möchte nicht, dass Sie mich bei einer Lüge ertappen.«

»Sie wollen uns also nichts darüber berichten, was sich abgespielt hat?«

»Ich kann es nicht.«

Archer erhob sich und sagte zu Sperling: »Gibt es hier noch einen anderen Raum, in dem ich mit Mr Goodwin sprechen könnte? Ich muss um zwei Uhr auf dem Gericht sein und möchte die Angelegenheit, wenn möglich, noch vorher zum Abschluss bringen.«

»Bleiben Sie doch hier in der Bibliothek«, sagte Sperling und erhob sich. Er warf einen Blick auf Wolfe. »Wie ich sehe, haben Sie Ihr Bier ausgetrunken. Darf ich Sie bitten, mir zu folgen.«

Wolfe stand auf. Er machte drei Schritte und stand nun vor Mr Archer. »Wenn Mr Goodwin abgeführt wird, ohne dass man mich vorher verständigt, und wenn diese ungewöhnliche Maßnahme ohne Vorliegen eines richterlichen Haftbefehls erfolgt, dann wird diese Angelegenheit noch bedauerlicher werden, als sie es jetzt schon ist. Ich mache es Ihnen nicht zum Vorwurf, dass Sie den Wunsch verspüren, sich mit ihm zu unterhalten. Sie kennen ihn eben nicht so gründlich wie ich. Aber ich halte es für meine Pflicht, Sie darauf hinzuweisen, dass Sie damit Ihre Zeit vergeuden.«

Mit schweren Schritten ging er zur Tür. Sperling folgte ihm. Die Tür schloss sich hinter den beiden.

Dykes fragte: »Wünschen Sie, dass ich hier bleibe?«

»Vielleicht werde ich Sie brauchen«, erwiderte Archer. »Bitte, nehmen Sie Platz.«

Dykes setzte sich auf den Stuhl, auf dem Wolfe gesessen hatte. Er holte einen Notizblock hervor und einen Bleistift. Währenddessen begab sich Noonan auf eine kleine Wanderschaft, die ihn zu dem Stuhl führte, auf dem eben noch Sperling gesessen hatte.

Archer musterte mich kritisch von oben bis unten. »Goodwin«, sagte er, »ich verstehe Sie einfach nicht. Sie befinden sich doch in einer unmöglichen Situation. Das müssen Sie doch begreifen.«

»Tue ich auch«, sagte ich ihm. »Und ich halte Ihre Situation für genauso unmöglich.«

»Wieso?«

»Wenn Sie es nicht ganz genau wüssten, würden Sie mich jetzt Ben Dykes oder einem seiner Gehilfen überlassen. Sie haben einen vollen Terminkalender, aber Sie sind noch immer hier. Darf ich eine Erklärung abgeben?«

»Aber bitte. Das ist genau das, was ich von Ihnen wünsche.«

»Danke. Es hat wohl keinen Sinn, dass ich nochmals genau repetiere, was ich alles getan habe und zu welchem Zeitpunkt. Das habe ich bereits alles dreimal erzählt. Es steht schon in den Akten. Wichtig ist nur die neue Feststellung, dass Rony mit unserem Wagen getötet wurde. Sie wissen außerdem genau, wann er getötet wurde. Es kann nicht vor neun Uhr dreißig geschehen sein, denn das ist die Zeit, da er am Eingangstor zu diesem Grundstück aus dem Taxi stieg. Es kann auch nicht nach neun Uhr fünfzig geschehen sein, denn das ist die Zeit, da ich mit dem Wagen nach Chappaqua fuhr. Genau genommen, ist die Zeitspanne, in der die Tat geschehen sein kann, noch enger begrenzt. Sie muss zwischen neun Uhr zweiunddreißig und sechsundvierzig erfolgt sein. Bleibt für die Tat also nur eine Spanne von vierzehn Minuten. Während dieser Zeit befand ich mich oben im Zimmer bei Mr Wolfe. Wo befanden sich die anderen? Da unser Wagen benutzt wurde, kommen für die Tat nur Leute aus diesem Haus in Betracht. Irgendjemand aus diesem Haus muss die Tat begangen haben, und zwar innerhalb jener vierzehn Minuten. Sie werden jetzt wissen wollen, wo sich der Autoschlüssel befand. Im Wagen. Ich lasse ihn immer stecken, wenn ich den Wagen auf dem Grundstück eines Freundes oder Klienten parke. Ich habe ihn jedoch wieder an mich genommen, als ich von Chappaqua zurückkam, da ich annahm, der Wagen würde möglicherweise die ganze Nacht draußen bleiben. Ich hatte ja keine Ahnung, wie lange Sperling brauchen würde, um sich von einem Scheck zu trennen. Sie werden sicher auch wissen wollen, ob denn der Motor noch warm war, als ich den Wagen zur Fahrt nach Chappaqua startete. Ich weiß es nicht.«

Ich dachte einen Augenblick nach. »Das ist alles, meine Herren.«

»Ihre kleine Zeittabelle können Sie sich hinter den Spiegel stecken«, sagte Noonan. »Ich würde es noch mal versuchen, Freundchen. Vielleicht klappt es beim zweiten Mal besser. Dieser Rony wurde nicht innerhalb Ihrer vierzehn Minuten getötet. Er wurde getötet, als Sie nach Chappaqua fuhren.«

Ich gab meinem Kopf eine leichte Wendung, um ihm scharf ins Auge sehen zu können. »Ach, das ist aber nett, dass auch Sie hier sind. Ich hätte Sie fast übersehen.«

Archer wandte sich an Dykes. »Ben, richten Sie einige Fragen an ihn.«

Ich war mit Ben Dykes schon früher gelegentlich zusammengekommen. So weit ich in Erinnerung hatte, war er weder Freund noch Feind. Seit über zwanzig Jahren war er nun bei der Polizei in Westchester. Er hatte keinen anderen Ehrgeiz, als ordentliche Arbeit zu leisten und bei Ausübung seiner amtlichen Pflichten ehrlich zu bleiben.

Über eine Stunde lang nahm er mich in die Zange, während Archer nur gelegentlich mal einen kleinen Einwurf machte. Zur Stärkung brachte uns ein Kollege von Dykes belegte Brote und Kaffee. Da saßen wir nun und verzehrten unsere Brote und plauderten über Gott und die Welt, über Mord und Totschlag und tranken Kaffee. Dykes war ganz gewiss kein Anfänger, aber selbst wenn er ein Genie gewesen wäre, was er nun wirklich nicht war, gab es nur eine Stelle, wo er mich packen konnte oder zu packen glaubte – und wenn er an diese Stelle kam, dann sah ich ihn immer erstaunt aus treuherzigen Kinderaugen an. Für ihn gab es nur eine konkrete Tatsache: Ich hatte Rony auf meiner Fahrt nach Chappaqua getötet. Darauf erwiderte ich genauso konkret, dass ich ihn nicht getötet hatte. Er stellte die gleichen Fragen. Ich gab die gleichen Antworten. Natürlich hätten wir mit diesem Frage- und Antwortspiel auch schon früher aufhören können, aber offensichtlich hatten meine Gesprächspartner den verständlichen Wunsch, die Sache möglichst bald endgültig zu erledigen.

Archer sah zum zehnten Male auf seine Armbanduhr. Ich blickte auf meine. Es war ein Uhr zwanzig.

»Was jetzt nocht fehlt«, sagte er, »ist ein richterlicher Haftbefehl. Ben, rufen Sie doch mal an ... oder nein, einer Ihrer Leute kann mit mir aufs Gericht fahren und ihn dann zurückbringen.«

Noonan bot sich freiwillig für diesen Kurierdienst an. »Ich werde ihn holen«, sagte er.

»Danke, ist nicht nötig«, sagte Dykes. »Wir haben hier Leute genug, und es sieht ja ganz so aus, als ob wir sie nicht mehr brauchen werden.«

Archer hatte sich erhoben. »Goodwin«, sagte er, »Sie haben uns keine andere Wahl gelassen. Sollten Sie Anstalten treffen, unseren Gerichtsbezirk zu verlassen, ehe der Haftbefehl eintrifft, so wird man Sie daran zu hindern wissen.«

»Ich habe seinen Autoschlüssel«, sagte Dykes.

»Und das Ganze ist ein solcher Wahnsinn, so völlig überflüssig!« Archer machte seinem bedrängten Herzen Luft. Er setzte sich wieder hin. Er beugte sich vor und sah mich beschwörend an. »Habe ich nicht klar und deutlich zu Ihnen gesprochen? Sie laufen ja nicht Gefahr, eines Kapitalverbrechens angeklagt zu werden. Es war Nacht. Es war dunkel. Sie haben den Mann erst gesehen, als Ihr Wagen schon über ihn wegrollte. Als Sie aus dem Wagen stiegen und zur Unfallstelle gingen, war er bereits tot. Sie waren im ersten Augenblick völlig kopflos. Sie hatten einen dringenden vertraulichen Telefonanruf zu machen. Sie wollten die Leiche nicht mitten auf der Auffahrt lassen. Sie schleppten sie daher über das Gras ins Gestrüpp. Dann fuhren Sie nach Chappaqua, erledigten Ihren Anruf und fuhren zurück. Sie betraten das Haus und wollten sofort der Polizei Mitteilung von dem Unfall machen. Da trafen Sie aber Miss Sperling, die über die Abwesenheit ihrer Schwester besorgt war. Sie zogen mit ihr los, um ihre Schwester zu suchen, und fanden sie auch. Natürlich – ich verstehe das nur zu gut – wollten Sie ihr nicht auf so abrupte und brutale Art mitteilen, dass Rony tot sei. Wie gesagt, ich habe dafür vollstes Verständnis. Einige Zeit später kehrten Sie ins Haus zurück und erstatteten Wolfe Bericht, der seinerseits Mr Sperling informierte. Sperling rief dann bei der Polizei an. Verständlicherweise wollten Sie nicht zugeben, dass es Ihr Wagen war, der ihn getötet hatte. Sie konnten sich zu diesem Entschluss erst aufraffen, als Sie mit mir, dem höchsten Justizbeamten des Bezirks, gesprochen hatten.«

Archer beugte sich noch ein paar Zentimeter weiter vor. »Wenn wir eine Erklärung dieses Inhalts jetzt zu Protokoll nehmen, und Sie unterzeichnen diese Erklärung, was wird dann geschehen? Man kann Sie nicht einmal anklagen, dass Sie die Unfallstelle verlassen haben. Sie haben das ja auch gar nicht getan. Sie sind ja noch hier. Ich bin der Staatsanwalt, der Leiter der Strafverfolgungsbehörde in diesem Bezirk. Ich habe die

Entscheidung zu treffen, ob und welche Anklage gegen Sie erhoben werden soll. Was glauben Sie, Goodwin, welche Entscheidung ich treffen werde? Sie kennen ja die äußeren Umstände genauso gut wie ich. Welche Entscheidung wird ein vernünftiger Mensch treffen? Was haben Sie denn schon Schweres begangen? Alles, was Sie getan haben, ist vom strafrechtlichen Standpunkt aus belanglos. Das Ganze war ein unvermeidbarer Zufall.«

Archer griff nach einem Schreibblock, der auf dem Tisch vor ihm lag. Er holte einen Füller aus seiner Tasche. »Hier – schreiben Sie bitte alles nieder und unterzeichnen Sie es dann. Damit ist die ganze leidige Affäre erledigt. Sie werden es nie bereuen, Goodwin. Ich gebe Ihnen mein Wort darauf.«

Ich lächelte ihn an.

»Jetzt bin ich es, Mr Archer, der sagen müsste: Es tut mir Leid. Es tut mir wirklich Leid.«

»Hören Sie, Goodwin, es soll Ihnen nicht Leid tun. Alles, was Sie tun müssen, ist, die Sache hübsch säuberlich aufzuschreiben, so wie ich es Ihnen gesagt habe, und dann zu unterzeichnen.«

Ich schüttelte den Kopf. »Ich glaube, Sie werden den Haftbefehl doch beschaffen müssen. Aber ich würde mich an Ihrer Stelle sehr damit beeilen. Ihre Worte haben mich übrigens tief ergriffen. Aber die Erklärung, die Sie mir da aufschwatzen wollen, werde ich nicht abgeben. Wenn da nichts weiter drinstehen sollte, als dass ich den Mann überfahren und dann von der Auffahrt geschleppt habe, dass ich dann die Polizei anrufen wollte, aber Miss Sperling traf und danach mit ihr loszog, um ihre Schwester zu suchen, und dass man dann die Polizei von dem Unfall in Kenntnis setzte, ohne dabei zu erwähnen, dass ich es war, der den guten Mann überfuhr … ja, Mr Archer, wenn das alles wäre, was Sie wünschen, dann hätte ich das bedenkenlos unterzeichnet. Ich hätte das getan, obwohl die Tatsachen nicht so ganz stimmen, einfach aus reiner Nächstenliebe hätte ich's getan. Aber eine winzige Einzelheit, die unerwähnt blieb, hält mich davon ab.«

»Was meinen Sie? Ich verstehe Sie nicht ganz.«

»Ich meine den Wagen. Ich bin von Beruf Detektiv. Es gibt da gewisse Dinge, die man als Detektiv wissen muss. Dazu gehört unter anderem auch der folgende, vielleicht nicht ganz so geringfügige Umstand: Wenn man einen Mann überfährt, und zwar so wie Rony überfahren wurde, dann gibt es viele Spuren am Wagen. Und doch soll ich den Wagen nach dem Unfall noch zurückgefahren, hier geparkt und die ganze Zeit die reinste Unschuld vom Lande gespielt haben, bis plötzlich Ben Dykes auf der Bildfläche erschien, um dann jubilierend zu verkünden: Es war der Wagen von Nero Wolfe! Nein, meine Herrschaften, darauf kann ich mich nicht einlassen. Ich kann mich doch nicht selbst in den April schicken. Was sollen meine lieben Kollegen von mir denken, wenn ich eine solche Erklärung unterzeichne? Und was den Haftbefehl betrifft, so glaube ich auch nicht, dass ein Richter auf solchen Mumpitz hereinfallen könnte.«

»Wir könnten die Sache auch so formulieren …«

»Und es bleibt doch dasselbe. Ich will Ihnen was sagen, Mr Archer. Ich halte es für unwahrscheinlich, dass Ben Dykes an diese Schilderung des Sachverhalts glaubt. Und Sie tun es sicher auch nicht. Mag sein, dass Ben nicht viel für mich übrig hat. Wie gesagt, ich weiß es nicht. Aber er hält mich bestimmt nicht für dämlich. Er hat mich tüchtig in die Zange genommen. Auf Ihre Weisung hin. Und Sie sind schließlich sein Boss. Und was Sie selbst betrifft, Herr Staatsanwalt, so bin ich der Letzte, der Ihnen einen Vorwurf daraus macht, dass Sie Leuten wie den Sperlings keine Unannehmlichkeiten bereiten wollen.«

Noonan war einer Explosion nahe. Mit eingedrillter Disziplin beherrschte er sich. »Sehen Sie, Herr Staatsanwalt«, sagte er zu Archer, »mit dem Burschen ist nichts anzufangen. Wenn Sie gestatten, dass ich ihn mit aufs Revier …«

»Schweigen Sie gefälligst!«, fuhr ihn Archer an. Der arme

Mann tat mir wirklich Leid. Zu allem Überfluss, und er hatte doch schon genug Ärger gehabt, würde er nun auch noch zu spät aufs Gericht kommen, wie er durch einen erneuten Blick auf seine Armbanduhr feststellte. Er ignorierte mich und wandte sich an Dykes.

»Ben, ich muss jetzt leider fort. Nehmen Sie bitte die Akten hier in Verwahrung. Sollte sich irgendjemand aus diesem Haus entfernen wollen, so können wir das, wie die Dinge nun einmal liegen, nicht verhindern. Aber bitte sorgen Sie dafür, dass niemand unseren Gerichtsbezirk verlässt.«

»Und wie steht es mit Wolfe und Goodwin?«

»Was ich sagte, bezieht sich auf alle. Ohne gerichtlichen Haftbefehl können wir niemanden hier festhalten – und es wird einige Zeit dauern, bis der Haftbefehl vorliegt. Aber der Wagen bleibt, wo er ist. Sorgen Sie dafür, dass er nicht benutzt werden kann. Lassen Sie ihn gut bewachen. Haben Sie übrigens Fingerabdrücke vom Wagen genommen?«

»Nein, ich dachte ...«

»Dann nehmen Sie diese Fingerabdrücke jetzt, falls welche vorhanden sind. Postieren Sie einen Ihrer Leute beim Wagen und einen anderen beim Eingang. Sie selbst bleiben hier. Es wäre ganz gut, wenn Sie das Personal nochmals verhören würden, vor allem den Gehilfen des Gärtners. Sagen Sie bitte Mr Sperling, dass ich zwischen fünf und sechs wieder hier sein werde. Sagen Sie ihm auch, dass ich es sehr begrüßen würde, wenn dann alle wieder hier sein würden.«

Er verließ den Raum, ohne mich auch nur eines Blickes zu würdigen.

12

Einige Stunden später befanden sich Wolfe und ich oben in unserem Zimmer. Er hatte experimentell herausgefunden, dass der größte dort vorhandene Stuhl wohl für kürzere Zeit ganz bequem war, aber doch höchst ungeeignet für ein Dauersitzen. So hatte er sich mit seinem Buch aufs Bett geworfen. Da lag er nun flach auf dem Rücken, obwohl ihm diese Position beim Lesen verhasst ist. Sein Hemd war schon arg verknittert. Zu Hause wäre er mit einem solchen Hemd nicht herumgelaufen, denn er ist ein ordentlicher Mensch, der täglich seine Hemden wechselt – ich meine, wenn er zu Hause ist. Er war jedoch nicht zu Hause.

Ich hatte mich endlich über die Zeitschriften hergemacht, die ich am Abend zuvor nach oben gebracht hatte. Da klopfte es an der Tür. Ich sagte »Herein«.

Es war der Herr Generaldirektor in Person. Er schloss die Tür und trat näher. Wolfe deponierte sein Buch auf seinem Bauch, veränderte aber im Übrigen seine Haltung nicht.

»Ich freue mich, dass Sie sich's gemütlich gemacht haben«, sagte Sperling ganz im Ton eines liebenswürdigen und um seine Gäste besorgten Gastgebers.

Wolfe gab einen seiner Grunzlaute von sich. Ich machte irgendeine höfliche Bemerkung.

Sperling rückte einen Stuhl in eine passende Position und setzte sich dann.

»Es ist Ihnen also gelungen, sich aus der Sache herauszureden«, sagte er.

Ich errötete sanft und bescheiden wie ein kleines Mädchen. »Ich weiß nicht, ob ich so viel Lob verdiene. Die Herren hatten sich ein etwas schiefes Bild gemacht. Ich habe nichts weiter getan, als ganz bescheiden und dezent auf diese Fehler hinzuweisen.«

Der Herr Generaldirektor nickte. »Wie ich von Dykes höre, hat Ihnen der Staatsanwalt Straflosigkeit zugesichert, falls Sie eine Erklärung unterzeichnen.«

»Ganz so ist es auch wieder nicht. Er hat es durchaus nicht schriftlich getan. Ich glaube zwar nicht, dass er mich dann doch eingelocht hätte, aber sicher ist sicher, und so habe ich eben meine bisherige Freiheit einer nicht ganz so sicheren Straffreiheit vorgezogen.«

Sperling wandte sich an Wolfe. »Der Herr Staatsanwalt wird zwischen fünf und sechs zurückkommen. Er hat den Wunsch geäußert, dass er uns dann alle wieder sprechen möchte. Was hat das zu bedeuten?«

»Offenbar«, sagte Wolfe trocken, »offenbar hält er es für unerlässlich, Sie noch weiter zu belästigen, obwohl er es viel lieber nicht tun würde. Ich würde übrigens an Ihrer Stelle Mr Archer nicht unterschätzen. Lassen Sie sich durch seine menschlichen Schwächen nicht täuschen.«

»Ich lasse mich durch nichts täuschen. Aber was für Beweise hat er denn, dass es sich hier um etwas anderes als einen ganz gewöhnlichen Unfall handelt?«

»Weiß ich nicht – abgesehen von den Andeutungen, die er Ihnen gegenüber gemacht hat. Vielleicht hat er überhaupt keine Beweise. Das ist durchaus möglich. Aber selbst wenn er einen Unfall annimmt, muss er immer noch ausfindig machen, wer den Wagen gelenkt hat. Wenn man ein Mann in Ihrer Stellung ist, Mr Sperling, ein reicher und angesehener Mann, dann bringt das natürlich gewisse Vorteile und Privilegien mit sich. Das wissen Sie ja selbst. Aber es hat auch seine Nachteile. Archer weiß, dass er es sich nicht leisten kann, einfach ein Auge zuzudrücken und nichts zu unternehmen. Das geht wegen Ihrer Stellung nicht. Sie sind zu bekannt, Mr Sperling. Mir tut der arme Archer leid. Er befindet sich in einer scheußlichen Lage.«

»Ich bin mir dessen durchaus bewusst. Aber wie steht es mit Ihnen? Gestern Nachmittag haben Sie drei Stunden lang meine

Familie, meine Gäste und mein Personal verhört. Sie haben doch nicht etwa die Absicht, sich hier um den Posten eines Staatsanwalts zu bewerben?«

»Gott behüte, nein!« Nach der Art, wie Wolfe diese Worte sprach, hätte man annehmen können, jemand hätte ihn gefragt, ob er etwa Fußballprofi werden wolle. »Nein, das will ich nicht. Aber Sie haben mich engagiert, um ausfindig zu machen, wie Mr Rony ums Leben kam. Ich bemühe mich, mein Honorar auf ehrliche Weise zu verdienen. Ich gebe zu, wie Sie mich jetzt hier sehen, hat es nicht den Eindruck, als ob ich mich überarbeite. Aber die Ereignisse von Sonntagnacht waren keine Kleinigkeit. Jetzt muss ich warten, bis ich weiß, was Mr Archer zu tun gedenkt. Wie spät ist es, Archie?«

»Ein Viertel nach vier.«

»Dann wird er also in etwa einer Stunde hier sein.«

Sperling erhob sich. »Ich habe noch viel in meinem Büro zu tun«, sagte er. Es klang sehr sachlich.

Wolfe nahm die Lektüre seines Buches wieder auf.

Nach einiger Zeit legte ich die Zeitschriften wieder auf den Tisch, verließ das Zimmer, schlenderte die Treppe hinunter und begab mich ins Freie. Ich hörte Stimmen aus der Richtung des Schwimmbeckens. Es war ein herrlicher Nachmittag. Der Wind hatte sich gelegt. Die Sonne schien warm und freundlich. Wer Wiesen, Blumen und Bäume liebt, für den konnte es nichts Schöneres geben.

Ich kam zum Swimming-Pool. Connie Emerson und Madeline befanden sich im Wasser. Paul Emerson stand am Rande des Bassins. Gwenn saß auf einem Stuhl unter einem Sonnenschirm, den Kopf zurückgelehnt und die Augen geschlossen.

»Kommen Sie doch auch!«, rief Madeline mir zu.

»Danke! Ich habe keine Badehose«, rief ich zurück.

Als Gwenn meine Stimme hörte, öffnete sie die Augen. Sie sah mich lange und durchdringend an. Da sie mir aber nichts zu sagen hatte, schloss sie die Augen erneut.

Ich bückte mich, um Madelines Hand zu ergreifen, die sie mir aus dem Wasser entgegenstreckte. Ich straffte meine Muskeln und zog sie aus dem Bassin.

»Alle Achtung«, sagte sie, während sie triefend dastand, »Sie sind ein starker junger Mann. Kommen Sie, setzen Sie sich hin, während ich mich in der Sonne trocknen lasse, und erzählen Sie mir alles.«

Sie legte sich ins Gras, und ich saß neben ihr. Sie war viel geschwommen, war aber nicht außer Puste, und ihr Busen, der nur notdürftig verhüllt war, hob und senkte sich in sanftem Rhythmus. Wohl hatte sie ihre Augen wegen der prallen Sonne geschlossen. Sie wusste aber doch ganz genau, wohin ich blickte, denn mit einer gewissen Selbstzufriedenheit sagte sie: »Sollten der Herr etwas schlankere Hüften bevorzugen, werde ich mein Gewicht reduzieren. Stimmt es eigentlich, dass Sie den Wagen lenkten, als Rony überfahren wurde?«

»Unsinn! Ich bin unschuldig.«

»Wenn Sie es nicht waren, wer war es dann?«

»Weiß ich noch nicht. Fragen Sie mich bitte morgen wieder. Und wenn ich's Ihnen dann auch nicht sagen kann, wiederholen Sie die Frage bitte übermorgen. Treffen Sie eine Vereinbarung mit meiner Sekretärin.«

»Scherz beiseite. Was soll ich tun, wenn der Staatsanwalt mit neuen Fragen kommt. Sie wissen doch, dass er bald wieder erscheinen wird.«

»Ja, ich hab' so was läuten hören.«

»Also gut, was soll ich nun tun? Soll ich ihm sagen, dass ich so einen gewissen Verdacht habe, dass jemand Ihren Wagen benutzt hat?«

»Keine schlechte Idee. Wie wär's, wenn wir die Geschichte gemeinsam erfinden? Wen sollen wir uns aussuchen?«

»Das ist es ja gerade. Ich will nicht, dass irgendjemand belastet wird. Warum soll jemand dafür büßen, dass er aus Versehen Louis Rony getötet hat?«

»Vielleicht haben Sie da wirklich Recht.« Ich streichelte ihre Schulter, die von der Sonne gebräunt war – natürlich nur, um festzustellen, ob sie schon trocken war. »Ja, da bin ich ganz Ihrer Ansicht, Gnädigste. Aber der Teufel weiß ...«

»Warum nennen Sie mich eigentlich Gnädigste?«

»Um Sie zu reizen. Weil ich gern möchte, dass Sie nicht so steif mit mir reden. Passen Sie auf. Meine Methode wird bald wirken. Das tut sie immer. Also – was ich noch sagen wollte, der Staatsanwalt und auch Nero Wolfe wollen jetzt endlich Klarheit in die Sache bringen, und je rascher ihnen das gelingt, desto eher können wir uns anderen Dingen zuwenden. Aber ich möchte doch wissen, wie Sie auf die Idee kamen, dass jemand meinen Wagen benutzt haben könnte?«

Sie richtete sich auf und sagte: »Ich glaube, jetzt bin ich schon ganz trocken.« Sie suchte sich einen neuen Liegeplatz aus. Da lag sie nun mit dem Gesicht zur Erde, und die Versuchung, sie ein wenig zu streicheln, war jetzt noch größer als vorher, aber wie durch ein Wunder brachte ich es fertig, der Versuchung mannhaft zu widerstehen.

»Wie kamen Sie auf die Idee?«, fragte ich nochmals, so ganz beiläufig, als sei es eine Frage von untergeordneter Bedeutung.

Keine Antwort. Nach einer Weile hörte ich ein paar ins Gras gemurmelte Worte: »Ich glaube, ich sollte mir die Sache noch etwas überlegen.«

»Überlegen schadet nie. Aber Sie haben nicht mehr viel Zeit. Jeden Augenblick kann der Staatsanwalt hier sein. Außerdem haben Sie mich auch um Rat gefragt. Ich kann Ihnen natürlich viel besser raten, wenn ich weiß, worum es geht. Also raus mit der Sprache.«

Sie drehte ihren Kopf ein wenig, gerade genug, um mich von der Seite anzublicken. »Ja, das könnte sehr lustig sein, wenn Sie der Sache nachgingen. Angenommen, ich sah oder hörte gestern Abend etwas und würde es Ihnen nun erzählen. Da keine Zeit zu verlieren ist – das haben Sie ja selbst gesagt –, würden

Sie ins Haus laufen, die Treppen hinaufrasen und Wolfe alles berichten. Und dann geht alles wie der geölte Blitz. Mit affenartiger Geschwindigkeit fängt Wolfe zu denken an. Der Staatsanwalt erscheint. Alle Antworten sind parat. Und wenn es nicht so schnell geht, ich meine, wenn die Herren von der Polizei die Lösung finden, dann macht das auch nichts. Dann wird Ihr Nero Wolfe erklären, er habe die Sache ins Rollen gebracht – und er wird meinem Herrn Papa eine noch höhere Rechnung schicken. Ich weiß nicht, wie viel Geld mein lieber Papa in den sechsundzwanzig Jahren meines Lebens schon für mich verausgabt hat, sicher einen ganzen Batzen, aber jetzt habe ich zum ersten Mal in meinem Leben das Gefühl, dass ich ihm einige Ausgaben ersparen kann. Ist das nicht ein herrliches Gefühl? Sagen Sie, Archie, wenn Sie Witwer wären und eine Tochter in meinem Alter hätten, wären Sie dann nicht glücklich, wenn sich Ihr Töchterchen so benehmen würde wie ich?«

»Nein, Gnädigste«, sagte ich.

»Natürlich wären Sie glücklich. Aber hören Sie jetzt endlich mit diesen Dummheiten auf. Ich will nicht, dass Sie mich Gnädigste nennen. Wenn Sie wollen, können Sie Darling sagen, Schatzi oder Herzchen. Sie wollen Ihrem Boss helfen, seine Brötchen zu verdienen, und ich möchte meinem Vater etwas sparen helfen, und doch …«

Sie brach plötzlich ab und richtete sich auf. »Da kommt doch ein Wagen, nicht wahr? Ja, ich hab's deutlich gehört.« Sie sprang auf. »Da kommt er schon, und ich muss noch meine Haare in Ordnung bringen!« Und weg war sie.

13

Ich begab mich ins obere Stockwerk und sagte zu Wolfe: »Ascher ist da. Soll die Besprechung hier stattfinden?«

»Nein«, erwiderte er verärgert. »Wie spät ist es denn?«

»Achtzehn vor sechs. Wenn Sie mit der jüngsten Entwicklung Schritt halten wollen, dann müssten Sie sich schon etwas dranhalten. Die ältere Tochter will da was gesehen oder gehört haben gestern Abend. Jemand muss Ihren Wagen benützt haben, sie hat so den Eindruck. Und jetzt überlegt sie sich, ob sie den Staatsanwalt davon verständigen soll. ›Verständigen Sie lieber mich‹, sagte ich ihr, aber sie hat Angst, ich könnte es Ihnen verraten. Na ja, Sie sehen ja, mit mir ist eben nicht mehr viel los. Immerhin können Sie noch zurechtkommen und dabei sein, wenn sie dem Staatsanwalt ihr Herz ausschüttet.«

Er gab sich einen Ruck, warf die Beine über den Bettrand und griff ächzend nach seinen Schuhen. Er schnürte sie gerade zu, als es klopfte und die Tür schon aufging, noch ehe ich ›Herein‹ sagen konnte. Jimmy Sperling erschien und sagte: »Vater erwartet Sie in der Bibliothek.«

In aller Seelenruhe stopfte Wolfe das Hemd in die Hose, band sich die Krawatte und zog Weste und Rock an. Wir begaben uns die Treppen hinunter und legten den komplizierten Weg zur Bibliothek zurück, ohne einem Menschen zu begegnen. Ich nahm daher an, dass die Versammlung bereits vollzählig war. Aber dies war keineswegs der Fall. Als wir eintraten, waren erst drei Leute zugegen: der Staatsanwalt, der Generaldirektor und Webster Kane. Wieder einmal hatte Archer bereits den besten Stuhl erobert, und Wolfe musste sich mit dem zweitbesten begnügen. Es überraschte mich, Webster Kane anzutreffen und nicht Ben Dykes.

Wolfe wandte sich direkt an den Staatsanwalt. »Darf ich Sie zu Ihrer Entscheidung beglückwünschen, Sir. Mr Goodwin hätte das nicht fertig gebracht. Köpfchen, da sieht man's eben!«

Archer nickte kurz. »Danke, man tut, was man kann.« Er sah sich um. »Es war ein anstrengender Nachmittag vor Gericht, ich bin müde. Aber ich versprach zu kommen. Ich übergebe die Sache an Mr Gurran, einen meiner Mitarbeiter, der ein besserer Untersuchungsbeamter ist als ich. Heute ist er beschäftigt, aber er würde sich gern morgen Vormittag mit Ihnen allen unterhalten. Inzwischen –«

»Darf ich etwas sagen?«, warf Sperling ein.

»Natürlich. Bitte.«

Sperling sprach völlig unbefangen, ohne dass seiner Stimme oder Haltung die geringste Spannung anzumerken gewesen wäre. »Ich will Ihnen genau schildern, was passiert ist. Als Dykes heute Morgen herkam und sagte, er habe Beweise dafür, dass es Wolfes Wagen war, dachte ich, damit sei der Fall geklärt. Ich muss auch so was Ähnliches gesagt haben. Natürlich glaubte ich, es war Goodwin, er war ja gestern Abend nach Chappaqua gefahren. Als Sie dann Zweifel daran äußerten, dass es Goodwin war, bekam ich selber Zweifel. Die Lösung wäre Ihnen ja gewiss recht gewesen. Da ließ ich mir die Sache also nochmals durch den Kopf gehen, und da fiel mir etwas ein. Ich glaube, es ist vielleicht am besten, ich lese Ihnen eine Erklärung vor.«

Sperling griff in seine innere Brusttasche und zog ein zusammengefaltetes Schriftstück hervor. »Diese Erklärung«, sagte er, indem er sie entfaltete, »trägt das heutige Datum und ist von Mr Kane unterzeichnet. Webster Kane.«

Archer runzelte die Stirne. »Von Kane?«

»Jawohl. Die Erklärung lautet:

›Am Montagabend, dem 20. Juni, kurz vor halb zehn, betrat ich die Bibliothek und sah auf Mr Sperlings Schreibtisch einige Briefe, von denen ich wusste, dass sie zur Post sollten. Mr Sperling hatte diesen Wunsch geäußert. Ich wusste, dass er sich über irgendetwas aufgeregt hatte, und nahm daher an, dass er die Briefe vergessen hatte. Ich begab mich nach Mount Kisco, um die Briefe auf dem dortigen Postamt aufzugeben, damit sie noch mit dem ersten Morgenzug abgingen. Ich verließ das Haus über die Terrasse an der Westseite und wollte zur Garage gehen, um meinen Wagen zu holen. Ich erinnerte mich aber dann, dass Nero Wolfes Wagen in der Nähe geparkt war, näher als die Garage, und so wollte ich diesen Wagen benützen.

Der Zündschlüssel steckte. Ich startete den Wagen und fuhr die Ausfahrt hinunter. Es war völlig dunkel, doch da mir die Ausfahrt gut bekannt war, hatte ich die Scheinwerfer nicht eingeschaltet. Die Ausfahrt geht ein wenig bergab, und meine Geschwindigkeit war wahrscheinlich so zwischen 30 und 40 Kilometer. Als ich zur Brücke über den Bach kam, sah ich plötzlich unmittelbar vor dem Wagen etwas liegen. In der Dunkelheit konnte ich nicht erkennen, dass es ein Mensch war. Ich trat auf die Bremse, aber nicht sehr scharf, da ich ja in dem Augenblick noch nicht wusste, dass ich einen Menschen überfahren hatte. Nach wenigen Metern brachte ich den Wagen zum Stehen. Ich sprang heraus und lief zurück und sah, es war Louis Rony. Er lag etwa zwei Meter hinter dem Wagen und war tot. Die Räder hatten ihm den Brustkorb eingedrückt.

Ich könnte nun eine lange Entschuldigung meines Verhaltens anführen, aber ich will es in einem Satz zusammenfassen und einfach sagen, ich verlor den Kopf. Ich will nicht beschreiben, wie mir zu Mute war, sondern nur angeben, was ich getan habe. Als ich sicher war, dass er tot war, schleppte ich die Leiche von der Ausfahrt weg und über die Wiese zu einem Gebüsch, das etwa 20 Meter entfernt war, und ließ sie an der Nordseite des Gebüsches, jenseits der Ausfahrt liegen. Dann ging ich zum Wagen zurück, fuhr über die Brücke, drehte um, fuhr zum Haus zurück, stellte den Wagen ab, wo ich ihn gefunden hatte, und stieg aus.

Ich ging nicht ins Haus zurück. Ich wanderte auf der Terrasse auf und ab und versuchte, einen Entschluss zu fassen, mich so weit zu beruhigen, dass ich hineingehen konnte und berichten, was geschehen war. Ich war noch auf der Terrasse, da kam Goodwin aus dem Hause und ging quer über die Terrasse auf die Stelle zu, wo der Wagen geparkt war. Ich hörte, wie er den Motor anließ und losfuhr, doch wusste ich nicht, wohin.

Ich dachte mir, vielleicht fährt er nach New York, und der Wagen kommt nicht mehr zurück. Jedenfalls half mir sein Wegfahren, einen Entschluss zu fassen. Ich ging zurück ins Haus und in mein Zimmer und versuchte, mich so weit zu beruhigen, dass ich den Wirtschaftsbericht abfassen konnte, den ich für Mr Sperling anzufertigen hatte.

Heute Nachmittag sagte mir Mr Sperling, er habe bemerkt, dass die Briefe auf seinem Schreibtisch, die aufgegeben werden sollten, nicht mehr da lagen. Ich sagte ihm, dass ich sie auf's Zimmer genommen hätte und sie heute, zeitig am Morgen, nach Chappaqua bringen wollte, dass aber die Straßensperre durch die Polizei und ihre Überwachung sämtlicher Fahrzeuge dies unmöglich gemacht habe. Da er aber die Sache mit den Briefen erwähnt hatte, war die ganze Lage für mich verändert, ich weiß nicht, warum. Ich teilte ihm sofort, und zwar freiwillig, alle Tatsachen mit, die in dieser Erklärung angeführt sind. Als er mir sagte, dass heute Nachmittag der Staatsanwalt komme, erwiderte ich ihm, dass ich diese Tatsache in einer unterzeichneten Erklärung niederlegen würde, was ich hiermit auch getan habe.‹«

Sperling blickte auf. »Unterzeichnet von Webster Kane«, sagte er. Er reichte das Schriftstück dem Staatsanwalt. »Es ist von mir beglaubigt. Wenn Sie weitere Einzelheiten wünschen, so hat er, glaube ich, nichts dagegen. Er ist ja hier, und Sie können ihn selbst fragen.«

Archer überflog das Schriftstück. Dann blickte er auf, legte den Kopf zur Seite und sah Kane an. Kane hielt dem Blick stand.

Der Staatsanwalt trommelte mit den Fingern auf das Schriftstück. »Sie haben das geschrieben und unterzeichnet, Mr Kane?«

»Jawohl!«, sagte Kane klar und deutlich.

»Na, kommt ein bisschen spät, finden Sie nicht?«

»Das gebe ich zu.« Glücklich blickte Kane gerade nicht

drein, aber er hielt sich gut. Nach kurzem Zögern fuhr er fort: »Ich weiß wohl, dass es keine Entschuldigung für mein Verhalten gibt. Ich kann es mir ja nicht einmal selbst erklären. Offenbar bin ich eben in einer Krisenlage nicht so geistesgegenwärtig, wie ich es gern wäre.«

»Aber hier kann man ja nicht gerade von einer Krise sprechen, wie? Unvermeidlicher Unfall, was? Das passiert ja vielen!«

»Ja, mag sein. Aber ich hatte einen Menschen getötet. Für mich war das eine ganz gewaltige Krise.« Kane gestikulierte erregt. »Mich hat's eben mitgenommen, völlig umgeworfen hat es mich.«

»Völlig vielleicht doch nicht.« Archer sah sich das Schriftstück an. »So viel Geistesgegenwart besaßen Sie doch immerhin, um anzunehmen, als Goodwin knapp fünfzehn Minuten nach dem Unfall mit dem Wagen über dieselbe Strecke wegfuhr, dass der Verdacht wahrscheinlich auf ihn fallen würde. Haben Sie das nicht angenommen?«

Kane nickte. »Ich habe das absichtlich in meine Erklärung aufgenommen, obwohl ich wusste, dass es so aufgefasst werden könnte. Ich kann nur sagen, falls ich so etwas angenommen hatte, dann habe ich es keinesfalls bewusst getan.«

Archer sah sich das Schriftstück noch mal an, legte es zusammen, behielt es aber in der Hand. »Sie haben Rony gut gekannt, nicht wahr?«

»Nicht besonders gut. In den letzten Monaten traf ich ihn häufig bei den Sperlings in New York oder hier!«

»Standen Sie auf gutem Fuß mit ihm?«

»Nein.«

Das war ein glattes, bedingungsloses Nein. Archer packte auch sofort zu. »Warum nicht?«

»Was ich von ihm beruflich wusste, sagte mir nicht zu. Ich mochte ihn auch persönlich nicht – konnte ihn nicht ausstehen. Ich wusste, Mr Sperling hatte ihn im Verdacht, ein Radikaler zu sein. Ich hatte zwar persönlich keine Beweise dafür, war aber doch der Ansicht, dass dieser Verdacht sehr wohl begründet sein könnte.«

»Wussten Sie, dass Miss Gwenn Sperling ihn mochte?«

»Gewiss. Das war ja der einzige Grund, warum man ihn hier geduldet hat.«

»Sie haben diese Freundschaft also nicht gebilligt?«

»Auf meine Billigung oder Missbilligung kam es nicht an. Ich bin zwar nicht bloß ein Angestellter der Firma Mr Sperlings, sondern bereits mehr als vier Jahre lang bin ich ein Freund – ein Freund der Familie, wenn ich so sagen darf?«

Er blickte Sperling an. Sperling nickte zustimmend.

Kane fuhr fort: »Ich achte und verehre alle Mitglieder der Familie. Auch Miss Gwenn Sperling. Darf ich eine Frage stellen?«

»Bitte.«

»Ich weiß nicht, warum Sie sich für meine persönliche Meinung über Rony interessieren. Es sei denn, dass Sie mich verdächtigen, ihn getötet zu haben, nicht zufällig, sondern vorsätzlich. Ist dies der Fall?«

»Verdächtigen würde ich es nicht nennen, Mr Kane. Aber Ihre Erklärung regelt die Sache sozusagen endgültig, und bevor ich sie daher zur Kenntnis nehmen kann –« Archer schob die Unterlippe vor. »Warum, passen Ihnen meine Fragen nicht?«

»Doch«, sagte Kane eindringlich. »Es steht mir ja nicht zu, mich gegen Fragen zu wehren, besonders nicht gegen Fragen von Ihnen –«

»Aber ich verwahre mich dagegen«, stieß Sperling hervor. Bis jetzt hatte er sich zurückgehalten. »Was haben Sie eigentlich vor, Archer? Heute Vormittag erklärten Sie doch, Ihre Behörde beabsichtige nicht, Leuten in meiner Stellung Schwierigkeiten zu machen. Haben Sie diese Einstellung nun geändert?«

Archer lachte. »Sie haben vollkommen Recht«, teilte er

Sperling mit. »Ich bin eben müde und habe ganz einfach routinemäßig weitergefragt. Heute Vormittag sagte ich, wenn es sich herausstellen sollte, dass ein Unfall vorliegt, wäre niemand froher als ich. Ich musste aber wissen, wer dafür verantwortlich ist. Also darüber kann ich jetzt beruhigt sein.« Er steckte das zusammengefaltete Schriftstück in die Tasche und stand auf. »Würden Sie morgen Vormittag zu mir nach White Plains kommen, Mr Kane – sagen wir um elf Uhr? Sollte ich nicht da sein, fragen Sie nach Mr Gurran.«

»Bestimmt!«, versprach Kane.

»Wozu?«, wollte Sperling wissen.

»Lediglich eine Formsache. So viel kann ich von mir aus schon zusagen. Anklage und Prozess hätten meines Erachtens wenig Sinn. Ich rufe Gurran heute Abend an und ersuche ihn, die Verkehrsvorschriften durchzusehen unter: Unfälle auf privatem Grund und Boden. Es besteht natürlich die Möglichkeit, dass eine Geldstrafe oder der Entzug des Führerscheins erfolgt, aber wie die Dinge liegen, wäre es mir am liebsten, die ganze Sache unter den Tisch fallen zu lassen.«

Er bot Sperling die Hand. »Nichts für ungut, hoffe ich.« Sperling schlug ein. Archer schüttelte auch Kane die Hand, Wolfe und sogar mir. Er gab der Hoffnung Ausdruck, uns das nächste Mal bei einer erfreulicheren Gelegenheit wieder zu sehen. Dann ging er.

Wolfe saß da, den Kopf schräg geneigt, als ob es zu anstrengend wäre, ihn gerade zu halten. Seine Augen waren geschlossen. Kane, Sperling und ich standen noch, da wir uns beim Abschied Archers, im Gegensatz zu Wolfe, erhoben hatten.

Kane wandte sich an Sperling. »Gott sei Dank, das ist vorüber. Wenn Sie mich nicht weiter benötigen, will ich versuchen, mit meiner Arbeit voranzukommen. Ich möchte lieber nicht beim Abendessen erscheinen. Natürlich wird man von der Sache erfahren, und ich möchte heute lieber niemanden mehr sehen.«

»Gehen Sie ruhig hinauf«, stimmte Sperling zu. »Ich komme später noch bei Ihnen vorbei.«

Kane machte sich auf den Weg. Wolfe öffnete die Augen, murmelte: »Einen Augenblick!«, und hob den Kopf.

Kane blieb stehen und fragte: »Meinen Sie mich?«

»Wenn Sie nichts dagegen haben.« Wolfes Ton war ebenso höflich wie seine Sprache. »Kann Ihre Arbeit ein wenig warten?«

»Wenn es sein muss. Warum?«

»Ich möchte mich ein bisschen mit Ihnen unterhalten.« Kane warf Sperling einen Blick zu, der aber war in ein weiteres Schriftstück vertieft, das er gerade aus der Tasche gezogen hatte. Kane zögerte noch, da trat Sperling auf Wolfe zu und überreichte ihm dieses Stück Papier.

»Sie haben es verdient«, sagte er. »Es freut mich, Sie angestellt zu haben.«

Wolfe nahm den Scheck, sah ihn an und blickte auf. »Allerhand!«, sagte er. »Fünfzigtausend Dollar.«

Sperling nickte bloß. »Mit den fünftausend macht es fünfundfünfzigtausend. Falls dies Ihre Ausgaben, Ihren Schlaf und Ihre Gebühr nicht deckt, senden Sie mir bitte eine Rechnung!«

»Danke sehr. Das werde ich machen. Ich kann natürlich jetzt noch nicht sagen, wie viele Ausgaben noch kommen werden. Möglicherweise –«

»Ausgaben wofür?«

»Für meine Untersuchung von Mr Ronys Tod. Ich dürfte …«

»Was gibt's da noch zu untersuchen?«

»Ich weiß nicht.« Wolfe steckte den Scheck ein. »Vielleicht bin ich bald zufrieden gestellt. Ich möchte Mr Kane ein paar Fragen stellen.«

»Wozu? Warum?

»Warum nicht?« Wolfe war ziemlich unverblümt. »Ich bin doch wohl zu ebenso viel Fragen berechtigt wie Mr Archer.

Hat Mr Kane etwas dagegen, etwa ein Dutzend Fragen zu beantworten? Haben Sie etwas dagegen, Mr Kane?«

»Gewiss nicht.«

»Schön, ich werde es kurz machen, aber setzen Sie sich bitte.«

Kane nahm Platz, aber nur am Rand des Stuhles. Sperling blieb stehen, die Hände in den Taschen vergraben, und blickte Wolfe nicht gerade freundlich an.

»Erstens«, fragte Wolfe, »wie haben Sie festgestellt, dass Mr Rony tot war?«

»Mein Gott, Sie hätten ihn sehen sollen!«

»Das habe ich eben nicht. Und allzu gut haben Sie ihn ja auch nicht sehen können, da es doch dunkel war. Haben Sie ihm Ihre Hand aufs Herz gelegt, um zu fühlen, ob es noch schlägt?«

Kane schüttelte den Kopf. Das überraschte mich nicht, da ich mich ja selbst davon überzeugt hatte, dass Ronys Oberkörper kaum für einen derartigen Versuch geeignet war. So hatte ich die Leiche Wolfe auch beschrieben.

»Das war nicht nötig«, sagte Kane. »Er war völlig zermalmt.«

»Konnten Sie sehen, wie schwer verwundet er war, im Dunkeln?«

»Ich konnte es fühlen. Jedenfalls war es ja nicht völlig finster, etwas war schon zu sehen.«

»Knochen, nehme ich an, konnten Sie sehen. Knochen sind ja weiß. So viel ich weiß, hatte ein Knochen des Oberarms das Fleisch und die Kleidung durchstoßen und ragte mehrere Zentimeter heraus. Welcher Arm war denn das?«

Das war natürlich eine glatte Lüge. Wolfe hatte keine Ahnung von so etwas. Außerdem traf es nicht zu.

»Mein Gott, ich weiß es nicht«, erwiderte Kane. »Ich habe mir darüber doch keine Notizen gemacht.«

»Kaum«, gab Wolfe zu. »Aber Sie haben doch gesehen oder gefühlt, dass der Knochen herausragte?«

»Ich – vielleicht habe ich es – ich weiß es nicht.«

Wolfe gab es auf. »Als Sie die Leiche zum Gebüsch schleppten, wie haben Sie sie gehalten, ich meine, an welchem Körperteil?«

»Ich kann mich nicht erinnern.«

»Unsinn. Sie haben sie ja nicht ein oder zwei Meter geschleppt, sondern dreißig Meter oder noch weiter. Das können Sie unmöglich vergessen haben. Haben Sie den Leichnam bei den Füßen gepackt? Oder beim Kopf? Oder beim Rockkragen? An einem Arm?«

»Ich kann mich nicht entsinnen.«

»Das verstehe ich nicht. Sie müssen sich doch erinnern. Ich will Ihnen helfen. Als Sie ihn hinter das Gebüsch legten, lag da sein Kopf in Richtung auf das Haus oder entgegengesetzt?«

Kane runzelte die Stirne. »Daran sollte ich mich erinnern!«

»Allerdings.«

»Ich kann mich aber nicht erinnern!« Kane schüttelte den Kopf. »Ich kann mich ganz einfach nicht erinnern.«

»Na ja.« Wolfe lehnte sich zurück. »Das wäre alles, Mr Kane.« Er verabschiedete ihn mit einer Handbewegung. »Machen Sie ruhig weiter mit Ihrer Arbeit.«

Bevor Wolfe den Satz beendet hatte, hatte Kane sich bereits erhoben. »Ich tat mein Bestes«, sagte er entschuldigend. »Wie gesagt, ich bin eben nicht sehr geistesgegenwärtig in einer Krise. Ich war offenbar so aufgeregt, dass ich nicht mehr wusste, was ich tat.« Er blickte Sperling an, welcher aber nicht reagierte, blickte nochmals in Richtung Wolfes und ging.

Als sich die Türe hinter ihm geschlossen hatte, blickte Sperling auf Wolfe herunter und fragte: »Wozu soll das wohl gut gewesen sein?«

Wolfe brummte. »Zu nichts. Im Gegenteil, es hat nur geschadet. Jetzt ist es mir unmöglich geworden, mich zu Hause in Ruhe meinen Pflanzen zu widmen.« Er lehnte den Kopf zurück, um Sperling ins Auge zu fassen. »Er muss Ihnen sehr verpflichtet sein – oder zumindest Angst haben, seine Stellung zu verlieren. Wie haben Sie ihn eigentlich dazu gebracht, diese Erklärung zu unterschreiben?«

»Ich habe ihn nicht dazu gebracht. In der Erklärung heißt es ausdrücklich, er hat sie freiwillig abgefasst und unterzeichnet.«

»Pfui. Ich weiß, was in der Erklärung steht. Aber warum sollte ich das glauben, wenn ich sonst kein Wort glaube?«

»Das kann doch nicht Ihr Ernst sein. Kane ist einer der führenden Nationalökonomen Amerikas. Würde ein Mann seiner Stellung und seines Rufes eine derartige Erklärung unterzeichnen, falls sie nicht wahr wäre?«

»Ob er es tun würde oder nicht – er hat es jedenfalls getan.« Wolfe wurde unangenehm. »Falls genügend Grund dafür vorliegt, würde er es natürlich tun. Und an Gründen scheinen Sie ja reich gesegnet zu sein. Es trifft sich überhaupt recht gut für Sie, dass er hier war. Er war geradezu ideal geeignet für diesen Zweck.« Mit einer weiteren Handbewegung erledigte Wolfe das Thema Mr Kane. »Sie haben Ihre Sache gut gemacht; die Erklärung ist großartig abgefasst. Aber sind Sie sich auch dessen bewusst, was das für mich bedeutet?«

»Aber natürlich.« Sperling war sehr freundlich. »Sie waren mit der Durchführung einer Sache beauftragt und haben diesen Auftrag ausgezeichnet ausgeführt. Ihre Leistung gestern Nachmittag war einwandfrei. Sie hat meine Tochter dazu gebracht, Rony fallen zu lassen, und das war alles, was ich wollte. Sein Tod durch Unfall kann Ihrer Leistung keinen Abbruch tun.«

»Das weiß ich«, pflichtete Wolfe bei, »aber dieser Teil des Auftrags war bereits erledigt. Das Unangenehme an der Sache ist nur, dass ich ja noch einen weiteren Auftrag von Ihnen habe, nämlich Ronys Tod zu untersuchen. Ich weiß wohl …«

»Dieser Auftrag ist auch bereits erledigt.«

»O nein, keineswegs. Sie haben Mr Archer hinters Licht geführt, indem Sie Mr Kane dazu brachten, diese Erklärung zu unterzeichnen. Mich aber haben Sie nicht herumgekriegt.« Wolfe schüttelte seufzend den Kopf.

Sperling blickte ihn kurz an, nahm dann auf dem Stuhl Platz, den Archer benutzt hatte, beugte sich vor und fragte: »Hören Sie mal, Wolfe, für wen halten Sie sich eigentlich, für den heiligen Georg?«

»Nein!« Wolfe wies dieses Ansinnen empört von sich. »Wer immer eine Kreatur wie Rony umgebracht hat, zufällig oder vorsätzlich, ich wäre mit Vergnügen bereit, diese Erklärung auf sich beruhen zu lassen. Ich habe mich aber nun einmal auf die Sache eingelassen, habe die Polizei angelogen. Das wäre weiter nicht schlimm, das tue ich ja gewohnheitsmäßig. Ich habe Sie aber gestern Abend darauf aufmerksam gemacht, dass ich der Polizei nur dann etwas verschweige, wenn es einen Fall betrifft, mit dem ich beauftragt bin. Und das verpflichtet mich jetzt, den Fall nicht eher aus der Hand zu geben, bevor ich die Überzeugung habe, dass er gelöst ist. Ich habe Ihnen gesagt, dass Sie mich nicht an einem Tag anstellen und am nächsten Tag hinauswerfen können. Sie waren mit dieser Bedingung einverstanden. Jetzt aber sind Sie offenbar der Meinung, Sie können mich entlassen. Offenbar deswegen, weil Sie glauben, dass ich Ihnen keine Schwierigkeiten dadurch machen kann, dass ich Mr Archer wahrheitsgemäß von dem Gespräch erzähle, das gestern Nachmittag hier stattgefunden hat. Damit haben Sie Recht. Wenn ich jetzt damit käme, wo er bereits die Erklärung Kanes besitzt, würde er mir wahrscheinlich einen kleinen Verweis erteilen und dann die Sache fallen lassen. Ich wünschte nur, ich könnte das auch. Ich kann es aber nicht. Sie haben mich hereingelegt, und ich lasse mich nicht hereinlegen!«

»Ich habe Ihnen fünfundfünfzigtausend Dollar bezahlt.«

»Stimmt. Mehr nicht.«

»Mehr? Wofür?«

»Für die Beendigung meines Auftrags. Ich werde ausfindig machen, wer Mr Rony getötet hat, und ich werde es beweisen.«

Wolfe zeigte mit dem Finger auf ihn. »Sollte ich versagen, Mr Sperling –« Er senkte den erhobenen Zeigefinger und zuckte die Achseln. »Ich werde nicht versagen. Darauf können Sie sich verlassen.«

Plötzlich, ohne den geringsten Übergang, verlor Sperling die Selbstbeherrschung. Seine Augen blitzten, er wechselte die Farbe, ein ganz anderer Mr Sperling stand vor uns. Er war aufgesprungen und stieß zwischen den Zähnen hervor: »Hinaus! Hinaus mit Ihnen!«

Für mich war ja so etwas nichts Neues, aber für Wolfe, der sich fast immer in seinem Büro befunden hatte, wenn eine Konferenz plötzlich abgebrochen wurde, war es doch etwas Neues, hinausgeworfen zu werden. Er hielt sich aber gut. Er betonte weder seine Würde, noch schien er sie aufzugeben. Er ging ganz einfach, als ob er einmal verschwinden müsse und als ob es ihm nicht besonders eilig damit wäre. Ich ließ ihm den Vortritt.

14

Es war kurz vor Mittwochmittag, als das Paket eintraf.

Das Büro war zwar noch nicht völlig zum Normalzustand zurückgekehrt, da im Gewächshaus noch immer eine kleine Armee am Werk war, sonst aber hatte sich doch vieles beruhigt. Wolfe trug ein sauberes Hemd und frische Socken. Die Mahlzeiten kamen regelmäßig und waren zufrieden stellend. Die Glasscherben waren von der Straße weggefegt, und wir hatten unsere Schlafrückstände aufgeholt. Was Wolfes Versprechen betraf, den Fall Rony zu erledigen, so war zwar noch nicht viel geschehen, aber schließlich waren ja seither erst vierzehn Stunden vergangen, von denen wir neun im Bett zugebracht hatten.

Dann kam das Paket. Wolfe, der sich seit dem Frühstück oben im Treibhaus aufgehalten hatte, war gerade mit mir im

Büro und prüfte Rechnungen. Ich öffnete, als es an der Eingangstür läutete. Ein Page übergab mir ein Paket in der Größe eines kleineren Handkoffers und eine Empfangsbestätigung, die ich unterschrieb. Ich ließ das Paket in der Halle, da ich annahm, es handele sich um eines der Dinge, die für die Reparatur oben benötigt wurden. Als ich ins Büro zurückkam, fiel mir aber auf, dass ich keinen Namen einer Speditionsfirma auf dem Paket bemerkt hatte. Ich ging daher in die Halle zurück, um nochmals nachzusehen. Auf dem dicken Packpapier befand sich aber kein Zeichen außer Wolfes Namen und Adresse. Das Paket war mit einem dicken Strick verschnürt. Ich hob es auf und schätzte das Gewicht auf etwa sechs Pfund. Ich hielt es gegen das Ohr, dreißig Sekunden lang mit angehaltenem Atem, hörte aber nichts.

Quatsch, dachte ich, schnitt den Strick auf und zerfetzte das Papier mit meinem Messer. Drinnen befand sich ein Karton, dessen Klappen mit Klebstreifen befestigt waren. Vorsichtig entfernte ich die Klebstreifen und hob eine Ecke an. Alles, was ich sehen konnte, war Zeitungspapier. Ich bohrte die Messerspitze hinein und riss ein Stück Zeitungspapier heraus; und was ich jetzt zu sehen bekam, gab mir doch Anlass zu einigem Stirnrunzeln. Ich entfernte die Klappen und das Zeitungspapier. Dann nahm ich den Karton unter den Arm, marschierte damit ins Büro und fragte Wolfe: »Haben Sie was dagegen, wenn ich das auf Ihrem Schreibtisch auspacke? Ich möchte keinen Schmutz in der Halle machen.«

Ohne auf seinen Widerspruch zu achten, stellte ich das Paket auf seinen Schreibtisch und begann, ihm Zwanzigdollarbündel zu entnehmen. Es waren gebrauchte Banknoten, keine einzige neue darunter, wie ich an den Ecken feststellen konnte, und sie waren in Bündeln von je fünfzig Stück gepackt, das hieß also tausend Dollar je Bündel.

»Was zum Teufel soll das sein?«, fragte Wolfe.

»Geld«, antwortete ich. »Rühren Sie's nicht an; es mag eine

Falle sein. Vielleicht ist das Geld mit Bazillen getränkt.« Ich ordnete die Bündel in Haufen zu je zehn, und es ergaben sich je fünf solcher Haufen. »Bemerkenswerter Zufall«, stellte ich fest. »Wir müssen die Bündel natürlich nachzählen, aber wenn die Aufschriften stimmen, so handelt es sich genau um fünfzigtausend. Das ist doch interessant!«

»Archie!« Wolfe blickte drohend drein. »Was soll dieser dumme Witz? Ich habe Ihnen doch gesagt, Sie sollen den Scheck hinterlegen, nicht einkassieren.« Er zeigte auf das Geld. »Bringen Sie's zur Bank!«

»Bitte sehr. Vorher aber ...« Ich begab mich zum Safe, nahm das Einlagebuch heraus, öffnete die letzte Seite und zeigte sie ihm. »Wie Sie sehen, wurde der Scheck eingezahlt. Es handelt sich also um keinen dummen Witz, sondern bloß um einen Zufall. Sie hörten, dass es läutete, und sahen, dass ich die Tür öffnete. Ein Page gab mir dieses Paket und ließ mich die Empfangsbestätigung unterschreiben. Ich vermutete zuerst, es handle sich um eine Zeitbombe, und öffnete das Paket daher in der Halle, also in einiger Entfernung von Ihnen. Auf dem Paket oder innerhalb befindet sich nichts, was auf den Absender schließen ließ. Der einzige Anhaltspunkt ist das Zeitungspapier – die zweite Ausgabe der New York Times. Wer von unseren Bekannten liest die New York Times und hat fünfzigtausend Dollar übrig für einen dummen Witz? Sobald Sie dies beantwortet haben, haben wir den Täter!«

Wolfe blickte noch immer drohend, diesmal auf den Haufen Geld, nicht auf mich. Er nahm eines der Bündel auf, ließ es durch die Finger gleiten und legte es zurück. »Geben Sie es in den Safe. Das Paket auch.«

»Sollten wir es nicht nachzählen? Gesetzt den Fall, in einem der Bündel fehlt ein Zwanziger?«

Keine Antwort. Er lehnte sich in seinen Stuhl zurück, schob die Lippen vor und wieder zurück, vor und zurück. Ich führte seine Anweisung durch, packte alles zunächst in den Karton, um Platz zu sparen, begab mich dann in die Halle, holte das Packpapier und den Strick und verstaute alles im Safe.

Ich saß an meinem Schreibtisch und wartete, bis Wolfes Lippen sich wieder beruhigt hatten; dann fragte ich: »Wie wär's denn mit einer kleinen Gehaltsaufbesserung für mich? Zwanzig Dollar pro Woche mehr könnte ich gerade noch verkraften. Bisher hat uns dieser Fall hundertfünftausenddreihundertundzwölf Dollar eingebracht. Abzüglich Spesen und Schaden ...«

»Wo kamen denn die dreihundertundzwölf her?«

»Aus Ronys Brieftasche. Saul hat das Geld. Hab' ich Ihnen ja gesagt.«

»Sie wissen natürlich, wer das Paket geschickt hat.«

»Nicht ganz genau. *D*, *C*, *B* oder *A*, aber wer? Es kann doch nicht direkt von *X* kommen, oder?«

»Direkt? Nein.« Wolfe schüttelte den Kopf. »Geld habe ich ja ganz gern, aber nicht dieses Geld. Wenn Sie bloß eine Frage beantworten würden!«

»Ich habe bereits Millionen Fragen beantwortet. Auf eine kommt's nicht mehr an.«

»Auf diese eine sind Sie mir aber noch immer die Antwort schuldig. Wer hat am Samstagabend etwas in das Glas getan – das Glas, das für Mr Rony bestimmt war, und das Sie ausgetrunken haben?«

»Ja, das ist die Frage. Das habe ich mich gestern auch den ganzen Tag gefragt und heute Vormittag wieder, aber ich weiß es noch immer nicht.«

Wolfe seufzte. »Das legt uns natürlich fest. Das zwingt uns anzunehmen, dass es sich nicht um Unfall handelt, sondern um Mord. Gäbe es diesen Umstand nicht, wäre ich geneigt, den Fall abzuschließen.« Er seufzte nochmals. »Die Sache steht nun so, dass wir diese Annahme entweder beweisen oder widerlegen müssen. Wie ich das anstellen werde, weiß nur Gott. Ich rief Mr Löwenfeld, den Polizeisachverständigen, an. Er war recht liebenswürdig, konnte mir aber nicht helfen. Wenn ein Wagen auf einer leicht abschüssigen Straße fährt, mit einer Geschwindigkeit von vierzig Stundenkilometern, und mit dem Kühler auf einen Mann stößt, der aufrecht steht, dann ist es wahrscheinlich, dass auf der Vorderseite des Wagens Beulen oder andere sichtbare Merkmale entstehen; sicher ist es aber keineswegs. Ich sagte ihm, es handle sich darum, festzustellen, ob der Mann, als er vom Wagen getroffen wurde, aufrecht stand oder lag. Er sagte, das Fehlen von Kennzeichen auf der Vorderseite des Wagens sei wohl ein Indiz, aber kein Beweis. Er fragte mich auch, warum ich mich denn noch immer für den Tod Louis Ronys interessiere.« Wolfe blickte auf die Wanduhr. »Ich habe übrigens auch Doktor Vollmer angerufen, er müsste jeden Augenblick hier sein.«

Ich hatte mich also geirrt, als ich annahm, dass er nichts unternommen hatte, um sein Versprechen wahr zu machen. »Der Ausflug aufs Land hat Ihnen offenbar gut getan«, erklärte ich. »Sie sind ja voller Tatkraft. Ist Ihnen aufgefallen, dass die *Gazette* Kanes Erklärung voll abgedruckt hat?«

»Allerdings. Und jetzt ist mir ein Schönheitsfehler aufgefallen, der mir entgangen ist, als Mr Sperling sie vorlas. Dass er meinen Wagen genommen hat, den Wagen eines Hausgastes, den er kaum kannte, darüber ging er zu leicht hinweg. Jetzt beim Lesen stellt es sich als Misston heraus. Ich habe Mr Sperling gesagt, die Erklärung war gut abgefasst. Dieser Teil aber war es nicht. Man hätte sich eine bessere Erklärung dafür ausdenken können und einen kurzen Satz in diesem Sinne hinzufügen sollen. Wenn ich das abgefasst …«

Das Telefon läutete. Ich nahm den Hörer ab und sagte: »Nero Wolfes Büro.«

»Kann ich Mr Wolfe sprechen?«

Ein leichter Schauer rann mein Rückgrat hinab. Diese Stimme hatte sich während der letzten dreizehn Monate nicht geändert.

»Ihr Name, bitte?«, fragte ich und hoffte nur, dass auch meine Stimme sich nicht geändert hatte.

»Sagen Sie ihm, es handle sich um eine persönliche Sache.« Ich legte die Hand auf den Hörer und sagte: »*X*!«

Er furchte die Stirn. »Was?«

»Sie haben schon richtig gehört. *X*!«

Er nahm den Hörer auf. Da ich keine gegenteilige Anweisung erhielt, blieb ich im Raum.

»Hier ist Nero Wolfe.«

»Guten Tag, Mr Wolfe. Goodwin hat Ihnen ja bereits gesagt, wer ich bin, nicht wahr? Sie kennen doch meine Stimme?«

»Die Stimme ist mir bekannt.«

»Ist ja auch leicht zu erkennen, nicht wahr? Den Rat, den ich Ihnen am Sonnabend gab, haben Sie ignoriert. Ebenso die Vorstellung, die ich für Sie Sonntagnacht veranstaltet habe. Darf ich sagen, dass mich das nicht überrascht?«

»Sie dürfen sagen, was Sie wollen.«

»Es hat mich nicht überrascht. Ich hoffe nur, dass wir keinen Anlass für eine wirksamere Vorstellung haben werden. Die Erde ist weit interessanter, solange Sie auf ihr wandeln. Haben Sie das Paket, das Sie vor einer Weile erhielten, bereits geöffnet?«

»Gewiss.«

»Ich brauche wohl nicht zu erklären, warum ich mich entschlossen habe, Ihnen die Beschädigung Ihres Eigentums zu ersetzen. Oder muss ich das erklären?«

»Doch!«

»Aber, ich bitte Sie. Ihnen doch nicht! Falls der Betrag, den Sie erhalten haben, den Schaden übersteigen sollte, macht es auch nichts aus. Ich beabsichtigte sogar, ihn höher zu halten als den Schaden. Der Staatsanwalt hat entschieden, dass durch Kanes Erklärung Ronys Tod vollständig und zufrieden stellend aufgeklärt ist und dass keine Anklage erhoben wird. Durch Ihre Anfrage bei dem Polizeisachverständigen haben Sie bereits zum Ausdruck gebracht, dass Sie sich dieser Entscheidung nicht anschließen. Sie werden die Sache natürlich nicht ruhen lassen. Sie nicht! Rony war ein tüchtiger junger Mann, der eine Zukunft vor sich hatte, und er verdient es schon, dass sein Tod vom fähigsten Gehirn New Yorks untersucht wird. Das ist natürlich das Ihre. Ich wohne ja nicht in New York, wie Sie wissen. Leben Sie wohl, und viel Glück!«

Die Verbindung war unterbrochen, und Wolfe legte den Hörer auf. Ich auch.

»Also, wenn das kein Klient ist! Geld per Boten, knappste Telefongespräche, nächste Vorstellung am Grab des Hauptdarstellers.«

Wolfe hatte seine Augen zu schmalen Schlitzen geschlossen. Ich fragte ihn: »Wie soll ich das verbuchen? Unter *X* oder unter *Z* wie *Zeck*?«

»Archie!«

»Ja, bitte?«

»Ich habe Ihnen schon einmal gesagt, Sie sollen vergessen, dass Sie den Namen dieses Mannes kennen; ich habe das nicht im Spaß gesagt, sondern einfach deswegen, weil ich seinen Namen nicht zu hören wünsche.«

»Na schön. Aber ich führe schließlich die Bücher. Also, wo soll ich das Geld verbuchen, unter *X*?«

»Überhaupt nicht. Sehen Sie sich das Geld noch mal an; und wenn Sie schon dabei sind, könnten Sie's eigentlich auch nachzählen. Mir kommt es darauf an festzustellen, ob in dem Paket noch etwas enthalten ist außer dem Geld. Lassen Sie zehntausend Dollar im Safe. Ich werde sie brauchen, morgen wahrscheinlich, für eine Sache, die in unseren Büchern nicht erscheinen soll. Lediglich zu Ihrer Information – es ist für Mr Jones. Den Rest bringen Sie zu irgendeiner Vorstadtbank, irgendwo in New Jersey sagen wir mal, und legen Sie es dort in einen Banksafe, den Sie unter irgendeinem Namen mieten. Wenn Sie eine Referenz brauchen, nennen Sie Mr Parker.

Nach dem, was sich Sonntagnacht abgespielt hat, müssen wir auf alles gefasst sein. Sollte es zu einem Zusammenstoß kommen, und wir müssen von hier spurlos verschwinden, dann brauchen wir Moneten. Ich hoffe nur, dieses Geld niemals anrühren zu müssen. Wenn es sich nach meinem Tod noch in dem Banksafe befindet, was ich hoffen will, dann gehört es Ihnen.«

»Besten Dank. Um die Zeit bin ich wahrscheinlich so um die achtzig, da kann man einen kleinen Sparpfennig schon brauchen.«

»Nichts zu danken. Was nun heute Nachmittag betrifft: Erstens, wie steht's mit den Aufnahmen, die Sie gemacht haben?«

»Sind um sechs fertig. Rascher ging's nicht.«

»Und die Schlüssel?«

»Sind um halb zwei fertig.«

»Gut. Saul ist für zwei bestellt?«

»Jawohl, Chef.«

»Bestellen Sie Fred und Orrie für heute nach dem Abendessen. Heute Nachmittag werden Sie sie kaum brauchen. Saul dürfte Ihnen genügen. Wir müssen …«

In diesem Augenblick traf Dr. Vollmer ein. Seine Wohnung und seine Praxis befanden sich in unserer Straße. Im Laufe der Jahre hatten wir seine Dienste recht häufig in Anspruch genommen. Jedes Mal, wenn er kam, ging er sofort auf einen der gelben Sessel zu, setzte sich, nahm die Brille ab, blickte sie an, setzte sie wieder auf und fragte: »Was für Pillen brauchen Sie jetzt wieder?«

Heute fügte er noch hinzu: »Es tut mir Leid, aber ich bin in Eile.«

»Das sind Sie doch immer«, sagte Wolfe in dem Ton, den er nur den wenigen Leuten gegenüber anschlägt, die er wirklich schätzt. »Haben Sie über den Fall Rony gelesen?«

»Natürlich. Da Sie damit befasst sind – oder waren.«

»Nach wie vor. Die Leiche liegt bei der Polizei in White

Plains. Sie brauchen zunächst die Bewilligung vom Staatsanwalt. Sagen Sie bloß, ich habe Sie geschickt. Genügt das nicht, dann sollen sie mich anrufen, und ich will versuchen, ihnen irgendetwas zu erzählen. Ich möchte eine Untersuchung der Leiche von Ihnen, keine Autopsie, bloß oberflächlich, um festzustellen, ob er sofort gestorben ist oder lange leiden musste. Sehen Sie sich hauptsächlich den Kopf an. Und zwar daraufhin, ob es Anzeichen dafür gibt, dass er niedergeschlagen wurde, bevor das Auto ihn überfahren hat. Ich weiß, dass die Chancen, so was festzustellen, gering sind. Aber bitte versuchen Sie es. Was Ihre Spesen betrifft, so brauchen Sie sich keine Zurückhaltung aufzuerlegen.«

Vollmer blinzelte. »Und muss das heute Nachmittag sein?

»Jawohl!«

»Haben Sie irgendeine Ahnung, welche Waffe benutzt wurde?«

»Keinen Schimmer.«

»Na ja …« Vollmer erhob sich. »Wenn einer meiner Patienten in der Zwischenzeit stirbt …« Ohne den Satz zu beenden, war er bereits bei der Tür, sodass ich gerade noch dazu kam, sie für ihn zu öffnen. Seine Art, sich auf den Weg zu machen, sobald er alles wusste, was er brauchte, war einer der Gründe, weshalb Wolfe ihn schätzte.

Ich kehrte ins Büro zurück.

Wolfe lehnte sich zurück. »Wir haben nur noch zehn Minuten bis zum Mittagessen. Also, wie gesagt, heute Nachmittag werden Sie und Saul …«

15

Der Schlosser nahm mir elf Dollar für die elf Schlüssel ab. Das war doppelt so viel wie üblich; aber ich wusste schon warum. Vor sechs Jahren hatte er in einer Mordsache auf mein gütliches

Zureden eine kleine Geschichte erzählt, und da bezog er nun sozusagen immer noch Zinsen davon.

Hätte Louis Rony in einem Wohnblock mit Portier und Liftboy gewohnt, dann wäre die Sache selbst mit den Schlüsseln ein wenig kitzlig gewesen. So aber war es das reinste Kinderspiel. Das Haus in der 37. Straße Ost war ein altes fünfstöckiges Gebäude, vor kurzem frisch gestrichen. In der Eingangshalle befand sich eine Reihe von Briefkästen mit Klingelknöpfen. Gleich der erste Schlüssel passte. Saul und ich traten ein, bestiegen den Lift und drückten den Knopf Nummer fünf. Das war die richtige Wohnung für einen Junggesellen mit Zukunft wie Rony, der wahrscheinlich viel Besuch zu allen Tages- und Nachtzeiten empfing.

Oben passte erst der zweite Schlüssel, den ich probierte. Rechts von der Diele, mit Blick auf die Straße, befand sich ein ziemlich großer Raum, modern eingerichtet, mit bunten Teppichen, auffallenden Bildern und vielen Büchern.

»Recht nett!«, bemerkte Saul, der sich umgeblickt hatte. Das ist einer der Unterschiede zwischen Saul und mir, dass ich oft zwei Mal hinschauen muss, um mir etwas für immer einzuprägen. Bei Saul aber genügt immer der erste Blick.

»Der bisherige Mieter dürfte ja kaum mehr Verwendung für die Wohnung haben, also vielleicht können Sie sie mieten.« Ich entnahm dem Handkoffer Gummihandschuhe und gab ihm ein Paar. Er begann sie anzulegen.

»Sie hätten die Mitgliedskarte am Sonntagabend nicht aus der Hand geben sollen. Das hätte uns die Arbeit hier erspart. Danach suchen wir doch, was?«

»Hauptsächlich.« Ich zog den zweiten Gummihandschuh an. »Wir sind Abnehmer für alles, was interessant ist, aber für ein Andenken an eine Untergrundorganisation wären wir geradezu dankbar. Wir wollen systematisch vorgehen.« Ich zeigte nach links. »Sie nehmen diese Seite.«

Mit Saul zu arbeiten ist wirklich ein reines Vergnügen. Da

kann ich mich völlig auf meinen Teil der Arbeit konzentrieren und brauche mich nicht um ihn zu kümmern. So eine richtige kleine Hausdurchsuchung macht uns beiden immer Spaß. Natürlich nicht die Art, wo man Sofas umdrehen oder ein Vergrößerungsglas benützen muss, sondern eine Arbeit, wo man weiß, wann man fertig ist. In dem Raum, in dem wir eine gute Stunde zubrachten, gab es nichts. Keine Mitgliedskarte und nicht einmal irgendwas, das sich gelohnt hätte, Wolfe zu bringen. Der einzige Gegenstand, der entfernt an einen Safe erinnerte, war ein Kistchen mit einem Schloss. Einer der Schlüssel, die wir in einer Schreibtischlade fanden, passte, aber der ganze Inhalt war eine halb volle Flasche bester schottischer Whisky. Das war offenbar die einzige Sache, die er mit der Zugehfrau nicht teilen wollte. Die langweiligste Arbeit, nämlich die Bücher durchzustöbern, ließen wir bis zuletzt und taten es gemeinsam. In den Büchern fand sich nichts außer bedruckten Seiten.

»Der Vogel hat wirklich keinem getraut«, beklagte sich Saul.

Unser nächstes Ziel war das Schlafzimmer. Nach einem ersten Blick bemerkte Saul: »Gott sei Dank keine Bücher.« Ich stimmte ihm von Herzen gern bei. »Dafür sollten wir eigentlich immer einen Lehrling mitnehmen, Bücher durchschnüffeln ist keine Beschäftigung für Erwachsene.«

Die Arbeit im Schlafzimmer ging rascher vonstatten, ergab aber ebenso wenig. Immer mehr gelangte ich zu der Überzeugung, dass Rony entweder überhaupt keine Verstecke nötig oder so viele gefährliche Geheimnisse verborgen hatte, dass landläufige Rezepte versagen würden. Angesichts der Vorfälle in unserem Gewächshaus lag die zweite Annahme näher. Als wir auch mit der Kochnische fertig waren, die ungefähr so groß war wie Wolfes Lift, und mit dem Badezimmer, das etwas größer und blitzsauber war, da kam mir die Flasche Whisky in der Kiste mit dem Schloss, zur Vorsicht gegen die Zugehfrau, geradezu tragikomisch vor – das einzige unschuldige Geheimnis, das diese Wohnung offenbar barg.

Diesen Gedanken, der zeigte, wie großzügig ich war, selbst einem Schweinehund wie Rony gegenüber, müsste ich eigentlich Saul mitteilen, dachte ich. Die Gummihandschuhe wanderten in die Mappe zurück, die Mappe unter meinen Arm, und wir befanden uns in der Diele, bereit, die Wohnung zu verlassen: Ich kam nie dazu, meinen edlen Gedanken Saul wissen zu lassen. Ich griff nämlich gerade nach der Türklinke, natürlich mit Benützung meines Taschentuches, als man den Lift heraufkommen hörte. Er blieb in unserem Stockwerk stehen, dann öffnete sich die Lifttüre. Die Frage, zu welcher Wohnung Besuch kam, erhob sich nicht, da Ronys Wohnung die einzige in diesem Stockwerk war. Schritte ertönten draußen, man hörte, wie ein Schlüssel ins Schloss geschoben wurde, aber als der Schlüssel sich drehte und die Tür aufging, befanden sich Saul und ich bereits im Badezimmer und hatten dessen Tür geschlossen, ohne jedoch den Riegel vorzuschieben.

Eine Stimme sagte, nicht allzu laut: »Ist jemand hier?« Es war Jimmy Sperling.

Eine zweite Stimme, leiser, aber ohne eine Spur des Zitterns, fragte: »Bist du sicher, dass es hier ist?« Es war Jimmys Mutter.

»Selbstredend«, erwiderte Jimmy grob. Es war die Grobheit eines Jungen, dem die Glieder schlottern. »Das ist doch der fünfte Stock. Mach schon, fangen wir endlich an.«

Die Schritte begaben sich nach vorne ins Wohnzimmer. Ich teilte Saul flüsternd mit, wer unser Besuch war, und fügte hinzu: »Wenn die was suchen, dann wünsche ich ihnen viel Glück!«

Ich öffnete die Badezimmertür ein wenig, und wir blieben stehen und horchten. So viel aus ihrem Gespräch und anderen Geräuschen zu entnehmen war, gingen sie keineswegs so ordentlich und systematisch vor wie Saul und ich. Einer ließ eine Lade fallen, ein wenig später gab es einen Krach, der verdächtig nach einem Bilderrahmen klang. Dann folgte ein Buch, aber da hatte ich genug. Wenn Saul und ich nicht so gründlich vorgearbeitet hätten, würde es sich vielleicht gelohnt haben, das Ergebnis ihrer Suche abzuwarten. Aber bloß dazustehen und mit ansehen zu müssen, wie sie nochmals dieselben Bücher durchstöberten, die wir gerade durchgegangen waren – das war ja doch zu albern. Ich öffnete also die Badezimmertür, ging durch die Diele ins Wohnzimmer und grüßte. Ich war nur zwei Meter von ihr entfernt, als ich den Raum betrat, also gerade so ein richtiger kleiner Anlauf für sie. Wie ein Wirbelsturm fegte sie auf mich los, fuhr mir mit den Nägeln mitten ins Gesicht, und dabei kreischte sie: »Lauf, lauf, lauf!«

Das klang zwar nicht sehr sinnvoll, aber das darf man von Damen in ihrem Zustand auch kaum erwarten. Selbst wenn ich ohne Zeugen gewesen wäre und es ihr gelungen wäre, mich so lange aufzuhalten, bis ihr Sohn verschwinden konnte – was hätte ihr das schon genützt? Da ich weder ein Mörder noch einer von der Polizei war, war ich ihr bloß deswegen gefährlich, weil ich Jimmy gesehen hatte. Na, und den hatte ich nun mal gesehen, das konnten mir auch die längsten Fingernägel nicht herunterkratzen. Immerhin, man kann nicht sagen, dass sie's nicht versucht hat, daher benützte ich zunächst mal meinen gestreckten Arm, um sie außer Reichweite zu halten. Damit hätte ich mich auch begnügt, wenn eben Jimmy nicht gewesen wäre, der sich an der anderen Seite des Raumes befand. Statt mitzukratzen, blieb er beim Tisch stehen und zielte mit einem Revolver auf mich.

Ehe Mama noch wusste, wie ihr geschah, befand sie sich bereits fest in meinen Armen. Ich grub ihr das Kinn in die Schulter und teilte Jimmy mit: »Ich kann die Dame in zwei Stücke brechen. Wünschen Sie zu hören, wie die Wirbelsäule kracht? Wenn nicht, lassen Sie das Ding gefälligst fallen. Es geht ganz einfach. Sie brauchen bloß die Hand zu öffnen.«

»Lauf, lauf, lauf!«, kreischte Mama, so gut sie kreischen konnte, denn langsam ging ihr unter meinem Griff die Luft aus.

»Na schön, dann nicht«, sagte ich.

Saul ging zu Jimmy hinüber, klopfte leicht von unten gegen sein Handgelenk, und schon rasselte das Schießeisen zu Boden. Saul hob es auf, und jetzt ging Jimmy auf mich los. Ich schätzte die Entfernung ab, und als sie mir richtig schien, warf ich ihm seine Mama in die Arme. Jetzt bemerkte sie zum ersten Mal Sauls Anwesenheit. Bis dahin hatte die arme Närrin geglaubt, es bloß mit mir zu tun zu haben.

»Wozu war denn das bloß gut?«, fragte ich. »Ich hab' doch bloß Guten Tag gewünscht. Das ist doch noch kein Grund zum Schießen und Kratzen.«

»Er schoss doch gar nicht!«, protestierte Mrs Sperling.

Ich ließ mich gar nicht darauf ein. »Dafür haben Sie umso ausgiebiger gekratzt. Was machen wir bloß mit Ihnen?«

»Vergreifen Sie sich nicht an uns«, sagte Jimmy. Seine Stimme klang drohend. Ich hatte ihn eigentlich für das einzige Mitglied der Familie gehalten, mit dem man nicht zu rechnen brauchte. Aber jetzt war ich nicht mehr so sicher.

»Setzen Sie sich mal dort aufs Sofa, alle beide!« Ich kühlte mein Gesicht mit einem nassen Handtuch. Sie rührten sich nicht. »Muss ich kommen und nachhelfen?«

Mama zog ihn beim Arm, sie begaben sich seitwärts zum Sofa und setzten sich. Saul verstaute den Revolver in seiner Tasche und zog sich ebenfalls einen Stuhl heran.

»Sie haben uns ganz einfach erschreckt, Andy«, sagte Mama. »Das ist alles. Ich war so erschrocken, ich hab' Sie ganz einfach nicht erkannt!«

Ich glaube, kein Mann wäre auf so etwas verfallen. Wir waren also wieder dort, wo wir uns kennen lernten, sie die Gastgeberin, ich der Gast in ihrem Hause.

Aber dazu waren die Dinge doch wohl etwas zu weit vorgeschritten. »Ich heiße jetzt Archie, wenn ich Sie daran erinnern darf. Sie haben mich ohnehin so zugerichtet, dass mich kein Mensch erkennt. Benehmen Sie sich immer so, wenn Sie erschrocken sind?« Ich zog einen Stuhl heran und setzte mich. »Wie sind Sie eigentlich hier hereingekommen?«

»Mit einem Schlüssel.«

»Wo hatten Sie den Schlüssel her?«

»Den ... den Schlüssel ... den haben wir ...«

»Wie sind Sie eigentlich hereingekommen?«, wollte Jimmy wissen.

»Damit kommen Sie nicht sehr weit bei mir. Es dürfte Ihnen doch bekannt sein, dass Ihr Vater Mr Wolfe entlassen hat. Wir arbeiten jetzt für einen neuen Klienten, einen von Ronys Partnern. Wünschen Sie vielleicht Beschwerde darüber zu führen, gedenken Sie die Polizei anzurufen? – Wo hatten Sie den Schlüssel her?«

»Das geht Sie einen Dreck an!«

»Ich sagte Ihnen doch schon«, wiederholte Mama vorwurfsvoll, »wir hatten einen Schlüssel«.

Logik bei Damen zu vermuten habe ich mir bereits seit meinem Abitur abgewöhnt. »Sie haben jetzt die Wahl«, teilte ich den beiden mit. »Ich kann die Polizei anrufen und zwei Detektive heraufkommen lassen, einen Herrn und eine Dame. Die werden Sie schön durchsuchen und schon herausbekommen, was Sie hier gesucht haben. Aber das braucht doch Zeit und macht nur Ärger, also wozu? Übrigens habe ich Sie noch gar nicht meinem Freund und Kollegen vorgestellt, Mr Saul Panzer. Das ist der Herr hier auf dem Stuhl. Gehen Sie nie ins Kino? Wissen Sie nicht, dass man mit Handschuhen arbeitet? Tausend Fingerabdrücke haben Sie hier doch mindestens zurückgelassen. Sie können sich aber auch entschließen, uns zu sagen, was Sie hier gesucht haben und wo Sie den Schlüssel herhaben.«

Sie blickten einander an.

»Darf ich mir einen Vorschlag erlauben?«, fragte Saul.

»Bitte sehr!«

»Vielleicht wünschen die Herrschaften, dass wir Mr Sperling anrufen und uns erkundigen –«

»Nein!«, schrie Mama.

»Sehr verbunden«, bedankte ich mich bei Saul. »Also raus mit der Sprache, wo kam der Schlüssel her?«

»Von Rony«, murmelte Jimmy verstockt.

»Wann hat er ihn Ihnen gegeben?«

»Schon lange. Ich hatte ihn –«

»Nur so weiter«, ermutigte ich ihn. »Das ist doch eine reizende Geschichte! Er hatte etwas hier in der Wohnung, das Sie so dringend suchten, dass Sie gleich zu zweit hier heraufkamen, kaum dass er tot ist. Er aber gab Ihnen den Schlüssel zu dieser Wohnung, sodass Sie eigentlich schon lange hier hätten auftauchen können, während er im Büro war. Nein, dieses Histörchen ist nicht nach Mr Panzers oder nach meinem Geschmack. Versuchen Sie mal 'ne neue Variante!«

Wiederum blickten die beiden einander an.

»Wie wär's mit der folgenden Möglichkeit?«, schlug ich vor. »Sie haben sich den Schlüssel von Ihrer Schwester ausgeborgt und …«

»Sie Dreckskerl«, stieß Jimmy hervor und sprang auf. »Ich hab' zwar nicht geschossen, aber jetzt …«

»Sie sind gar nicht nett zu uns, Andy«, protestierte Mama.

»Dann lassen Sie uns doch was Vernünftigeres hören. Wie immer die Geschichte jetzt aussehen wird, denken Sie stets daran, dass wir jederzeit bei Mr Sperling rückfragen können!«

»Das können Sie nicht!«

»Warum nicht?«

»Weil er von der ganzen Sache keine Ahnung hat. Ich will Ihnen die Wahrheit sagen. Wir haben den Portier dazu überredet, uns einen Schlüssel zu borgen.«

»Wie viel hat Sie diese Überredung gekostet?«

»Ich bot ihm – ich gab ihm hundert Dollar. Er wartet unten in der Eingangshalle auf uns.«

»Glauben Sie nicht, Saul, wir sollten die Bekanntschaft dieses Herrn machen?«

»Gewiss doch.«

»Bringen Sie ihn rauf.« Saul begab sich hinunter. Wir drei anderen warteten.

Als die Tür aufging, erhob ich mich, denn mit dem Portier stand die Partie ja wieder zwei zu zwei, von Mama ganz zu schweigen, und es hätte sich ja schließlich um einen Athleten handeln können. Als ich seiner aber ansichtig wurde, setzte ich mich gleich wieder. Er war bestenfalls Mittelgewicht.

»Tom Fenner heißt er«, teilte Saul mir mit. »Ich erwischte ihn gerade noch beim Schlafittchen.«

Ich blickte ihn an, er hingegen meine Knöchel. »Passen Sie mal auf«, sagte ich zu ihm, »das kann alles sehr rasch und schmerzlos abgehen. Ich vertrete einen Partner Mr Ronys. So viel ich weiß, haben die Leutchen hier nichts angestellt, und ich werde auch dafür sorgen, dass sie sich weiterhin gut aufführen. Ich bringe niemanden gern in Schwierigkeiten, wenn ich es vermeiden kann. Also lassen Sie schon die hundert Lappen sehen, die man Ihnen gegeben hat.«

»Ach, du liebe Güte, was für hundert Lappen?«, piepste Fenner. »Wofür hätten denn die mir hundert Dollar geben sollen?«

»Für einen Schlüssel zu dieser Wohnung. Also los, heraus mit dem Geld.«

»Die haben doch keinen Schlüssel von mir bekommen. Ich bin doch hier Vertrauensperson, bin doch schließlich verantwortlich.«

»Der lügt ja wie gedruckt«, knurrte Jimmy.

»Hier ist der Schlüssel«, sagte Mama und wies ihn vor. »Sehen Sie, das ist der Beweis!«

»Lassen Sie mal sehen!« Fenner machte einen Schritt auf sie zu.

Ich drehte ihn beim Arm herum. »Wozu diese unnütze Zeitverschwendung? Man kann Ihnen das Geld ja auch in die Tasche geschoben haben, als Sie gerade woanders hinblickten.«

Immerhin wanderten seine Blicke diesmal nahezu so hoch wie mein Knie, ehe er nachgab. Dann senkten sie sich wieder, seine Hand verschwand in der Hosentasche, und als sie wieder zum Vorschein kam, umschlossen die Finger eine feste kleine Rolle. Ich entfaltete sie und sah, dass es sich um einen Fünfziger, zwei Zwanziger und einen Zehner handelte. Dann gab ich ihm das Geld zurück. Diesmal kamen seine Blicke ungeheuer erstaunt bis in die Höhe meiner Augen.

»Nehmen Sie's und verduften Sie«, riet ich ihm. »Moment mal« – ich nahm Mama den Schlüssel ab und überreichte ihn ihm. »Ehe Sie den wieder ausleihen, rufen Sie mich an. Ich schließe hier ab, wenn wir fertig sind.«

Er war sprachlos. Es fiel ihm, dem armen Tropf, nicht einmal ein, mich nach meinem Namen zu fragen.

Saul und ich nahmen wieder Platz, als er verschwunden war. »Sehen Sie«, erklärte ich freundlich, »wenn man uns die Wahrheit sagt, ist ganz gut Kirschen essen mit uns. Wir wissen jetzt, wie Sie hereingekommen sind. Aber was haben Sie hier gesucht?«

Die Antwort kam ziemlich rasch, denn Mama hatte ja genügend Zeit gehabt, sie sich zu überlegen. »Sie erinnern sich doch«, sagte sie, »dass mein Mann Louis für einen Radikalen hielt?«

Ich nickte.

»Das dachten wir auch – nach dem nämlich, was Mr Wolfe uns am Montagnachmittag gesagt hat.«

»Wer ist ›wir‹?«

»Mein Sohn und ich. Wir haben die Sache miteinander besprochen. Als uns mein Mann also sagte, dass Mr Wolfe nicht an die Erklärung von Webster glaubt und dass es weitere Schwierigkeiten geben wird, da dachten wir, wenn wir hier was finden könnten, um Mr Wolfe zu beweisen, dass Louis ein Radikaler war, dann wäre damit die Sache in Ordnung.«

»Sie dachten, damit wäre die Sache in Ordnung«, korrigierte ich. »Offenbar sind Sie der Ansicht, dass Mr Wolfe, falls es sich um einen Radikalen handelt, nicht weiter danach fragen wird, wer ihn umgebracht hat und warum. Also das haben Sie sich gedacht?«

»Natürlich, sehen Sie das nicht ein?«

»Glauben wir das?«, fragte ich Saul.

»Nicht die Spur!«, erwiderte er.

Ich wandte mich Jimmy zu. »Warum versuchen Sie's nicht mal? Was haben Sie uns zu bieten?«

Jimmy blickte mir direkt in die Augen, voller Wut. »Schön dumm von mir, hier aufzukreuzen!«

»Okay. Und?

»Jetzt sind wir Ihnen ausgeliefert, der Teufel soll Sie holen!«

»Und?«

»Jetzt bleibt uns gar nichts übrig als die Wahrheit. Sonst ...«

»Jimmy!« Mama packte ihn am Arm.

Er beachtete sie gar nicht. »Sonst glauben Sie am Ende, es ist noch was Schlimmeres. Sie haben den Namen meiner Schwester hier hereingezogen und behauptet, sie hätte einen Schlüssel zu dieser Wohnung. Dafür sollte ich Ihnen eins 'runterhauen, und das tue ich vielleicht auch noch mal. Aber die Wahrheit müssen wir jetzt doch sagen. Obwohl es meine Schwester betrifft, kann ich's nicht ändern. Sie hat ihm Briefe geschrieben – nicht die Art Briefe, die Sie meinen –, meine Mutter und ich wussten von diesen Briefen, und es passte uns nicht, dass man sie hier findet. Darum sind wir gekommen.«

Mama ließ seinen Arm los und strahlte mich an. »Ja, das war es!«, sagte sie eifrig. »Es waren ja keine schlimmen Briefe, aber sie waren eben – persönlich. Das verstehen Sie doch?«

An Jimmys Stelle hätte ich sie jetzt glatt erwürgt. Wie er die Sache vorgebracht hatte, war es wenigstens nicht völlig unglaubhaft. Aber ihr Blick, als er sagte, jetzt komme die Wahrheit, und ihre Reaktion, als er die Geschichte vorbrachte, also da musste man doch förmlich die Lüge greifen können.

»Wie viel Briefe ungefähr?«, fragte ich Jimmy ganz beiläufig.

»Ich weiß es nicht genau. Ungefähr ein Dutzend.«

Ich nickte. »Es leuchtet mir schon ein, warum Sie nicht wollten, dass die hier herumliegen, und wenn sie noch so unverfänglich waren. Aber er muss sie entweder verbrannt oder woanders aufgehoben haben. Hier finden Sie sie nicht. Mr Panzer und ich haben uns auch nach einigen Papierchen umgesehen – das hat nichts mit Ihnen zu tun oder mit Ihrer Schwester –, und wir wissen, wie man suchen muss. Wir waren gerade fertig, da tauchten Sie auf. Sie können sich also darauf verlassen, dass hier kein einziger Brief Ihrer Schwester ist – von einem Dutzend ganz zu schweigen. Das gebe ich Ihnen sogar schriftlich, wenn Sie darauf bestehen.«

»Sie sind Ihnen vielleicht entgangen«, widersprach Jimmy. »Und die Papiere, die Sie suchten – haben Sie die gefunden?«

»Nein.«

»Worum handelt es sich denn?«

»Ach, bloß um etwas, das den Fall klarstellt.«

»Sie sagen also, diese Papiere betreffen unsere Familie nicht?«

»Hat mit Ihrer Familie nichts zu tun, so viel ich weiß.« Ich stand auf. »Also so weit okay. Sie ziehen mit leeren Händen ab, wir ebenfalls. Ein Bericht unsererseits an Mr Sperling dürfte sich wohl erübrigen, da er ja nicht mehr unser Klient ist. Außerdem würden Sie ihn ja nicht gern mit so was beunruhigen, nicht wahr?«

»Das ist sehr nett von Ihnen, Andy«, sagte Mama anerkennend. Sie erhob sich, um mein Gesicht in Augenschein zu nehmen. »Es tut mir ja so Leid!«

»Das kann ich Ihnen nachfühlen«, sagte ich. »Ich hätte Sie eben nicht erschrecken dürfen. Die Kleinigkeit geht vorüber, spätestens in zwei Monaten.« Ich wandte mich um. »Den Revolver brauchen Sie doch nicht mehr, Saul, oder?«

Saul zog ihn aus der Tasche, entleerte die Patronen in seine Hand und stellte Jimmy sein Eigentum zur Verfügung.

»Ich sehe eigentlich nicht ein«, sagte Mama, »warum wir nicht noch ein wenig hier Umschau halten sollen. Vielleicht finden sich die Briefe doch noch.«

»Jetzt komm schon«, sagte Jimmy nicht gerade höflich. Die beiden gingen.

Bald darauf verließen auch Saul und ich die Wohnung. Im Lift fragte ich ihn: »Haben Sie ein Wort von dem ganzen Quatsch geglaubt?«

»Nicht die Bohne. Ich wäre bald geplatzt.«

»Was meinen Sie, hätte ich's noch weiter versuchen sollen mit ihm?«

Er schüttelte den Kopf. »Da war nichts mehr rauszuholen.«

Ich hatte in diesem Stadtteil noch eine kleine Besorgung zu machen, und Saul kam mit, da immerhin eine schwache Möglichkeit bestand, dass er sich nützlich zeigen konnte.

Es stellte sich aber heraus, dass er gar nicht benötigt wurde. In der marmornen Eingangshalle befand sich eine Tafel an der Wand, die besagte, dass das Büro der Firma *Murphy, Kearfot & Rony* sich im 28. Stock befand. Wir nahmen den Expresslift. Von oben hatte man Ausblick auf die Avenue, und alles war so geschäftig wie in einem Bienenstock. Ein Blick genügte, und ich musste mir ein anderes Auftreten zurechtlegen, denn diesen Standard hatte ich doch nicht erwartet. Die Empfangsdame blickte recht energisch drein, war auch über das Alter hinaus, bei dem ich Erfolg habe. So sagte ich ihr einfach, ich wünschte einen der Chefs zu sprechen, gab meinen Namen an und nahm dann neben Saul auf einem Ledersofa Platz. Es dauerte nicht lange, und ein zweites Wesen erschien und geleitete mich in ein Eckzimmer am Ende des Ganges mit vier Doppelfenstern.

Hinter einem Schreibtisch, womöglich noch größer als der Wolfes, erhob sich ein großer breitschultriger Mann mit weißem Haar und tief liegenden blauen Augen.

»Archie Goodwin?«, brummte er freundlich, als ob er schon seit Jahren ausgerechnet auf mich gewartet hätte. »Vom Büro Nero Wolfe? Ist mir ein Vergnügen. Nehmen Sie Platz. Mein Name ist Aloysius Murphy. Womit kann ich Ihnen dienen?«

Da ich der Empfangsdame bloß meinen Namen mitgeteilt hatte, kam ich mir richtig berühmt vor.

»Mr Wolfe interessiert sich für die Umstände, unter denen Ihr Partner, Louis Rony, ums Leben kam.«

»Ist mir bekannt.« Vom Lächeln der Begrüßung gingen seine Züge unmittelbar in feierliche Trauer über. »Eine glänzende Laufbahn, die jählings durchschnitten wurde.«

»Eine richtige Schweinerei«, stimmte ich zu. »Mr Wolfe hat das Gefühl, dass da noch was dahinter steckt.«

»Das ist mir ebenfalls bekannt. Immerhin, eine sehr interessante Theorie.«

»Ich kann Ihnen ruhig reinen Wein einschenken. Mr Wolfe hat so das Gefühl, dass sich in Ronys Büro etwas finden könnte – Papiere, wissen Sie, die vielleicht einen Anhaltspunkt geben. Also hat er mich losgeschickt, um ein bisschen zu schnüffeln. Ich könnte Ihre Vorzimmerdame zum Beispiel ein bisschen knebeln und fesseln. Oder ich könnte ihr eine Stecknadel unter die Nägel bohren und auf diese Art die Safe-Kombination erfahren. Ich habe draußen noch einen Kollegen, falls ich Hilfe brauchen sollte –«

Ich brach ab, da er so dröhnend lachte, dass er ohnehin kein Wort mehr verstand. »Sie hätte ich längst kennen lernen müssen«, erklärte er. »Da ist mir was entgangen. Passen Sie auf, Archie, und das gilt auch für Wolfe: Verfügen Sie über uns, uns alle!« Er breitete die Arme aus. »Das ganze Büro steht zu Ihrer Verfügung. Die Nadeln können Sie sich sparen. Louis' Sekretärin wird Ihnen zeigen, was Sie wünschen. An uns soll's nicht liegen, wenn die Wahrheit nicht zum Vorschein kommt. Die Wahrheit über alles, was? Wer hat Ihnen übrigens das Gesicht so schön verziert?«

Er ging mir langsam auf die Nerven. Es machte ihm offenbar Spaß, endlich meine Bekanntschaft gemacht zu haben, er war so hilfsbereit, dass ich volle fünf Minuten brauchte, um nur wieder durch die Tür hinauszukommen.

Im Empfangsraum machte ich Saul ein Zeichen, und im Lift sagte ich zu ihm: »Die haben das falsche Mitglied dieser Firma umgelegt. Gegen Aloysius Murphy war Rony ein Wahrheitsfanatiker!«

16

Angesichts der Umstände waren die Fotos recht gut. Wolfe hatte mir aufgetragen, vier Abzüge von jeder Aufnahme zu bestellen. Nach dem Abendessen, als ich mit Saul im Büro saß und sie durchging und ordnete, kam es mir plötzlich vor, als ob mehr Aufnahmen von Madeline darunter waren, als ich geknipst hatte. Die musste ich natürlich aus dem Paket, das wir für Wolfe herrichteten, entfernen. Es gab drei gute Aufnahmen von Rony – eine *en face*, eine im drei Viertel Profil und eine im Profil. Eine der Aufnahmen der Mitgliedskarte war ein richtiges Meisterwerk. Damit hätte ich eine Stelle bei *Life* bekommen können. Webster Kane war nicht sehr fotogen. Paul Emerson dafür umso mehr. Ich konnte mir nicht verkneifen, mich in diesem Sinne Wolfe gegenüber zu äußern, als ich ihm das Päckchen auf den Schreibtisch legte. Er grunzte bloß. Ob ein Bericht über den Nachmittag erwünscht sei, wollte ich wissen, aber er erwiderte, er wolle sich zunächst mal die Aufnahmen besehen.

Paul Emerson war nämlich einer der Gründe, warum sich der Bericht verzögert hatte. Kurz nach sechs Uhr waren Saul und ich ins Büro zurückgekommen. Aber die Ereignisse auf dem Dach hatten Wolfes Zeiteinteilung ein wenig durcheinander gebracht, und so war es bereits 6.28 Uhr, als er herunterkam. Sofort nach seinem Eintreten drehte er das Radio an. Dann setzte er sich in seinen Schreibtischsessel und wartete mit verkniffenem Mund.

Nach dem Werbefunk kam die scharfe Stimme Emersons.

»An so einem schönen Junitag ist es wirklich kein Vergnügen, Ihnen verraten zu müssen, dass die Professoren wieder am Werk sind. Aber das sind sie doch immer. Ja ja, auf die Professoren kann man sich schon verlassen. Einer von den Herren hat gestern Abend in Boston eine Rede gehalten, und wenn Sie von der Lohntüte von letzter Woche noch was übrig haben, dann verstecken Sie's schleunigst unter der Matratze. Der Herr Professor wünscht ja nicht nur, dass wir die ganze Welt füttern und von Kopf bis Fuß anziehen – jetzt sollen wir sie auch noch erziehen …«

Ein Teil meiner Erziehung bestand darin, Wolfes Gesicht zu beobachten, während Emerson seinen Kommentar sprach. Seine ohnehin bereits verkniffenen Lippen wurden noch dünner, bis bloß ein Schattenstrich durchs Gesicht lief.

Emerson aber hatte bereits ein anderes seiner Lieblingsopfer auf's Korn genommen:

»… Weltregierungsmänner nennen sie sich, diese Horde von politischen Dilettanten. Das einzige Recht, das uns noch geblieben ist, möchten sie uns auch noch nehmen: das Recht, über unsere Angelegenheiten selbst zu entscheiden. Wenn's nach denen ginge, müssten wir jedes Mal Erlaubnis einholen bei allen Vogelscheuchen und Karikaturen der ganzen Welt, wenn es uns einfallen sollte, unsere Möbel ein wenig zu verschieben; ja selbst wenn wir sie stehen lassen wollen, wo sie sind …«

Emerson bearbeitete das Thema Weltregierungen noch ein Weilchen, dann kam das Finale. Zum Schluss erfolgte bei ihm immer ein richtig fester Schlag gegen irgendeinen Kopf, der aus irgendeinem Grund ein bisschen höher als die anderen herausragte.

»Tja, liebe Freunde, in New York, wo ich nun mal das Unglück habe zu leben, ist wieder mal ein richtig gehendes Genie losgelassen. Sie haben vielleicht von ihm bereits gehört, der sich unter dem gut amerikanischen Namen Nero Wolfe verbirgt. Gerade als ich mich ans Mikrofon begab, traf hier im Studio eine Erklärung von einer Anwaltsfirma ein. Das ist eine Firma, die augenblicklich einen Partner weniger hat, einen gewissen Louis Rony, der am Montagabend bei einem Verkehrsunfall ums Leben kam. Die Behörden haben die Sache gründlich untersucht, richtig untersucht, und für die Behörden ist die Sache ein Unfall. Die Behörde muss es schließlich wissen, denn die Behörde vertritt ja Sie, die Öffentlichkeit.

Aber dieses so genannte Genie weiß natürlich alles besser – wie gewöhnlich. Seit sich dieser bedauerliche Unfall auf dem Landsitz eines geachteten Mitbürgers zugetragen hat – eines Mannes, den ich als Freund und guten Amerikaner zu kennen die Ehre habe –, seither hat es unserem Genie einfach keine Ruhe gelassen. Das war doch eine zu gute Gelegenheit, sich auf billige Art ein bisschen schäbige Reklame zu verschaffen. In der Erklärung der Anwaltsfirma heißt es, Nero Wolfe gedenkt die Untersuchung weiterzuführen, bis er die Wahrheit festgestellt hat. Na, wie gefällt Ihnen das? Was halten Sie von diesem unverschämten Missbrauch des Justizwesens in einem freien Lande wie dem unseren? Wenn ich mir darüber eine Ansicht erlauben darf, so möchte ich bemerken, dass wir in unserem Amerika auch ganz gut ohne diese Art Genie auskommen könnten.

Unter den Vierfüßlern der Schöpfung gibt es ein gewisses Tier, das für seine Nahrung weder arbeitet noch kämpft. Das Eichhörnchen sucht sich seine Nüsse, ja selbst das Raubtier muss für seinen Raub etwas tun. Aber dieses Tier schleicht bloß umher, im hohen Gras oder hinter Felsen verborgen, und hält Ausschau, wo es Missgeschick und Leiden wittert. Ein schönes Leben, das muss ich schon sagen. Eine schöne Ernährungsweise, vom Unglück anderer zu zehren. Welches Glück für die Menschheit, dass sich solch ein Untier bloß unter den Vierfüßlern findet!

Liebe Hörer, ich muss mich wirklich wegen dieses kleinen Ausflugs in die Tierwelt bei Ihnen entschuldigen. Auf Wiederhören in zehn Tagen. Morgen und die folgenden Tage, während ich auf Urlaub bin, spricht Robert Burr an meiner Stelle zu Ihnen.«

Ich stand auf und drehte das Radio ab.

»Denken Sie mal an, der Mann bricht doch wirklich seinen Urlaub ab, bloß um ein bisschen Reklame für Sie zu machen. Was meinen Sie, sollen wir ihm nicht ein Dankschreiben schicken?«

Keine Antwort. Er war offenbar nicht in der Stimmung für den Bericht über den Nachmittag, also ließ ich's bleiben. Und nach dem Abendessen wollte er, wie gesagt, zunächst die Aufnahmen besichtigen.

Sie gefielen ihm dermaßen, dass er tatsächlich vorschlug, ich solle meine Tätigkeit als Detektiv aufgeben und mich aufs Fotografieren verlegen. In der Auswahl, die ich ihm auf den Schreibtisch gelegt hatte, befanden sich achtunddreißig verschiedene Aufnahmen. Neun davon schied er aus, sechs tat er in seine oberste Schreibtischlade, und von den restlichen dreiundzwanzig verlangte er sämtliche vier Abzüge. Als ich sie mit Saul beisammen hatte, musste ich feststellen, dass er offenbar keine besonderen Lieblinge darunter besaß. Die gesamte Familie war vertreten, sämtliche Gäste und selbstverständlich auch die Mitgliedskarte. Dann versahen wir alle Aufnahmen mit Aufschriften auf der Rückseite und steckten sie in eigene Kuverts, die auch beschriftet wurden. Dann legte er alle in die oberste Schreibtischschublade.

Zum Bericht aber kam es wieder nicht, denn jetzt erschien Dr. Vollmer. Die Flasche Bier, die Wolfe ihm anbot, nahm er an, wie immer, wenn er abends kam. Fritz brachte sie herein, der

Doktor befeuchtete sich den Schlund und legte los. In White Plains habe man ihn weder freundlich noch unfreundlich empfangen, völlig sachlich, sagte er, und nach einem Anruf bei Wolfe hätte ihn ein Beamter der Staatsanwaltschaft ins Leichenschauhaus geführt. Nach dem, was er dort gesehen habe, müsse er sich auf Vermutungen beschränken. Das Schwergewicht der Autoräder habe die fünfte Rippe getroffen, weiter oben an Ronys Körper gab es keine Verletzungen, mit Ausnahme einer Abschürfung an der rechten Schläfe. Der Zustand der Hüften und Beine ließ darauf schließen, dass sie unter das Auto geraten waren, Kopf und Schultern hatten offenbar über die Räder hinausgeragt. Es war möglich, dass die Abschürfung am Kopf durch den Kies der Einfahrt verursacht worden war. Ebenso gut möglich war es jedoch, dass er niedergeschlagen worden war, bevor ihn das Auto überfahren hatte. In letzterem Falle würde es sich bei der Waffe nicht um einen Gegenstand mit scharfen Rändern handeln, wie zum Beispiel einen Hammer oder Schraubenschlüssel, aber auch nicht um einen Gegenstand mit glatter Oberfläche. Es war ein stumpfer, rauer, schwerer Gegenstand.

Wolfe runzelte die Stirne: »Ein Golfschläger?«

»Kaum.«

»Tennisschläger?«

»Nicht schwer genug.«

»Ein Stahlrohr?«

»Nein. Zu glatt.«

»Ein Ast mit abgebrochenen Zweigen?«

»Das wäre genau das Richtige, wenn's bloß schwer genug wäre.« Vollmer nahm einen Schluck Bier. »Ich hatte natürlich bloß mein Vergrößerungsglas mit. Unter dem Mikroskop könnten die Haare und die Kopfhaut vielleicht mehr ergeben. Ich habe das auch dem Beamten gegenüber durchblicken lassen, aber er biss nicht so richtig an. Wenn ich bloß ein Stückchen hätte abschnipseln können, hätte ich's schon getan, aber der hat doch die Augen nicht von mir gelassen. Jetzt ist es zu spät, denn die Leiche wird bereits zur Beerdigung freigegeben.«

»War der Schädel gespalten?«

»Nein, völlig unversehrt. Daran hatte der Pathologe offenbar auch gedacht, denn die Kopfhaut war zurückgeschoben und wieder an Ort und Stelle gelegt worden.«

»Sie würden wohl nicht unter Eid aussagen wollen, dass er wahrscheinlich niedergeschlagen worden war, bevor das Auto ihn erfasste?«

»Ich könnte beschwören, dass er über den Kopf geschlagen wurde, und zwar noch, als er aufrecht stand – so weit es meine Untersuchung ergab.«

»Verfluchte Geschichte«, knurrte Wolfe. »Den Leutchen im Institut muss ich wirklich ein wenig Dampf machen. Na, Sie haben jedenfalls getan, was Sie konnten, Doktor.« Er wandte sich um. »Saul, Archie hat Ihnen doch etwas Geld übergeben, zur Aufbewahrung, nicht wahr?«

»Jawohl.«

»Haben Sie es bei sich?«

»Jawohl.«

»Geben Sie es bitte Doktor Vollmer.«

Saul nahm einen Umschlag aus der Tasche, zog einige zusammengefaltete Banknoten heraus und überreichte sie Dr. Vollmer.

Vollmer war überrascht. »Wofür?«, fragte er Wolfe.

»Für heute Nachmittag, Doktor. Hoffentlich langt's.«

»Aber, ich schicke doch eine Rechnung, wie gewöhnlich!«

»Bitte sehr, wenn Sie wünschen. Andererseits bitte ich Sie, mir zu glauben, dass sich gerade dieses Geld besonders dafür eignet, als Honorar für eine Untersuchung von Ronys Schädel angelegt zu werden. Also, wenn es Ihnen nichts ausmacht, mir liegt viel daran. Ist es genug?«

Er sah sich die Banknoten an. »Es ist zu viel!«

»Behalten Sie's nur. Es muss gerade dieses Geld sein, und das ganze Geld.«

Dr. Vollmer steckte es ein. »Danke. Immer mysteriös!« Er erhob sein Glas. »Das Bier trinke ich noch aus, Archie, dann sehe ich mir Ihr Gesicht mal an. Sie haben wahrscheinlich wieder irgendwo Ihre Nase zu tief hineingesteckt!«

Ich blieb ihm die richtige Antwort nicht schuldig.

Dann ging er, und ich kam endlich dazu, über den Nachmittag zu berichten. Wolfe lehnte sich zurück und hörte zu, ohne auch nur ein einziges Mal zu unterbrechen. Mitten in dem Bericht tauchten Fred Durkin und Orrie Cather auf, die Fritz hereinführte. Ich zeigte auf zwei Stühle und fuhr fort. Als ich auseinander setzte, warum ich mich mit Jimmys Märchen über die Briefe von Gwenn an Rony zufrieden gegeben hatte, nickte Wolfe zustimmend. Dann erklärte ich, warum ich die Anwaltsfirma *Murphy, Kearfot & Rony* verlassen hatte, ohne auch nur in einem Papierkorb Nachschau zu halten, und Wolfe nickte wieder. Das ist einer der Gründe, warum ich so gern für ihn arbeite. Er schimpft nie, wenn ich nicht so gehandelt habe, wie er gehandelt hätte. Er weiß, was ich leisten kann, und mehr erwartet er nicht; aber bestimmt auch nicht weniger.

Als ich meinen Bericht beendet hatte, fügte ich hinzu: »Sollte nicht einer unserer Leute herausfinden, wo sich Aloysius Murphy am Montagabend um halb zehn Uhr aufgehalten hat? Dazu würde ich mich freiwillig melden. Ich wette, er ist ein *D* und ein Radikaler, und wenn er Rony nicht umgebracht hat, sollte man's ihm wenigstens in die Schuhe schieben. Den sollten Sie sich mal anschauen.«

Wolfe grunzte: »Na, zumindest kein völlig vertaner Nachmittag. Die Mitgliedskarte haben Sie nicht gefunden?«

»Das habe ich mir gedacht, dass Sie danach fragen werden.«

»Mrs Sperling und ihren Sprössling haben Sie jedenfalls getroffen. Sind Sie sicher, dass die Geschichte mit den Briefen erfunden ist?«

Ich zuckte die Achseln.

»Und Sie, Saul?«

»Ich bin ganz Archies Meinung, Sir.«

»Na, schön.« Wolfe seufzte. »Das ist eine nette Bescherung.« Er blickte Fred und Orrie an. »Kommen Sie mal ein bisschen näher zu mir. Ich habe Ihnen was zu sagen.«

Fred und Orrie kamen näher, aber ihre Bewegungen waren völlig verschieden. Fred war etwas größer als Orrie. Was immer er tat, gehen oder reden oder nach etwas greifen – man erwartete jederzeit, er würde im nächsten Augenblick stolpern oder ausrutschen. Das tat er aber nie, und wenn es galt, sich einem an die Fersen zu heften, so war er darin besser als irgendjemand, den ich kannte, mit Ausnahme Sauls. Fred bewegte sich wie ein Bär, Orrie wie eine Katze. Orries Stärke bestand darin, aus den Menschen etwas herauszubekommen. Weniger durch die Fragen, die er stellte. Die Fragen waren gar nicht so berühmt, es war mehr die Art, wie er die Leute ins Auge fasste, sodass sie irgendwie das Gefühl hatten, ihm müsse man ganz einfach alles sagen.

Wolfe sah uns alle an. Dann sagte er: »Wie schon bemerkt, wir sitzen ein bisschen fest. Der Mann, dessen Fall wir untersuchen, wurde umgebracht, meiner Meinung nach ermordet. Er war ein Verbrecher, und ich habe nicht viel für ihn übrig. Ich bin aber verpflichtet, auf Grund von Umständen, die ich nicht zu erörtern wünsche, herauszufinden, wer ihn umgebracht hat und warum. Falls es sich um Mord handelt, brauche ich die Beweise. Es mag sich nun herausstellen, dass sein Mörder nach landläufigen Moralbegriffen ein Denkmal verdient, ebenso wie Rony eigentlich den Galgen. Aber das interessiert uns nicht. Der Mörder muss gefunden werden. Ob er angezeigt werden soll, weiß ich noch nicht. Diese Frage werde ich beantworten, wenn sie sich ergibt, und das wird erst dann der Fall sein, wenn ich dem Mörder selbst gegenüberstehe.

Warum halte ich Ihnen diesen Vortrag? Weil ich Ihre Hilfe brauche, diese aber nur unter meinen Bedingungen annehmen will. Wenn Sie in dieser Sache mit mir zusammenarbeiten und wir finden, was wir suchen, nämlich einen Mörder samt allen Beweisen, dann weiß vielleicht jeder von Ihnen ebenso viel wie ich und könnte dann glauben, ein Mitbestimmungsrecht zu haben, was geschehen soll. Aber dieses Recht steht ausschließlich mir zu. Nur ich werde entscheiden, ob er angezeigt wird; und falls ich dagegen bin, dann erwarte ich, dass Sie diese Entscheidung zur Kenntnis nehmen. Sie werden nun verpflichtet sein, nichts zu tun oder zu sagen, was mit dieser Entscheidung im Widerspruch steht, mit einem Wort, Sie haben den Mund zu halten, und das mag keine einfache Sache sein.«

Er drückte einen Knopf auf seinem Schreibtisch. »Während Sie sich die Sache überlegen, trinke ich ein Glas Bier. Wünschen Sie auch was?«

Da es die erste Fünferkonferenz seit langer Zeit war, so fand ich, die Sache müsse gebührend gefeiert werden. Ich begab mich also in die Küche und half Fritz. Es war eine kleine, bescheidene Feier. Whisky und Soda für Saul, Gin und Tonic für Orrie und mich, Bier für Fred Durkin und Wolfe. Fred trank für gewöhnlich Whisky pur, aber er hatte sich's nun mal in den Kopf gesetzt, dass Wolfe beleidigt wäre, wenn er nicht auch Bier trinke. Wir anderen tranken, was uns Spaß machte, aber Fred nippte nur an einem Getränk, das er sonst als Abwaschwasser bezeichnete.

Da die Herren sich die Sache überlegen sollten, versuchten sie tiefsinnige Mienen aufzusetzen, und ich benützte die Pause, um Wolfe noch einige ergänzende Mitteilungen über den Nachmittag zu machen, wie zum Beispiel die Whiskyflasche, die Rony in der verschlossenen Kiste aufbewahrt hatte. Saul aber wurde ungeduldig. Er leerte sein Glas auf einen Zug, dann setzte er es nieder und sagte zu Wolfe: »Also wenn ich da mitmachen soll: Solange ich bezahlt werde, ist mir alles recht. Was ich herausfinde, gehört Ihnen. Mein Mund braucht keine besondere Vorrichtung, damit er nicht aufgeht.«

Wolfe nickte. »Ich weiß schon, Sie sind verschwiegen, Saul. Das sind Sie alle. Aber was Sie diesmal herausfinden werden, das mögen die Beweise sein, mit denen man einen Mörder überführen kann. Es besteht jedoch die Möglichkeit, dass er nicht überführt werden soll. Das wäre eine gewisse Belastung für Sie.«

»Das habe ich schon begriffen. Wenn die Last Sie nicht erdrückt, uns wird sie auch nicht zerquetschen.«

»Zum Teufel noch mal«, platzte Fred heraus. »Was glauben Sie eigentlich von uns? Arbeiten wir für Sie oder für die Polizei?«

»Darum geht es nicht«, teilte ihm Orrie ungeduldig mit. »Aber vielleicht haben Sie noch nie etwas von einem Gewissen gehört?«

»Noch nie in meinem Leben. Vielleicht hätten Sie die Güte, mir das zu beschreiben.«

»Geht leider nicht. Ich bin zu gerissen, um eins zu haben, und Sie zu dumm.«

»Dann wäre ja alles in Butter.«

Orrie erhob sein Glas.

Wolfe schenkte Bier nach. »Na schön«, sagte er. »Nun wissen Sie, worum es sich handelt. Der Fall, den ich eben erwähnte, mag nie eintreten. Aber man kann es nicht wissen. Solange wir uns nur verstehen. Der Fall selbst kann sich, wenn wir kein Glück haben, wochenlang hinziehen. Mr Sperling hat ja einen angesehenen Mann dazu bekommen, diese verfluchte Erklärung zu unterschreiben, nicht nur einen Chauffeur oder Dienstboten. Und das macht die Sache natürlich äußerst schwierig. Es gibt da noch etwas, das ich von einem Sachverständigen untersuchen lassen werde – dazu wäre keiner von Ihnen in der Lage –, aber in der Zwischenzeit müssen wir sehen, was wir finden können. Archie, berichten Sie Fred über die Leute, die draußen angestellt sind. Alle!«

Ich schrieb ihm die Namen auf der Schreibmaschine auf. Wäre ich bloß zum Vergnügen während des Wochenendes in Stony Acres gewesen, so hätte ich ihm wohl kaum eine lückenlose Liste liefern können, vom Butler bis herunter zum dritten Gärtnerburschen. Aber während der Verhöre am Montagabend und Dienstagvormittag hatte ich Zeit gehabt, mich umzusehen. Fred schrieb etwas auf meine Liste.

»Sonderbehandlung für irgendjemanden?«, fragte Fred dann Wolfe noch.

»Nein. Gehen Sie nicht zum Haus. Fangen Sie in Chappaqua an, im Dorf, wo immer Sie eine Verbindung anknüpfen können. Wir wissen, dass irgendeiner im Hause etwas in den Drink getan hat, der für Rony bestimmt war, am Samstagabend. Und wir nehmen an, dass irgendjemand so interessiert an seinem Tode war, dass er da mitgewirkt hat. Wenn in einer Gruppe von Menschen derartige Gefühle bestehen, dann gibt es meistens Anhaltspunkte dafür, die die Dienstboten sehen oder hören. Das ist alles, was ich Ihnen sagen kann.«

»Wenn mich jemand fragt, wozu bin ich dann in Chappaqua?«

»Es wird Ihnen schon was einfallen. Ihr Wagen wird eine Panne haben, eine größere womöglich, lassen Sie ihn abschleppen in die Dorfgarage. Gibt es eine Garage in Chappaqua, Archie?«

»Selbstverständlich.«

»Na schön.« Wolfe leerte sein Bierglas. »Nun zu Ihnen, Saul. Sie haben den jungen Sperling heute gesehen.«

»Allerdings. Archie machte uns bekannt.«

»Wir wollen feststellen, was er und seine Mutter in Ronys Wohnung gesucht haben. Es war bestimmt etwas Schriftliches, da sie alle Bücher durchsucht haben. Wahrscheinlich irgendetwas, mit dem Rony den jungen Sperling oder seine Mutter in

Schach gehalten hat. Eines ist klar, vor etwa einem Monat änderte Mrs Sperling plötzlich ihre Haltung und lud Mr Rony als einen Freund ihrer Tochter erneut zu sich ein. Gleichzeitig änderte sich die Haltung des Sohnes. Das könnte auf Grund der Drohung geschehen sein, besonders da der Haupteinwand gegen Rony damals noch auf einer bloßen Vermutung Mr Sperlings bestand. Aber Montagnachmittag erfuhren sie etwas, das Mr Rony so anschwärzte, dass er als Gast nicht mehr in Frage kam. Und trotzdem bestand die Drohung nach wie vor. Sie sehen also, was das bedeutet.«

»Wodurch hat Mr Rony sich eigentlich angeschwärzt?«, wollte Saul wissen.

Wolfe schüttelte den Kopf. »Das brauchen Sie wohl kaum zu wissen, wenigstens vorläufig nicht. Was wir wissen wollen, ist, woraus diese Drohung bestand, falls eine vorlag. Das ist Ihre und Orries Aufgabe, und Sie haben die Leitung. Sie sehen sich hauptsächlich in New York um, und da der Sohn wichtiger ist als die Mutter, beginnen Sie am besten bei ihm: Seine Bekannten, seine Gewohnheiten – aber dazu brauchen Sie ja keine Tipps von mir. Das ist ebenso eine Routineaufgabe wie die Freds, aber vielleicht aussichtsreicher. Berichten Sie mir wie gewöhnlich.«

Damit war die Konferenz beendet. Fred überwand sich und trank sein Glas aus, da er Wolfe eben nicht beleidigen wollte. Ich nahm das Geld für die Herren aus dem Safe, ohne jedoch den Beitrag unseres neuesten Klienten anzutasten. Fred stellte noch ein paar Fragen, erhielt die Antworten, und dann geleitete ich die Herren hinaus.

Als ich ins Büro zurückkehrte, war Fritz bereits dabei, Flaschen und Gläser aufzuräumen. Ich reckte die Arme und gähnte.

»Setzen Sie sich«, sagte Wolfe ungehalten.

»An mir müssen Sie Ihre schlechte Laune nicht auslassen«, widersprach ich und nahm Platz. »Ich kann ja nichts dafür, dass

Sie ein Genie sind, wie Paul Emerson sagte, und dass Ihnen nichts Originelleres einfällt, als Fred auf die Dienstboten loszulassen und Saul mit Orrie in alle Schlupflöcher New Yorks zu schicken. Ich habe gewiss keine brillanten Ideen, aber ich bin eben kein Genie. Was haben Sie denn für mich vor? Aloysius Murphy? Emerson?«

Er grunzte. »Die anderen haben die Frage beantwortet, die ich ihnen stellte. Sie nicht.«

»Was Sie mit dem Mörder machen, wenn Sie ihn erwischen, ist Ihre Sorge. Meine Sorge ist, ob Sie ihn erwischen. Falls ja, dann verschaffen Sie ihm ein elektrisches Stühlchen oder eine Medaille – auch das ist Ihre Sache. Benötigen Sie meine Hilfe überhaupt noch?«

»Gewiss. Falls Sie sie noch leisten können. Ich habe Sie letzte Woche ersucht, eine gewisse persönliche Verbindung aufzunehmen.«

»Stimmt. Das habe ich auch getan.«

»Aber nicht mit der richtigen Person. Ich möchte, dass Sie sich Ihre Bekanntschaft mit der älteren der Sperlingschwestern zu Nutze machen. Aber Sie haben vielleicht Skrupel.«

»Ihre Bedenken sind äußerst schmeichelhaft. Es käme allerdings auf die Art von Nutzen an. Aber so weit es sich um Tatsachen handelt, kenne ich keine Skrupel. Sie weiß, ich bin Detektiv, und sie weiß, wie wir zu dieser Sache stehen, der Rest ist ihre Sache. Wenn sie Rony umgebracht hat, dann soll sie ihre Medaille kriegen, an mir soll's nicht liegen. Also, was kann ich tun?«

»Ich möchte, dass Sie morgen Früh hinausfahren.«

»Mit Vergnügen. Aber wozu?«

Er sagte es mir.

17

Ich bin ein guter Fahrer und brauche daher draußen auf dem Lande bloß meine Augen, Ohren und Reflexbewegungen. Meine Gedanken sind dann frei. Wenn wir also einen Fall haben und ich am Lenkrad sitze, dann nage ich so im Geiste an den Knochen des Problems herum. An diesem schönen, sonnigen Junimorgen aber fand ich, dass der Knochen nicht viel zu nagen hergab. Ich ließ also meine Gedanken in der schönen Gegend spazieren gehen und zerbrach mir nur gelegentlich über das einzige Rätsel etwas den Kopf, nämlich: »Hatte Wolfe mich hingeschickt, weil er wirklich glaubte, ich würde etwas herausfinden, oder nur, damit ich aus dem Wege war, wenn er seinen Sachverständigen zu Rate zog? Ich war felsenfest überzeugt, dass der Sachverständige Mr Jones war, den ich noch nie zu Gesicht bekommen hatte. Mr Jones war auch nur der Name gewesen, den er so gelegentlich fallen ließ, damit ich in den Büchern irgendetwas eintragen konnte.

Als ich Madeline anrief, hatte ich vorgeschlagen, meinen Wagen außerhalb der Einfahrt zu parken und sie irgendwo draußen zu treffen. Sie hatte gesagt, wenn ich von ihr erwartete, dass sie mich hineinschmuggeln werde, sollte ich lieber bleiben, wo ich sei. Sperling war wahrscheinlich in seinem Büro in New York, und falls Jimmy oder Mama meiner ansichtig werden sollten, würden sie wohl kaum ein großes Geschrei erheben, dafür kannten wir einander nun zu gut. Ich bog also in die Einfahrt ein, fuhr bis zum Haus und stellte den Wagen hinter dem Gebüsch ab, auf genau demselben Fleck, den ich schon einmal gewählt hatte.

Die Sonne schien, die Vögel zwitscherten, und Madeline trug ein Sommerkleid mit einem großen, gelben Schmetterlingsmuster. Sie kam mir entgegen, machte aber plötzlich Halt und starrte mich an.

»Du meine Güte«, rief sie, »wer ist mir da wieder zuvorgekommen?«

»Das ist eine nette Begrüßung«, sagte ich bitter. »Es tut weh.«

Sie war näher gekommen und sah sich meine Wange nun genauer an. »Hübsche, fachmännische Arbeit. Wie wär's, wenn Sie in etwa zwei Wochen wieder kämen?«

»So lange halten Sie's doch nicht aus ohne mich.«

»Wessen Werk ist denn das?«

»Das muss ich Ihnen ins Ohr flüstern.« Ich beugte mich zu ihr nieder. »Ihrer Mama.«

Sie lachte silberhell. »Kommen Sie ihr nur nicht zu nahe, sonst nimmt sie sich noch die andere Wange vor. Sie hätten ihr Gesicht sehen sollen, als ich ihr sagte, dass Sie kämen. Einen Drink? Oder Kaffee?«

»Nein, danke, ich habe zu tun.«

»Das sagten Sie ja bereits am Telefon. Was ist das eigentlich für eine Brieftasche?«

»Eigentlich gar keine richtige Brieftasche, sondern so ein Etui für Visitenkarten. In einem Sommeranzug, wo man nicht genug Taschen hat, weiß man doch nie, wohin damit. Im Haus ist es nicht gefunden worden, also muss es irgendwo hier draußen liegen. Am Montagabend, als wir Ihre Schwester suchten, hatte ich's in der hinteren Hosentasche. In der ganzen Aufregung ist mir erst gestern aufgefallen, dass es mir fehlt. Aber ich muss es finden, da mein Zulassungsschein drin ist.«

»Für den Wagen?«

Ich schüttelte den Kopf. »Mein Zulassungsschein als Detektiv.«

»Ach natürlich, Sie sind ja Detektiv, das hätte ich beinahe vergessen. Also kommen Sie schon.« Sie ging voran. »Wir gehen denselben Weg noch einmal. Wie sieht es denn aus?«

Dass sie mir nicht von der Seite wich, passte mir schlecht. »Sie sind ein Engel«, teilte ich ihr mit. »Bezaubernd sehen Sie heute aus. Besonders in diesem Kleid, es erinnert mich an ein Mädchen, das mit mir zur Schule ging. Ich kann es ganz einfach nicht zulassen, dass Sie dieses schöne Kleid ruinieren, wenn Sie hier herumkriechen und nach dem verdammten Etui suchen. Also verlassen Sie mich bitte, aber vergessen Sie mich nicht. Sobald ich es gefunden habe, falls ich es überhaupt finde, lasse ich es Sie wissen.«

»Geben Sie sich keinen falschen Hoffnungen hin!« Sie hatte ein merkwürdiges Lächeln. »Das war immer schon mein Traum, einem Detektiv bei der Arbeit zu helfen, besonders Ihnen. Also los!«

Es war klar, dass sie entschlossen war, mir nicht von der Seite zu weichen. Unter diesen Umständen konnte ich ebenso gut so tun, als ob mir dies ein Vergnügen war, und so verhielt ich mich dementsprechend. Ich ließ sie mit mir gehen.

»Wie sieht's denn aus?«, fragte sie mich, als wir um das Haus herum waren und über den Rasen in Richtung auf die Ausfahrt zugingen.

Da sich das Etui in diesem Augenblick in meiner Brusttasche befand, wäre es vielleicht am einfachsten gewesen, es ihr zu zeigen; unter diesen Umständen zog ich vor, es zu beschreiben. Es sei aus Schweinsleder, sagte ich ihr, schon etwas nachgedunkelt und etwa acht mal zwölf Zentimeter groß. Auf dem Rasen war es nicht zu sehen. Dann stritten wir darüber, an welcher Stelle wir durch das Gebüsch gegangen waren, und ich ließ sie Recht behalten. Dort war es leider auch nicht, und als ich unter den Zweigen suchte, schlug mich einer noch auf meine Kratzer im Gesicht. Als wir durch den Zaun ins Feld hinauskamen, mussten wir langsamer gehen, da das Gras hier so hoch war, dass ein kleiner Gegenstand wie ein Kartenetui schwer zu finden war. Ich kam mir natürlich wie ein Idiot vor, denn eigentlich hätte ich ganz woanders sein müssen, aber da ich diese Geschichte nun einmal erzählt hatte, musste ich dabei bleiben.

Schließlich hatten wir auch das Feld abgegrast, den Weg hinter den Nebengebäuden und das Innere der Scheune. Als wir wieder in die Nähe des Hauses kamen, diesmal von Südwesten, hielt ich mich links, und Madeline bemerkte, dies sei nicht der Weg, den wir damals genommen hatten. Ich erwiderte, dass ich in meinem Leben schon andere Ausflüge unternommen hätte als den nächtlichen Spaziergang mit ihr, und hielt mich noch weiter links. Endlich war ich auf der richtigen Fährte. Dreißig Schritte vor uns befand sich eine Baumgruppe und jenseits der Kiesplatz, wo mein Wagen geparkt stand. Wenn jemand Rony über den Kopf geschlagen hatte, zum Beispiel mit einem Ast, ehe er ihn mit dem Wagen überfahren, und wenn er danach den Ast in den Wagen gelegt hatte und der Ast noch drin war, als er den Wagen zum Haus fuhr, um ihn dort zu parken, und wenn er in Eile gewesen war und den Ast rasch hinauswerfen musste, dann wäre dieser in der Nähe gelandet. Diese Masse von Zweifeln war natürlich bezeichnend für die Aufgabe, die Wolfe für mich ausgesucht hatte. Den Grundbesitz hier nach einer Mordwaffe abzusuchen war an sich keine üble Idee, falls man dazu zehn geschulte Leute hatte, die ungehindert das Gelände abgrasen konnten.

Irgendjemand knurrte etwas, das so ähnlich klang wie: »Guten Morgen!«

Es war Paul Emerson. Ich war schon fast bei der Baumgruppe, und Madeline befand sich ganz in der Nähe. Als ich aufblickte, sah ich nur den Oberkörper Emersons, da er hinter meinem Wagen stand. Ich erwiderte seinen Gruß, aber nicht sehr freundlich.

»Das ist nicht derselbe Wagen«, stellte er fest.

»Sehr richtig«, gab ich zu. »Der andere war eine Limousine, und das ist ein Cabriolet. Sie sind ein scharfer Beobachter. Sind Sie mehr für Limousinen?«

»Ich nehme an«, sagte er beißend, »dass Sie die Erlaubnis Mr Sperlings besitzen, hier herumzustrolchen?«

»Ich bin ja auch noch da, Paul«, sagte Madeline süß. »Wahrscheinlich konnten Sie mich wegen der Bäume nicht sehen. Mein Name ist Sperling.«

»Und ich strolche hier nicht herum«, sagte ich ihm, »sondern ich suche etwas.«

»Was?«

»Sie. Mr Wolfe lässt sich für Ihre gestrige Rundfunksendung bedanken. Das Telefon hört seitdem gar nicht auf bei uns zu klingeln, so viele Leute wollen ihn engagieren. Sie haben wohl nichts dagegen, sich niederzulegen, damit ich mit dem Wagen über Sie hinwegfahren kann?«

Er war nun um den Kühler herumgegangen und kam mir entgegen. Ich trat aus dem Schatten der Bäume. Er stand nun in Armesweite, seine Nase und die Mundwinkel zitterten, seine Augen bohrten sich in meine.

»Im Rundfunk gibt es gewisse Beschränkungen«, sagte er, »die hier nicht gelten. Das Tier, an das ich dachte, ist die Hyäne. Die vierfüßigen Vertreter dieser Gattung sind niemals fett, die zweifüßigen jedoch oft. Ihr Boss zum Beispiel ist fett, Sie nicht.«

Ich schlug ihm mit der offenen Hand von rechts ins Gesicht, und da er taumelte, musste ich ihn mit einem zweiten Schlag von links wieder ins Gleichgewicht bringen. Der zweite Schlag fiel etwas härter aus. Dann machte ich langsam kehrt und ging zu den Bäumen zurück. An der anderen Seite der Baumgruppe wartete Madeline auf mich.

»Das hat mich nicht sehr beeindruckt«, erklärte sie.

Ich ging weiter. »Diese Dinge sind alle relativ«, bemerkte ich. »Das Grinsen auf dem Antlitz unseres geschätzten Zeitgenossen wäre selbst dann unwiderstehlicher Zwang gewesen, wenn er kein Wort gesagt hätte und nur halb so groß gewesen wäre, wie er ist. Immerhin habe ich keine Spur auf ihm hinterlassen. Vergleichen Sie dagegen das mit dem, was Ihre Mutter mir angetan hat … na, ich habe noch nicht einmal gelächelt.«

Das schien sie nicht sehr zu überzeugen. »Nächstes Mal machen Sie so was bitte, wenn ich nicht dabei bin. Wer hat Sie wirklich gekratzt?«

»Paul Emerson. Und jetzt sind wir quitt. Aber wenn Sie mir nicht suchen helfen, finden wir das Etui niemals.«

Eine Stunde später befanden wir uns Seite an Seite im Gras am Ufer des Baches, etwas unterhalb der Brücke, und das Thema Mittagessen stand zur Diskussion. Sie sah nicht ein, warum ich nicht mit ins Haus kommen sollte, und ich sah nicht ein, wozu. Ein Mittagessen mit Mrs Sperling und Jimmy, die ich buchstäblich beim Einbruchsdiebstahl ertappt hatte, mit Webster Kane, den Wolfe einen Lügner geheißen hatte, und mit Emerson, dem ich gerade zwei Ohrfeigen verabreicht hatte, zog mich nicht sonderlich an. Außerdem schien die Lösung meiner Aufgabe jetzt ziemlich hoffnungslos. Ich hatte, so gut das mit meiner Begleitung möglich war, das ganze Terrain vom Hause bis zur Brücke abgegrast, war auch jenseits der Brücke gewesen, und den Rest konnte ich ja auf dem Heimweg besichtigen.

Madeline hatte einen Grashalm zwischen den Zähnen. »Ich bin müde und hungrig«, verkündete sie. »Sie werden mich nach Hause tragen müssen.«

»Okay.« Ich stand auf. »Wenn ich zu keuchen beginnen sollte, bitte missverstehen Sie das nicht.«

»Ich bin fest entschlossen, es falsch zu verstehen.« Sie warf den Kopf zurück und blickte mich an. »Warum sagen Sie mir eigentlich nicht, was Sie wirklich suchen? Oder bilden Sie sich ein, ich wäre den ganzen Vormittag da herumgekrochen, wenn ich das mit dem Etui geglaubt hätte?«

»Sie sind nicht ein einziges Mal gekrochen. Was haben Sie übrigens gegen ein Etui?«

»Nichts.« Sie spuckte den Grashalm aus. »Hoffentlich haben Sie nichts gegen meine Augen. Die sind nämlich zum Sehen da, und ich habe sie offen gehabt. Die halbe Zeit haben Sie an Stellen gesucht, wo Sie unmöglich ein Kartenetui oder irgend was verloren haben konnten. Als wir zum Bach hinunterkamen, erwartete ich eigentlich, dass Sie unter den Steinen suchen würden.« Sie sprang auf und schüttelte ihren Rock. »Aber zuerst tragen Sie mich nach Hause. Und auf dem Weg dahin werden Sie mir sagen, was Sie gesucht haben, oder ich entferne Ihr Foto aus meiner Mappe!«

»Vielleicht können wir eine Vereinbarung treffen«, bot ich an. »Ich sage Ihnen, was ich gesucht habe, und Sie sagen mir, was Sie sich am Dienstagnachmittag gedacht haben. Am Montagabend haben Sie vielleicht etwas gehört oder gesehen, das darauf hindeutet, wer meinen Wagen genommen hat.«

»Sie lassen nie locker, was? Aber ich kann's Ihnen wirklich verraten. Damals habe ich Webster Kane auf der Terrasse gesehen, und wenn er den Wagen nicht selbst genommen hat, dann müsste er jedenfalls den gesehen haben, der zum Wagen ging oder vom Wagen kam.«

»Das glaube ich nicht.«

»Aber so war es wirklich!«

»Ja, natürlich.« Ich machte mich auf den Weg. »Es ist schon ein Glück, dass gerade Kane die Erklärung unterzeichnet hat. Sie sind ein glückliches Geschöpf, aber ich muss Sie doch erwürgen. Ich zähle bis drei. Eins, zwei ...«

Sie fegte den Hang hinauf und wartete oben auf mich. Auf dem Weg zum Hause wurde sie recht sarkastisch, da ich weiterhin darauf bestand, dass ich nur nach dem Kartenetui gesucht hatte. Als ich aber auf dem Parkplatz die Tür meines Wagens öffnete, kam sie nahe an mich heran, ihr Finger fuhr sanft den Kratzer an meiner Wange entlang, und sie fragte in ganz veränderter Tonart: »Sagen Sie mir, wer das getan hat, Archie. Ich bin eifersüchtig!«

»Eines Tages«, sagte ich und drehte den Zündschlüssel, »eines Tages erzähle ich Ihnen alles, von der Zeit an, wo ich auf dem Eisbärfell lag.«

»Wirklich?«

»Jawohl, meine Gnädigste.« Ich fuhr ab.

Als ich die Kurven der Ausfahrt nahm, beschäftigten mich mehrere Dinge auf einmal. Eines dieser Dinge war ein Rekord, den ein weibliches Wesen soeben aufgestellt hatte. Ich hatte drei Stunden mit Madeline zugebracht, und sie hatte nicht ein einziges Mal versucht, herauszubekommen, was Wolfes Pläne waren. Dafür gebührte ihr ganz entschieden Anerkennung. Eine andere Sache war die Bestätigung einer Beobachtung Wolfes. Der Bach machte ziemlich viel Lärm. Nicht die Art Lärm, die einem auffällt, wenn man nicht gerade hinhört, aber doch laut genug, um ein Auto unhörbar zu machen, wenn man sich bloß sechs Meter von der Brücke entfernt befand in der Dämmerung. Dann würde man den Wagen wahrscheinlich erst hören, wenn er unmittelbar in der Nähe war. Das schien Webster Kanes Geständnis zu bestätigen und war daher ein Schritt zurück statt vorwärts, musste aber auf jeden Fall Wolfe berichtet werden.

Was mich aber am meisten beschäftigte, war Madelines Bemerkung, sie hätte eigentlich erwartet, dass ich unter den Steinen suche. Das hätte mir eigentlich selbst einfallen sollen. Da ich aber nicht so ein Weiberhasser bin wie Wolfe, machte es mir nichts aus, dass dieser Tipp von einer Dame gekommen war. Ich fuhr also weiter, auf die Landstraße zu, stellte den Wagen dort ab, entnahm der Wagentasche ein Vergrößerungsglas, ging die Einfahrt zurück bis zur Brücke und beugte mich über das Ufer des Baches.

Da gab es allerdings Tausende von Steinen, in allen Größen und Formen, einige teilweise unter Wasser und gegen das Ufer zu, und am Ufer selbst gab es weitere Exemplare. Ich schüttelte den Kopf. Auch das war keine üble Idee, aber schließlich war ich allein und kein Sachverständiger. Ich ging ein paar Schritte weiter und sah mir die Sache nochmals an. Die Steine im Wasser hatten alle glatte Oberflächen; die aus dem Wasser hervorragten, waren trocken und von heller Farbe, die tiefer liegenden dunkel, nass und schlüpfrig. Die Steine am Ufer, gleich am Wasser, waren ebenfalls glatt, trocken und hellfarbig bis zu einem bestimmten Punkt. Oberhalb dieses Punktes wurden sie plötzlich rau und viel dunkler – ein grünliches Grau. Die Grenze war natürlich der Wasserstand im Frühling, wenn der Bach Hochwasser führte.

Gratuliere, sagte ich zu mir, du bist ja der reinste Geologe! Jetzt musst du nur noch jeden einzelnen Stein unter die Lupe nehmen, und spätestens zu Weihnachten hast du deinen Bericht fertig. Ich brachte diese innere zynische Stimme aber zum Schweigen und sah mich weiter um. Ich ging am Bachrand weiter, bis ich unterhalb der Brücke war, blieb dort stehen und ging dann bachaufwärts weiter. Jetzt hatten sich meine Augen bereits an den Gedanken gewöhnt und arbeiteten sozusagen instinktiv.

Und etwa drei Meter oberhalb der Brücke fand ich ihn. Er lag bloß wenige Zentimeter vom Wasserrand entfernt, eingebettet in ein ganzes Nest größerer Steine und halb verborgen. Als ich ihn aber einmal erblickt hatte, da war er genau so auffällig wie eine verkratzte Wange. Er hatte die Größe einer Kokosnuss und auch ungefähr ihre Form, war rau und grünlich grau, während alle seine Nachbarn glatt und hellfarbig waren. Ich starrte etwa zehn Sekunden wie gebannt auf den Stein, und als ich mich endlich weiterbewegte, immer in Angst, er könne sich plötzlich vor meinen Augen in Nichts auflösen, da glitt ich auf einem schlüpfrigen Stein aus und hätte fast einen Hechtsprung in den Bach gemacht.

Eines war sicher: Der Stein war noch nicht lange da.

Ich beugte mich vorwärts, um ihn mit beiden Händen aufzuheben, indem ich ihn bloß mit den Spitzen von vier Fingern berührte, und richtete mich auf, um mir ihn anzusehen. Jetzt wären Fingerabdrücke natürlich ideal gewesen, aber auf den ersten Blick gab ich diese Idee auf. Der Stein war völlig rau mit

Hunderten kleinen Einkerbungen und nicht einer einzigen glatten Stelle. Ich stieg den Hang hinan und begab mich zu meinem Wagen. Den Stein verstaute ich beim Verbandszeug und packte ihn ordentlich ein, sodass er sich nicht bewegen konnte.

Ich machte auch keine Mittagsrast in Westchester County. Ich hielt mich an die Hauptstraßen und gab ziemlich Gas. Sehr begeistert war ich nicht von mir, da ich schließlich nur ein Stück Stein besaß, nicht gerade Beweisstück Nummer eins. Solange das nicht der Fall war, beschloss ich jedenfalls, kein Aufhebens davon zu machen. Ich fuhr zunächst einmal bei einem alten Ziegelgebäude in der Nähe der Neunten Avenue vor. Dort gab ich den Stein bei einem Mr Weinbach ab, der versprach, sein Bestes zu tun. Dann fuhr ich heim, wo ich Fritz in der Küche vorfand, verspeiste vier Brote – zwei mit Fisch und zwei mit Schinken – und trank einen Liter Milch.

18

Ein Blick in den Safe bestätigte meine Vermutung, dass, falls der Spezialist, der hinzugezogen werden sollte, Mr Jones war, er jedenfalls noch nicht aufgekreuzt war. Die Fünfzigtausend befanden sich nämlich noch vollzählig an Ort und Stelle. Meine Schlussfolgerung basierte jedoch auf einer ziemlich begrenzten Erfahrung. Ich hatte ja den Burschen nie zu Gesicht bekommen, wusste jedoch zwei Tatsachen von ihm. Erstens hatte Wolfe von ihm den richtigen Tipp über zwei Angehörige einer radikalen Untergrundorganisation bekommen, der die beiden hinter Schloss und Riegel beförderte, und zweitens wusste ich, dass Mr Jones für das, was er lieferte, im Voraus bezahlt wurde. Wie die Dinge nun aussahen, war der Fachmann entweder nicht Mr Jones, oder Wolfe hatte ihn noch nicht erreichen können.

Ich hatte eigentlich gehofft, dass Weinbach anrufen würde, bevor Wolfe um 6 Uhr herunterkam, aber der Anruf kam nicht. Als Wolfe eintrat, hinter seinem Schreibtisch Platz nahm und »Nun?« sagte, konnte ich mich nicht gleich entschließen, ob ich in meinem Bericht den Stein erwähnen sollte, bevor ich von Weinbach gehört hatte. Ich erwähnte jedoch nicht, dass mich eine Bemerkung Madelines auf die Idee gebracht hatte. Er hörte es nicht gern, dass Frauen hilfreich in seine Fälle eingriffen.

Er saß da und runzelte die Stirn.

»Es hat mich eigentlich ein wenig überrascht«, sagte ich nicht ohne Ironie, »dass Ihnen der Gedanke mit dem Stein nicht selbst gekommen ist. Doktor Vollmer erwähnte doch etwas Raues und Schweres.«

»Pfui. Natürlich dachte ich an einen Stein. Wenn aber der Täter einen Stein verwendet hat, dann brauchte er bloß zehn Schritte zur Brücke zu gehen und ihn ins Wasser zu werfen.«

»Das muss er sich wohl gedacht haben. Aber der Stein fiel nicht ganz ins Wasser. Ein Glück, dass ich kein solcher Pessimist bin wie Sie. Andernfalls ...«

Das Telefon läutete. Ich machte Wolfe ein Zeichen, den zweiten Hörer aufzunehmen, und dann hielt ich den Atem an.

»Der Stein, den Sie mir da gegeben haben«, sagte Weinbach. »Wünschen Sie die wissenschaftliche Bezeichnung?«

»Danke, nein. Ich möchte bloß wissen, worum ich Sie gefragt habe. Lässt sich an dem Stein erkennen, ob er dazu benützt wurde, oder benützt werden konnte, jemanden den Schädel einzuschlagen?«

»Allerdings.«

»Was?!« Das hatte ich kaum erwartet. »Das lässt sich feststellen?«

»Ja. Es ist alles bereits eingetrocknet, aber vier Flecke sind zweifellos Blutflecke. Fünf weitere Flecke könnten Blutflecke sein. Ein winziges Stück Haut befindet sich auf dem Stein und zwei etwas größere Stücke. Eines der größeren Stücke besitzt eine vollständige Haarwurzel. Es handelt sich natürlich bloß um einen vorläufigen Bericht, und wir übernehmen noch keine Haftung. Zur vollständigen Durchführung aller Tests brauchen wir achtundvierzig Stunden.«

»Wenn das Telefon nicht dazwischen wäre, möchte ich Sie küssen, Weinbach!«

»Wie bitte?«

»Entschuldigen Sie. Ich werde dafür sorgen, dass man Sie beim Nobelpreis berücksichtigt. Den Bericht dürfen Sie in roter Tinte abfassen!«

Ich legte den Hörer auf und wandte mich Wolfe zu. »Okay. Er wurde also ermordet.«

Er hob die Augenbrauen. »Ich muss schon sagen, Archie, ganz befriedigend.«

»Übernehmen Sie sich nur nicht.«

»Das ist durchaus nicht meine Absicht. Sie haben Ihre Zeit gut ausgenützt, was die Aufgabe betrifft, mit der Sie betraut waren. Allerdings sind alle Ihre Beweise bloß Indizien. Der Stein beweist, dass Kanes Erklärung falsch war, dass Rony vorsätzlich getötet wurde und dass einer von den Leuten dort ihn umgebracht hat. Das alles ist aber für uns nichts Neues.«

»Entschuldigen Sie bitte«, sagte ich kühl, »dass ich etwas gefunden habe, das wertlos ist.«

»Ich sagte nicht, es sei wertlos. Sobald und wenn die Sache vor Gericht kommt, könnte es zweifellos von Wert sein. Erzählen Sie mir noch mal.«

Ich hielt an mich und berichtete, so ruhig ich konnte. Heute weiß ich natürlich, dass er vollständig Recht hatte. Aber damals war ich doch verdammt stolz auf meinen Stein.

Da sich erfahrungsgemäß eine unerfreuliche Atmosphäre in einem Raum entwickelt, in dem einer dem anderen etwas nachträgt, beschloss ich, mich sofort zu rächen. Meine Strafe bestand darin, dass ich mich weigerte, mit ihm das Abendessen einzunehmen, und ich gab an, dass ich bereits gegessen und daher keinen Appetit mehr hatte. Ich wusste ja, wie gern er sich beim Essen unterhält. So saß ich also allein im Büro, arbeitete einige meiner Rückstände auf, und meine Stimmung besserte sich zusehends. Als er ins Büro zurückkehrte, war ich bereit, mich mit ihm zu unterhalten, und hatte mir sogar einige treffende Bemerkungen über den Wert von Beweismaterial in Kriminalfällen ausgedacht.

Ich musste mir diese treffenden Bemerkungen allerdings verkneifen. Wolfe hatte sich gerade hinter dem Schreibtisch zurechtgesetzt, als es draußen läutete. Da Fritz gerade mit dem Abwaschen beschäftigt war, öffnete ich. Es waren Saul Panzer und Orrie Cather. Ich führte sie ins Büro, und Orrie machte es sich bequem, indem er seine Beine übereinander schlug, die Pfeife hervorzog und sie stopfte. Saul aber saß aufrecht auf der Kante des großen roten Ledersessels, der besonderen Besuchern vorbehalten war.

»Ich hätte anrufen können«, sagte Saul, »aber die Sache ist ein bisschen kompliziert. Vielleicht haben wir was herausbekommen, vielleicht auch nicht.«

»Sohn oder Mutter?«, fragte Wolfe.

»Der Sohn.« Saul zog ein Notizbuch hervor und schlug es auf. »Er hat eine ganze Menge Bekannte. Wünschen Sie alles, mit Daten und Einzelheiten?«

»Nein, zunächst mal in groben Umrissen.«

»Bitte sehr.« Saul schloss das Notizbuch. »Ungefähr die Hälfte seiner Zeit verbringt er in New York, die andere Hälfte im übrigen Amerika. Besitzt sein eigenes Flugzeug, das er in New Jersey untergestellt hat. Wurde zwei Mal wegen Schnellfahrens verhaftet während der letzten drei Jahre, einmal –«

»Keinen Lebenslauf, bitte«, sagte Wolfe. »Nur die Sachen, die für uns von Interesse sind.«

»Wie Sie wünschen, bitte sehr. Vielleicht hilft das: Er ist Miteigentümer zu fünfzig Prozent von einem Restaurant in Boston. Die Sache wurde von einem Schulkollegen aufgezogen, und der junge Sperling besorgte das Kapital, ungefähr vierzigtausend. Wahrscheinlich von seinem Vater, aber –«

»Ein Nachtlokal?«

»Nein. Erstklassiges Restaurant. Spezialität Fisch und Krebse.«

»Eine Pleite?«

»Gar keine Spur. Kein Riesenerfolg, aber immerhin gute Einnahmen.«

Wolfe grunzte. »Kaum das Richtige für eine Erpressung.«

Ich hatte ganz entschieden den Eindruck, dass sich ein neues Hindernis vor uns aufbaute. Der Umstand, dass ein Erpresser damit drohte, dem Herrn Papa zu verraten, wie viel sein Söhnchen rausschmiss, war mir ja geläufig. Aber dass einer damit drohen sollte, dem Erzeuger zu erzählen, wie viel sein Sprössling verdiente, war mir doch neu. Das Bild, das ich mir von Jimmy gemacht hatte, bedurfte offenbar einiger Korrekturen.

Wolfe wandte sich Saul zu. »Ist das alles?«

»Nein, wir haben noch massenhaft«, sagte Saul, »aber kaum von Interesse für Sie. Nur das eine Ding, das wollte ich Ihnen noch verraten. Im Herbst hat er doch zwanzigtausend Dollar für den AFG gezeichnet.«

»Was ist denn das?«

»Ausschuss Fortschrittlicher Geschäftsleute. Eine von den Tarnorganisationen. Trat für Wallace als Präsident ein.«

»Aha.« Wolfes Augen, die fast geschlossen gewesen waren, öffneten sich ein wenig. »Das interessiert mich.«

»Viel kann ich Ihnen da nicht erzählen, ich habe das erst am Nachmittag ausgeschnüffelt. Offenbar durfte niemand was wissen von dem Beitrag, aber eine ganze Menge Leute haben doch davon Wind bekommen. Ich glaube schon, dass ich da noch was herausfinden kann, falls Sie es wünschen. Da habe ich doch wieder mal Schwein gehabt und einen Kunden aufgetrieben im Möbelhandel. Der war mal für Wallace, hat sich's aber nachher überlegt. Der Knabe behauptet nun, er wisse alles über Sperlings Beitrag. Es war ein Privatscheck von Sperling, sagte er, auf zwanzigtausend, den er einem gewissen Caldecott gab. Am nächsten Morgen ging nun Sperling zum AFG und wollte den Scheck zurückhaben und stattdessen in bar bezahlen. Da war's aber bereits zu spät, der Scheck war schon eingelöst. Der Möbelknabe behauptet, dass seit Beginn des Jahres Fotokopien von drei verschiedenen Schecks aufgetaucht sind, unter ganz merkwürdigen Umständen. Einer war der Scheck von ihm selbst, über zweitausend Dollar. Von wem die beiden anderen Schecks waren, darüber hat er sich aber ausgeschwiegen.«

Wolfe zog die Augenbrauen hoch. »Sagt er, dass die Leute vom AFG die Fotokopien machen ließen – vielleicht für spätere Verwendung in bestimmten Fällen?«

»Nein. Er glaubt, irgendein Angestellter hat das gemacht, entweder aus privaten Gründen oder als Spitzel für die Republikaner oder Demokraten. Der Möbelhändler nennt sich jetzt einen politischen Eremiten. Ich ließ ihn ruhig schwatzen. Ich wollte so viel aus ihm herausquetschen wie nur möglich, denn falls eine Fotokopie von Sperlings Scheck …«

»Hm. Befriedigend.«

»Soll ich weitermachen?«

»Unbedingt. Versuchen Sie so viel herauszubekommen wie nur möglich. Der Angestellte, der die Fotokopien gemacht hat, das wäre schon ein kleiner Haupttreffer.« Wolfe wandte sich mir zu. »Archie, Sie kennen doch den jungen Mann besser als wir. Ist der Knabe naiv?«

»Wenn ich das bisher geglaubt habe«, sagte ich nachdrücklich, »muss ich mir's jetzt noch mal überlegen. Ein Restaurant in Boston, das sieht mir nicht gerade naiv aus. Ich wette mit Ihnen drei zu eins, wo die Fotokopie von Jimmy's Scheck jetzt ist. In einem Safe der Firma *Murphy, Kearfot & Rony.*«

»Höchstwahrscheinlich. Sonst noch was, Saul?«

Es hätte mich nicht überrascht, zu erfahren, dass Jimmy

beim Pferderennen oder mit einer Hühnerfarm eine Million verdient hätte, aber auf die Idee war er offenbar noch nicht gekommen. Saul und Orrie tranken noch ein Glas und berieten, wie man dem republikanischen bzw. demokratischen Spitzel auf die Schliche kommen könne, dann verabschiedeten sie sich. Ich geleitete sie hinaus, und als ich ins Büro zurückkehrte, fragte ich mich, ob es jetzt angebracht sei, meine treffenden Bemerkungen über den Wert von Beweisstücken in Kriminalfällen anzubringen, die ich mir zurechtgelegt hatte, beschloss aber dann, es doch sein zu lassen.

Eigentlich hätte ich jetzt zu Bett gehen können, um mir nach alldem die wohlverdiente Ruhe zu gönnen. Es war aber erst halb zehn, und ich machte mich an die übliche Arbeit. Ich hatte mich ungefähr fünf Minuten mit Rechnungen beschäftigt, als es läutete. Nach neun Uhr hat Fritz gewöhnlich bereits seine alten Pantoffeln an, also öffnete ich.

Ich machte Licht, blickte durch die Glasscheibe, durch die man bloß hinaus-, aber nicht hereinsieht, öffnete die Tür und sagte: »Guten Abend!« Es war Gwenn Sperling.

Ich schloss die Tür und wandte mich ihr zu.

»Sie scheinen gar nicht überrascht«, stieß sie hervor.

»Langjähriges Training. Ich verberge meine Überraschung, um Eindruck zu schinden. Tatsächlich bin ich ganz platt. Darf ich nun bitten?«

Ich ließ sie ins Büro vorangehen, wo sie aber mitten im Raum stehen blieb, worauf ich einen kleinen Umweg um sie machen musste.

»Guten Abend, Miss Sperling«, sagte Wolfe höflich und bot ihr den roten Ledersessel an. »Dies ist mein bester Sessel.«

»Habe ich Sie angerufen? Habe ich Ihnen mitgeteilt, dass ich komme?«, wollte sie wissen.

»Ich glaube nicht. Hat sie angerufen, Archie?«

»Nein. Sie ist bloß überrascht, weil wir nicht überrascht sind.«

»Ach so. Wollen Sie nicht Platz nehmen?«

Einen Augenblick dachte ich, sie würde kehrtmachen und hinausmarschieren, wie sie es damals in der Bibliothek getan hatte, aber sie schien es sich diesmal anders zu überlegen. Ihr Blick wandte sich von Wolfe ab und mir zu und blieb an meiner zerkratzten Wange haften. Sie fand es aber nicht der Mühe wert zu fragen, wessen Werk das war. Sie begab sich zum roten Ledersessel, nahm Platz und ergriff das Wort.

»Ich musste kommen, weil ich etwas zu gestehen habe.« Du meine Güte, dachte ich, hoffentlich hat sie nicht bereits ein Geständnis unterschrieben. Sie sah besorgt aus, aber nicht übel, und ihre Sommersprossen waren bei der Beleuchtung kaum zu sehen.

»Geständnisse sind oft von Wert«, sagte Wolfe, »aber nur dann, wenn man sie vor der richtigen Person ablegt. Bin ich das?«

Gwenns Hände gruben sich in die Sessellehnen. »Mein Entschluss steht fest. Ich bin eine eingebildete, neugierige, kleine Gans.«

»Sie verwenden zu viel Eigenschaftswörter«, sagte Wolfe trocken. »Bleiben wir ganz einfach bei Gans, ja? Aber in welcher Hinsicht?«

»In jeder Hinsicht. Nehmen Sie zum Beispiel Louis Rony. Ich wusste ja selbst genau, dass ich gar nicht wirklich in ihn verliebt war, aber ich dachte, ich könnte meinem Vater eine Lektion erteilen. Wäre mein Vater nicht gewesen, dann hätte Rony nicht versucht, mich dadurch zu reizen, dass er mit Connie Emerson flirtete. Und sie hätte nicht mit ihm geflirtet, und er wäre nicht umgekommen. Selbst wenn alles wahr ist, was Sie über ihn sagten, so bleibt sein Tod doch meine Schuld. Was soll ich bloß tun?«

Wolfe grunzte. »Ich fürchte, ich verstehe Sie nicht ganz. Wieso war es Ihre Schuld, dass Mr Kane die Briefe aufgeben wollte und dabei zufällig Mr Rony überfuhr?«

Sie starrte ihn an. »Aber Sie wissen doch, dass das nicht wahr ist!«

»Aber *Sie* können es doch nicht wissen – oder doch?«

»Natürlich weiß ich es! Ich bin vielleicht eine Gans, aber Webster kenne ich doch schon lange genug, um zu wissen, dass er unmöglich so etwas getan haben kann!«

»Na, jeder kann schließlich einen Unfall haben.«

»Das weiß ich schon, aber das meine ich nicht. Wenn Kane Louis überfahren und dann gesehen hätte, dass er tot war, dann wäre er direkt ins Haus zum Telefon gegangen und hätte den Arzt angerufen und die Polizei. Sie haben ihn doch kennen gelernt. Ist er nicht so?«

Das war entschieden eine neue Entwicklung. Ein Mitglied der Familie Sperling versuchte nun Wolfe davon zu überzeugen, dass Kanes Erklärung falsch war.

»Ja«, sagte Wolfe mild, »so ist er wohl. Weiß Ihr Vater, dass Sie hier sind?«

»Nein. Ich … ich wollte keinen Streit mit ihm.«

»Das wird sich aber nicht leicht vermeiden lassen, wenn er davon erfährt. Was hat Sie überhaupt dazu veranlasst herzukommen?«

»Ich wollte schon gestern kommen, habe es mir aber überlegt. Ich bin ein Feigling.«

»Eine Gans und ein Feigling.« Wolfe schüttelte den Kopf. »Sie sind ein bisschen streng mit sich. Und heute?«

»Jemand machte eine Bemerkung. Bitte, ich lausche nicht an der Wand. Das habe ich als Kind getan, aber darüber bin ich doch wohl hinaus. Heute hörte ich, wie Connie etwas zu Paul sagte, und da blieb ich vor der Tür stehen und hörte zu.«

»Und was hat sie gesagt?«

Gwenns Züge waren angespannt. Im nächsten Augenblick, dachte ich, beginnt sie zu weinen. Doch dann begann sie auszupacken.

»Sie waren in ihrem Zimmer, als ich vorbeikam. Aber ich

habe ihr Gespräch nicht zufällig gehört. Ich blieb deswegen stehen. Sie hat ihn geschlagen, oder er sie – ich weiß das nicht genau. Jedenfalls hat sie das Wort geführt. Sie hat Goodwin gesehen, sagte sie –« Gwenn blickte auf mich. »Sie sah, wie Goodwin den Stein am Bach fand, sagte sie. Er hat den Stein, sagte sie, und wird ihn Nero Wolfe bringen. Und sie fragte Paul, was er zu tun gedenke. Und er sagte, gar nichts. Was ihm passiere, sei ihr ganz egal, sagte sie, aber ihren Ruf lasse sie sich nicht ruinieren. Und dann schlug er sie oder sie vielleicht ihn. Einer von ihnen kam in die Nähe der Türe, und so lief ich den Gang hinunter.«

»Wann war das?«, knurrte Wolfe.

»Kurz vor dem Abendessen. Vater war gerade nach Hause gekommen, und ich wollte ihm eigentlich alles erzählen. Dann aber tat ich es doch nicht. Ich wusste schon, was er sagen würde. Aber einfach untätig zuschauen konnte ich doch auch nicht. Es ist doch meine Schuld, dass Louis umkam. Um ihn ist es zwar nicht schade – nach dem, was Sie über ihn gesagt haben, aber um mich vielleicht schon. Das klingt vielleicht egoistisch, aber ich will von jetzt an völlig aufrichtig sein. Aufrichtig jedermann gegenüber in allem. Ich habe es satt, Theater zu spielen. Denken Sie nur, wie ich mich benahm, als Sie bei uns waren. Ich hätte einfach Louis anrufen sollen und ihm sagen, dass ich nichts mehr von ihm wissen will. Das wäre aufrichtig gewesen, und das wollte ich eigentlich auch tun. Aber habe ich das getan? Nein. Ich musste ihn anrufen und ihm sagen, er solle kommen, damit ich es ihm ins Gesicht sagen könne. Und was war die Folge? Es ist genau so, als ob ich ihn angerufen hätte, damit er kam und ermordet wurde!«

Sie rang nach Atem. Aber sie war noch nicht fertig. »Ich konnte das alles weder meinem Vater noch meiner Mutter sagen. Nicht einmal meiner Schwester, weil … ich konnte eben nicht. Aber jetzt habe ich mich entschlossen, ehrlich zu sein, und da will ich nicht die schlimmste Sache verschweigen, die ich je getan habe. Ich habe es mir lange überlegt und bin zur Einsicht gelangt, dass Sie der Einzige sind, der mich verstehen wird. Sie wissen, dass ich damals Angst vor Ihnen hatte, und Sie haben es mir gesagt. Ich glaube, es ist das erste Mal, dass mich jemand wirklich verstanden hat.«

Ich hatte Mühe, an mich zu halten. Da saß ein hübsches Mädchen mit Sommersprossen und sagte so etwas zu Wolfe, obwohl ich zugegen war. Das war doch wirklich die Höhe.

»Darum musste ich kommen«, fuhr Gwenn fort, »und Ihnen beichten. Ich weiß wohl, dass Sie nichts damit anfangen können, denn Vater hat Webster dazu gebracht, diese Erklärung zu unterschreiben, und das beendet die Sache. Aber ich hatte das Gefühl, ich müsste mit irgendjemandem darüber sprechen, und als ich hörte, was Paul und Connie sagten, war mein Entschluss gefasst. Aber bitte glauben Sie mir, dass ich jetzt ganz aufrichtig bin. Vor einem Jahr oder noch vor einer Woche hätte ich mir eingeredet, ich sei bloß gekommen, weil ich es Louis schuldig bin, die Wahrheit über seinen Tod an den Tag zu bringen. Wenn er aber der Mann ist für den Sie ihn halten, dann schulde ich ihm doch wohl kaum etwas.«

Wolfe schüttelte den Kopf. »Was hat das Ehepaar Emerson sonst noch gesagt?«

»Nichts, was ich Ihnen nicht bereits mitgeteilt habe.«

»Nicht vielleicht etwas – ganz Zwangloses?«

»Alles, was ich hörte, habe ich Ihnen erzählt. Oder …« Sie brach ab und runzelte die Stirne. »Oder doch nicht? Dass er sie eine Idiotin genannt hat?«

»Nein.«

»Doch. Als sie das über ihren Ruf sagte. Er sagte: ›Du Idiotin, ebenso gut hättest du Goodwin sagen können, du hast ihn umgebracht; oder dass du weißt, dass ich's getan habe.‹ Und dann hat sie ihn geschlagen – oder er sie.«

»Sonst noch was?«

»Nein, dann bin ich davongelaufen.«

»Hatten Sie bereits damals den Verdacht, dass Emerson Rony ermordet hat?«

»Was, ich …« Gwenn war entsetzt. »Das glaube ich nicht einmal jetzt.«

»Natürlich glauben Sie das. Sie haben es nur nicht so ungeschminkt ausgedrückt. Ja, zur Aufrichtigkeit sind Sie vielleicht bereits vorgedrungen, Miss Sperling. Aber Vorsicht müssen Sie noch lernen. Wenn ich Sie verstehe – und Sie sagen ja, ich verstehe Sie –, dann sind Sie der Ansicht, dass Emerson Rony umgebracht hat, weil er mit Mrs Emerson geflirtet hat. Das glaube ich aber nicht. Ich habe einige der Kommentare Mr Emersons gehört und ihn auch in Ihrem Hause kennen gelernt. Ich halte ihn eines derartigen Gefühls, eines so spontanen Gefühls, für völlig unfähig. Sie sagten aber, ich könne wegen Ronys Tod nichts machen. Ich glaube doch, etwas machen zu können, und werde auch nicht locker lassen. Wenn mir aber nichts übrig bleibt, als anzunehmen, dass Emerson durch Eifersucht zum Mord gezwungen wurde, also dann gebe ich's lieber auf.«

»Dann …« Gwenn blickte ihn wütend an. »Dann also was?«

»Ich weiß es nicht. Noch nicht.« Wolfe stützte die Hände auf die Schreibtischkante, schob seinen Sessel zurück und erhob sich. »Fahren Sie jetzt nach Hause?«

»Ja. Aber –«

»Dann machen Sie sich lieber auf den Weg. Es ist spät geworden. Ihre neue Leidenschaft zur Aufrichtigkeit ist anerkennenswert, aber auch darin gilt es, Maß zu halten, wie in allen Dingen. Es wäre zum Beispiel aufrichtig gewesen, Ihrem Vater zu sagen, dass Sie herkommen wollten; ebenso aufrichtig, ihm jetzt zu sagen, wo Sie gewesen sind. Wenn Sie das aber tun, dann wird er glauben, Sie haben mir dabei geholfen, Mr Kanes Erklärung zu entkräften – und das wäre falsch. Es wäre daher eine bessere Art Aufrichtigkeit, zu lügen und ihm zu sagen, Sie haben eine Freundin besucht.«

»Einen Freund«, erklärte Gwenn. »Sie *sind* ein Freund. Sprechen wir noch ein wenig miteinander.«

»Heute nicht. Ich erwarte noch Besuch. Ein anderes Mal.« Und er fügte rasch hinzu: »Nach Voranmeldung.«

Sie war kaum aus dem Zimmer, als Wolfe sagte: »Gehen Sie schlafen. Ich erwarte wirklich Besuch.«

Ich fasste ihn ins Auge. »Noch einen Besuch?«

»Einen Mann. Ich lasse ihn selbst herein. Räumen Sie das Zeug hier weg, und gehen Sie schlafen. Aber sofort.« Das war mir in fünf Jahren nicht öfter als zwei Mal vorgekommen. Es passiert schon, dass ich aus dem Büro geschickt werde, und manchmal nimmt er mir auch den Telefonhörer aus der Hand, wenn er glaubt, das Gespräch geht über meinen Horizont. Aber dass ich tatsächlich nach oben gejagt werde, damit ich nicht einmal einen Blick auf den Besuch werfen kann, das war doch so gut wie noch nie vorgekommen.

»Mr Jones?«, fragte ich.

»Räumen Sie hier auf.«

Ich nahm die Papiere vom Schreibtisch auf und legte sie in meine Schublade. Dann aber sagte ich: »Das gefällt mir nicht. Und Sie wissen schon, warum. Schließlich gehört es zu meinen Aufgaben, dass Sie am Leben bleiben.« Ich begab mich zum Safe. »Eines Morgens werde ich hier herunterkommen und Sie hier finden!«

»Eines Morgens vielleicht, aber morgen nicht. Schließen Sie den Geldschrank nicht ab.«

»Es sind fünfzigtausend drin!«

»Eben. Lassen Sie ihn offen.«

»Okay, ich habe schon verstanden. Die Revolver sind in meiner zweiten Schublade, aber nicht geladen.«

Ich sagte gute Nacht und ging.

19

Am Morgen waren fünfzehntausend von den fünfzig verschwunden. Einmal, dachte ich, müsste es mir doch gelingen, zumindest von der Ferne einen Blick auf Mr Jones zu werfen. Ein Mensch, der diese Art von Bezahlung erhielt und noch dazu im Voraus, war doch wohl eine Sehenswürdigkeit.

Als ich um sieben aufstand, hatte ich bloß fünf Stunden geschlafen. Ich hatte mich zwar nicht wie Gwenn auf das Horchen an der Wand verlegt, aber friedlich schlummern konnte ich nicht, während Wolfe im Büro war mit einem Mann, der so mysteriös war, dass man ihn weder sehen noch hören durfte. Ich zog mich daher gar nicht aus, nahm den Revolver vom Nachttisch, ging hinaus in die Diele und setzte mich auf den Treppenabsatz. Von dort aus hörte ich Jones kommen, ich hörte Stimmen in der Diele unten – Wolfes Stimme und noch eine –, dann schloss sich die Tür des Büros, und während der nächsten drei Stunden hörte ich bloß ein dumpfes Murmeln, und selbst das nur mit Anstrengung. Während der letzten Stunde hatte ich Mühe genug, wach zu bleiben. Schließlich öffnete sich die Tür des Büros wieder, die Stimmen wurden lauter, aber nach einer halben Minute war der Besuch fort, und ich hörte Wolfe im Lift heraufkommen. Ich machte, dass ich in mein Zimmer zurückkam. Von dem Augenblick an, da mein Kopf das Kissen berührte, muss ich mich noch mindestens drei Stunden lang schlaflos herumgeworfen haben.

Gewöhnlich begebe ich mich morgens erst dann ins Büro, wenn ich eine halbe Stunde in der Küche mit Fritz, dem Frühstück und der Morgenzeitung zugebracht habe. An jenem Freitag aber ging ich schnurstracks ins Büro und öffnete den Safe. Wolfe ist ja nicht der Mann, der irgendjemandem fünfzehntausend in den Rachen wirft, ohne genau zu wissen, warum. Es schien daher wahrscheinlich, dass irgendetwas sehr bald sich ereignen würde, und als Fritz kurz nach acht mit dem Frühstückstablett aus Wolfes Zimmer herunterkam, erwartete ich eigentlich, sofort in den zweiten Stock hinaufgerufen zu werden. Nichts dergleichen geschah. Wie ich von Fritz erfuhr, war mein Name nicht einmal erwähnt worden. Und genau zur üblichen Stunde, also drei Minuten vor neun, als ich bereits an meinem Schreibtisch saß, vernahm ich, dass der Lift aufwärts fuhr. Offenbar ließ er sich in seiner heiligen Gewohnheit, die Zeit von neun bis elf im Treibhaus zuzubringen, nicht stören. Er und Theodor brauchten dabei keine Hilfe mehr.

Kurz nach neun ging aber doch das Haustelefon. Er fragte, ob einer der Detektive angerufen habe, was ich verneinte. Falls sie anriefen, sagte er, sollte ich sie abbestellen. Ich wollte wissen, ob das auch für Fred gelte, und er sagte, das gilt für alle! Ich fragte, ob er neue Befehle für sie habe, und er sagte: ›Nein, sagen Sie ihnen bloß, es ist Schluss.‹

Das war also vorläufig alles. Die nächsten zwei Stunden brachte ich mit der Post zu und den Rückständen in meinen Schubladen. Zwei Minuten nach elf betrat er das Büro, wünschte mir einen guten Morgen, was er immer tut, auch wenn wir vorher noch so viel am Haustelefon miteinander gesprochen haben, nahm hinter seinem Schreibtisch Platz und fragte brummig: »Irgendeine Frage, die nicht warten kann?«

»Nichts, das nicht warten könnte.«

»Dann wünsche ich nicht gestört zu werden, von niemandem.«

»Jawohl. Geburtswehen?«

»Mhm. Ich weiß jetzt, wer Rony getötet hat, wie und warum.«

»So. Tut das weh?«

»Allerdings.« Er seufzte tief. »Es ist schon wie verhext. Wenn man alles von einem Mörder weiß, was ist dann gewöhnlich am leichtesten zu beweisen?«

»Das Motiv natürlich.«

Er nickte. »Hier aber nicht. Ich zweifle überhaupt daran, ob es möglich sein wird. Sie wissen doch, dass ich gelegentlich Pläne entwerfe, die ein gewisses Risiko bedeuten, nicht wahr?«

»Das ist eine leichte Untertreibung. Die Risiken, die Sie auf sich nehmen, lassen mir die Haare zu Berge stehen.«

»Und doch war das alles nichts gegen das, was uns jetzt bevorsteht. In diesen Plan habe ich bereits fünfzehntausend Dollar investiert.« Er seufzte nochmals, lehnte sich zurück, schloss die Augen und murmelte: »Ich wünsche nicht gestört zu werden.«

Und das war das Letzte, was ich während der folgenden neun Stunden von ihm hörte. Ich glaube, zwischen neun Minuten nach elf vormittags und acht Uhr zwanzig abends hat er kaum mehr als ein Grunzen von sich gegeben. Er saß im Büro mit geschlossenen Augen, schob die Lippen vor und zog sie wieder zurück, seine Brust hob und senkte sich. Bei Tisch, während des Mittag- und des Abendessens, litt er durchaus nicht an Appetitlosigkeit. Konversation war jedoch kaum mit ihm zu führen. Um vier Uhr begab er sich für die üblichen zwei Stunden ins Treibhaus, aber als ich mich hinaufbegab, um ein paar Beträge mit Theodor nachzuprüfen, saß Wolfe in seinem Sessel im Treibhaus, und Theodor sprach bloß im Flüsterton zu mir. Es ist mir nie gelungen, Theodor begreiflich zu machen, dass Wolfe, wenn er sich auf einen Fall konzentriert, nicht einmal etwas hören würde, wenn man es ihm in die Ohren brüllt.

Kurz vor dem Abendessen murmelte er: »Wann ist Mr Cohen abends frei?«

»Kurz vor Mitternacht«, sagte ich.

Nach dem Abendessen im Büro setzte er sich wieder einmal zurecht, lehnte sich zurück und schloss die Augen. Mein Gott, dachte ich, das ist bestimmt Nero Wolfes letzter Fall. Er wird jetzt den Rest seines Lebens damit zubringen. Ich hatte einen harten Arbeitstag hinter mir und fand es ziemlich sinnlos, herumzusitzen und zuzuhören, wie er schnaufte. Phil und eine

Kartenpartie kamen mir in den Kopf, und ich wollte soeben den Mund öffnen, um einen diesbezüglichen Entschluss zu verkünden, als Wolfe seine Lippen öffnete.

»Archie, bringen Sie Mr Cohen her, und zwar so rasch wie möglich. Bitten Sie ihn, Briefpapier und einen Briefumschlag von der *Gazette* mitzubringen.«

»Jawohl. Ist die Sache jetzt ausgebrütet?«

»Ich weiß nicht. Das wird sich zeigen. Sehen Sie, dass er kommt.«

Na endlich, dachte ich, jetzt geht's los. Ich wählte die Nummer, und nach einigem Warten, da ja dies die Zeit war, wo eine Morgenzeitung am meisten zu tun hat, meldete er sich.

»Archie? Führen Sie mich auf einen Drink aus?«

»Nein«, sagte ich energisch. »Heute Abend bleiben Sie mal ausnahmsweise nüchtern. Wann können Sie hier sein?«

»Wo ist: hier?«

»Nero Wolfes Büro. Er möchte Ihnen etwas erzählen.«

»Zu spät.« Lons Stimme klang ungeduldig. »Wenn es noch in die Spätausgabe hinein soll, dann müssen Sie mir's jetzt sagen.«

»Es handelt sich um ganz was anderes. Druckreif ist das Ding noch nicht. Aber immerhin schon so reif, dass er keinen Botenjungen schickt, und damit meine ich mich, sondern Sie persönlich zu sprechen wünscht. Also, wann können Sie hier sein?«

»Ich schicke jemanden hinüber.«

»Nein, der Jemand müssen Sie sein.«

»Lohnt es sich wirklich?«

»Schon möglich.«

»Also in drei Stunden ungefähr. Früher kaum, eher später.«

»Okay. Kehren Sie unterwegs nirgends ein. Ich habe einen Drink hier für Sie und ein Sandwich ebenfalls. Ja, ehe ich's vergesse, bringen Sie doch einen Briefbogen und einen Umschlag von der *Gazette* mit. Uns ist das Briefpapier ausgegangen.«

»Was soll das, ist das ein Jux?

»Nein, Sir. Im Gegenteil. Vielleicht eine Gehaltsaufbesserung für Sie.«

Ich legte den Hörer auf und wandte mich Wolfe zu. »Darf ich mir einen Vorschlag erlauben? Falls es Ihnen auf ein Steak nicht ankommt, das macht ihn gewöhnlich mürbe, dann sage ich Fritz, er soll's aus der Tiefkühltruhe nehmen und auftauen.«

Er stimmte zu, ich ging in die Küche und hielt eine Konferenz mit Fritz ab. Dann begab ich mich ins Büro zurück, um Wolfe wieder ein wenig beim Schnaufen zuzuhören. Schließlich öffnete er die Augen, richtete sich auf, nahm aus der Tasche einige Bogen zusammengefaltetes Papier, und ich bemerkte, dass es sich um Blätter handelte, die er aus seinem Vormerkkalender gerissen hatte.

»Ihr Notizbuch, Archie«, bat er wie ein Mann, der sich endlich entschlossen hat.

Ich holte es aus der Schublade und zückte meine Füllfeder.

»Wenn das schief geht«, knurrte er mich an, als ob es meine Schuld wäre, »dann bleibt uns nichts mehr anderes übrig. Ich habe versucht, es so zu drehen, dass noch ein Ausweg bleibt, aber es geht ganz einfach nicht. Entweder beißt er darauf an, oder er geht uns überhaupt durch die Lappen. Papier ohne Kopf bitte, mit zwei Durchschlägen.«

»Anschrift oder Datum?«

»Nein.« Er blickte stirnrunzelnd seine Notizen an.

»Um acht Uhr abends am 19. August befanden sich in einem Raum eines Wohnblocks der 84. Straße Ost, Manhattan, 20 Männer. Es waren sämtlich führende Köpfe einer radikalen Untergrundorganisation, und die Zusammenkunft war eine jener Konferenzen, auf denen Strategie und Taktik für den Wahlkampf und für die Präsidentschaftskandidatur von Henry Wallace festgelegt wurden. Einer der Männer, groß und hager, mit kurzem braunem Schnurrbart, sagte:

›Wir dürfen nie vergessen, dass wir Wallace nicht trauen

können. Wir unterstützen ihn, müssen aber wissen, dass er jeden Augenblick irgendetwas unternehmen kann, was einen Befehl zur Folge haben kann, ihn fallen zu lassen.‹

Dann ergriff ein untersetzter Mann mit kahlem Kopf und feistem Gesicht das Wort.«

Wolfe, der die Notizblätter, die er aus der Tasche gezogen hatte, häufig zu Rate zog, diktierte weiter, bis ich zweiunddreißig Seiten meines Notizbuchs voll hatte; dann brach er ab, saß eine Weile mit vorgeschobenen Lippen da und ersuchte mich dann, es abzutippen. Das tat ich, wie er es verlangt hatte. Jede Seite, die fertig war, reichte ich ihm hinüber, und er machte mit einem Bleistift Verbesserungen. Das kommt zwar selten bei Sachen vor, die er diktiert und ich auf der Maschine geschrieben habe, aber hier handelte es sich offenbar um etwas ganz Besonderes. Das konnte ich allerdings verstehen, denn dieser Bericht enthielt Dutzende von Einzelheiten, die kein gewöhnliches Organisationsmitglied wissen durfte, vorausgesetzt, dass sie der Wahrheit entsprachen. Darüber hätte ich Wolfe gerne befragt, aber da das Manuskript bis zum Eintreffen Lon Cohens fertig sein musste, blieb dazu keine Zeit.

Die letzte Seite war bereits aus der Maschine, aber Wolfe korrigierte noch immer daran herum, als es läutete und ich Lon hereinführte.

Lon hatte zum Mitarbeiterstab der *Gazette* gehört, als ich ihn kennen lernte, jetzt aber war er stellvertretender Leiter der Lokalredaktion.

Er schüttelte Wolfe die Hand und wandte sich mir zu. »Haben Sie mir nicht versprochen, wenn ich nirgends einkehre – oh, da ist es ja. Guten Abend, Fritz. Sie sind der einzige Mensch, auf den man sich hier verlassen kann.« Er hob das Whiskyglas vom Tablett, nickte Wolfe zu, leerte es zu einem Drittel und nahm in dem roten Ledersessel Platz.

»Das Briefpapier habe ich mit«, verkündete er. »Drei Bogen. Ich bin bereit, es Ihnen unentgeltlich zu überlassen, falls Sie mir als Erstem verraten, wie ein gewisser Sperling einen gewissen Louis Rony vorsätzlich und heimtückisch umgebracht hat.«

»Dies«, sagte Wolfe, »ist genau das, was ich Ihnen zu bieten habe.«

Lon fuhr auf. »Ein gewisser Sperling?«, stieß er hervor.

»Nein: Ich hätte nicht sagen sollen: genau das. Der Name wird sich noch herausstellen. Aber der Rest stimmt.«

»Verflucht noch mal, es ist doch bereits Mitternacht. Sie können doch nicht erwarten ...«

»Heute nicht. Morgen auch nicht. Aber sobald ich es weiß, bekommen Sie es als Erster.«

Lon blickte ihn an. Als er eintrat, da war er noch sorglos und durstig, aber jetzt war er bereits wieder ganz seinem Beruf verfallen. Eine exklusive Meldung über den Mord an Louis Rony war ja schließlich keine Kleinigkeit.

»Dafür bekommen Sie sogar mehr als drei Briefbogen mit Umschlägen. Dafür wäre ich sogar bereit, einige Briefmarken zu opfern.«

Wolfe nickte. »Sie sind großzügig. Aber ich habe etwas anderes zu bieten. Wäre Ihr Blatt an den Exklusivrechten einer Artikelserie interessiert, die völlig belegt ist und Geheimkonferenzen einer Gruppe beschreibt, die die radikalste Untergrundorganisation Amerikas kontrolliert, einschließlich aller Einzelheiten der Diskussionen und Beschlüsse?«

Lon sah Wolfe von der Seite an. »Ihnen fehlt wirklich nichts«, erklärte er, »zum Weihnachtsmann als ein weißer Vollbart.«

»Danke, dazu bin ich zu dick. Interessiert Sie mein Vorschlag?«

»Wer bürgt für die Richtigkeit?«

»Ich.«

»Sie würden die Artikel mit Ihrer Unterschrift unterzeichnen?«

»Die Artikel wären anonym. Ich würde jedoch, falls gewünscht, schriftlich garantieren, dass meine Informationsquelle seriös und verlässlich ist.«

»Wer müsste da bezahlt werden und wie viel?«

»Niemand. Nichts.«

»Mir scheint, Sie brauchen nicht einmal den Vollbart. Wie würden die Artikel denn etwa aussehen?«

Wolfe drehte sich um. »Lassen Sie's ihn lesen, Archie.« Ich gab Lon das Original des Manuskripts, das ich auf der Maschine geschrieben hatte. Es waren sieben Seiten. Zunächst überflog er sie nur, dann las er langsamer, und als er am Ende angekommen war, nahm er die erste Seite nochmals vor. Inzwischen schenkte ich ihm sein Glas wieder voll, und da Fritz beschäftigt war, begab ich mich in die Küche, um Bier für Wolfe zu holen.

Da ich fand, dass auch mir ein Drink nicht schaden könne, mixte ich mir einen Highball.

Lon legte die Seiten auf den Tisch nieder, bemerkte, dass sein Glas nachgefüllt war, und trank.

»Tolle Sache«, gab er zu.

»Druckreif, nicht wahr?«, bemerkte Wolfe bescheiden.

»Das kann man wohl flüstern. Wie steht's mit dem Verleumdungsparagrafen?«

»Kommt gar nicht in Frage. Weder Namen noch Adressen werden angegeben.«

»Na ja, aber eine Klage ist dennoch möglich. Ihre Quelle müsste in diesem Fall als Zeuge zur Verfügung stehen.«

»Unter keinen Umständen. Meine Quelle ist geheim und bleibt geheim. Meine Garantie können Sie haben und eine Kaution für etwaige Schadenersatzansprüche infolge einer Verleumdungsklage, sonst aber nichts.«

»Na …« Lon nahm einen Zug aus seinem Glas. »Mir soll's recht sein. Aber ich habe ja auch noch einige Chefs, die da etwas mitzureden haben. Morgen ist Freitag, und die Herren – großer Gott, was ist das? Das kann doch nicht – Archie, sehen Sie sich das mal an!«

Ich nahm die Seiten vom Tisch, sodass Fritz das Tablett hinstellen konnte. Es war wirklich ein herzerhebender Anblick. Das Steak war dick und braun. Die Kartoffelscheiben und Pilze waren gerade richtig, die Brunnenkresse lag in sicherem Abstand am Rande des Tellers, und der Duft war derart, dass ich wünschte, Fritz hätte einen Durchschlag für mich gemacht.

»Ich weiß ja«, sagte Lon, »es ist alles nur ein Traum. Mir träumte, Archie, dass Sie mich angerufen haben. Na schön, so träume ich eben weiter.« Er säbelte durch das Steak, dass der Saft herausspritzte, schnitt ein Stück ab und öffnete den Mund weit. Meine Blicke folgten ihm wie die eines Kindes, dem man erlaubt hat, sich in der Nähe des Tisches aufzuhalten.

Als er uns ein wenig später verließ, war der Teller völlig leer, der Whiskystand in der Flasche hatte sich um weitere sechs Zentimeter gesenkt und Briefpapier und Umschläge befanden sich in meinem Schreibtisch. Da das Wochenende unmittelbar bevorstand, war mit einer Verzögerung zu rechnen, aber Lon dachte, die Sache sei nicht unwahrscheinlich für Samstag und recht wahrscheinlich für Sonntag. Der Haken bestand, seiner Ansicht nach, darin, dass Wolfe nicht garantieren wollte, dass die Serie fortgesetzt würde. Er versprach zwei Artikel fest und meinte, ein dritter wäre wahrscheinlich, aber weiter wollte er sich nicht verpflichten. Lon versuchte die Garantie für mindestens sechs Artikel zu erhalten, aber da war nichts zu machen.

20

Am nächsten Tag, dem Freitag, wurden zwei weitere Artikel diktiert, auf der Maschine geschrieben und von Wolfe verbessert.

Der zweite wurde an Lon Cohen geschickt, der dritte in unserem Safe verschlossen. Namen und Adressen fehlten zwar, sonst aber rein gar nichts. Die Sache begann mich selbst zu interessieren, und ich fragte mich, was wohl noch kommen würde.

Lons Chefs gingen auf Wolfes Bedingungen ein. Sie begannen die Veröffentlichungen aber erst am Sonntag. Dann allerdings riesengroß auf der ersten Seite.

Am Freitagvormittag, als Wolfe oben im Treibhaus war, ging ich nochmals die Fotos durch, aber es fehlte kein teures Haupt. Zwei weitere Versuche waren ebensolche Versager. Am Montag war ich bereits so weit, dass ich einen raschen Blick auf jeden Brief warf, der eintraf, dass ich jedes Mal, wenn es läutete, ein Telegramm erwartete und immer als Erster zum Telefon stürzte. Ich hatte mir eben in den Kopf gesetzt, dass die Artikel ein Köder waren und dass wir am Ufer saßen in der ziemlich aussichtslosen Hoffnung, etwas würde anbeißen.

Am Montagabend aber, kurz nach dem Abendessen, gab mir Wolfe eine Seite aus einem Notizbuch und fragte mich: »Können Sie das lesen, Archie?«

Die Frage war völlig rhetorisch, da seine Handschrift wie gestochen ist. Ich erwiderte daher: »Jawohl, ich kann es entziffern.«

»Schreiben Sie das auf Gazette-Briefpapier. Und dann lassen Sie mich's ansehen. Das Kuvert adressieren Sie an Mr Albert Enright, 12. Straße Ost, Nummer 35. Einzeilig mit einem Durchschlag.«

»Vielleicht mit ein bis zwei Fehlern?

»Nicht unbedingt. Sie sind schließlich nicht die einzige Person in New York, die Maschine schreiben kann.«

Ich zog die Schreibmaschine heran, spannte das Papier ein und begann zu tippen. Als ich fertig war, las ich es nochmals durch:

Lieber Mr Enright!
Ich schreibe Ihnen heute, weil ich Sie einmal traf und Sie zweimal auf Versammlungen sprechen hörte. Sie werden mich nicht kennen, und auch mein Name sagt Ihnen nichts. Ich arbeite bei der *Gazette*. Sie haben natürlich die Serie gesehen, die am Sonntag begann. Ich bin kein Mitglied Ihrer Organisation, aber viele Ihrer Ideale sind auch meine Ideale, und ich bin der Ansicht, dass man Sie schäbig behandelt. Verräter sind mir überhaupt verhasst, und der Kerl, der der *Gazette* das Material für diese Artikel liefert, ist bestimmt ein Verräter. Sie haben ein Recht darauf, zu erfahren, wer er ist. Ich habe ihn nie zu Gesicht bekommen, und er kommt auch, glaube ich, nie in die Redaktion. Aber ich kenne den Mann, der mit ihm an diesen Artikeln arbeitet, und mir ist etwas in die Hand gefallen, was Ihnen helfen kann, und ich lege es hiermit bei. Dies hat sich in der Mappe befunden, die zu einem der Direktoren ging, um zu beweisen, dass die Artikel authentisch sind. Mehr kann ich Ihnen nicht mitteilen, ohne mich Ihnen gegenüber zu erkennen zu geben, und das will ich nicht.

Ein Freund

Ich erhob mich, überreichte Wolfe das Schriftstück und begab mich zur Schreibmaschine zurück, um den Umschlag zu adressieren.

Wolfe fischte ein Foto heraus, gab es mir und sagte: »Das ist die Anlage. Geben Sie den Brief irgendwo auf, wo noch heute Abend die Kästen geleert werden.«

Es war das Foto, und zwar das beste, von der Mitgliedskarte William Reynolds', Nummer 1238-394. Ich durchbohrte Wolfe mit einem Blick, tat Brief und Foto in das Kuvert, verschloss es und klebte eine Marke darauf, dann verließ ich das Haus.

Da ich von Wolfe an jenem Abend nichts weiter erwartete, wurden meine Hoffnungen auch nicht enttäuscht. Wir gingen ziemlich zeitig schlafen. Beim Ausziehen in meinem Zimmer versuchte ich nach wie vor, die Sache zu enträtseln. Der Hauptplan war ja klar, aber was folgte dann? Sollte William Reynolds einen neuen Namen erhalten, wenn ja, wann, warum und von wem? Ich schlug mir die Sache aus dem Kopf und zog mir die Decke über die Ohren.

Der nächste Tag, Dienstag, sah bis Mittag wieder genau nach Abwarten und Teetrinken aus. Die Zeit verging aber rasch, da das Telefon nicht ruhte. Der dritte Artikel war in der Morgenausgabe der *Gazette* erschienen, und die Redaktion wollte mehr. Ich hatte aber den Auftrag, sie hinzuhalten. Lon rief vor zehn Uhr bereits zwei Mal an, und dann folgte ein richtiges Kettentelefonat: Lokalredakteur, Chefredakteur, Chef vom Dienst, Herausgeber, jedermann. Sie waren derartig versessen darauf, dass ich nicht übel Lust verspürte, selbst einen Artikel zu schreiben und ihn für 15 000 bunte Scheinchen anzubringen.

Als kurz vor dem Mittagessen das Telefon läutete, war ich ganz sicher, es war wieder einer von der Redaktion, daher sagte ich statt meiner üblichen Formel bloß: »Na?«

»Ist dort Nero Wolfes Büro?« Es war eine Stimme, die ich nie zuvor gehört hatte, eine Art künstliches Quietschen.

»Jawohl. Hier Archie Goodwin.«

»Ist Mr Wolfe da?«

»Jawohl. Er ist beschäftigt. Wer spricht, bitte?«

»Sagen Sie ihm bloß: *Rechteck.*«

»Wollen Sie das bitte mal buchstabieren?«

»R-e-c-h-t-e-c-k, Rechteck. Sagen Sie ihm das sofort. Er muss es wissen.«

Die Verbindung war unterbrochen. Ich legte auf und wandte mich Wolfe zu.

»Rechteck.«

»Was?«

»So sagte er, oder vielmehr quietschte er. Ich soll Ihnen sagen: Rechteck.«

»Aha.« Wolfe richtete sich auf, und seine Augen öffneten

sich vollständig. »Rufen Sie Algonquin 42215. Verlangen Sie Mr Harvey oder Mr Stevens. Einen von beiden.«

Ich drehte mich auf dem Sessel herum und wählte die Nummer. Eine nette Frauenstimme erklang in meinem Ohr. Ich sagte also: »Mein Name ist Goodwin. Ist Mr Harvey da? Mr Nero Wolfe möchte ihn sprechen.«

»Nero Wolfe?«

»Jawohl, ein Detektivbüro.«

»Der Name kommt mir bekannt vor. Bleiben Sie am Apparat.«

Ich wartete. Da ich daran gewöhnt bin zu warten, während eine Telefonistin oder Sekretärin sich auf die Suche macht, so lehnte ich mich bequem zurück. Es dauerte aber nicht lange, bis eine männliche Stimme sich als Harvey meldete. Ich gab Wolfe ein Zeichen und blieb am Apparat.

»Guten Abend«, sagte Wolfe höflich. »Ich befinde mich da in einer Verlegenheit, und Sie könnten mir helfen. Wollen Sie heute um sechs Uhr mit einem Ihrer Kollegen zu mir ins Büro kommen? Vielleicht bringen Sie Mr Stevens mit oder Mr Enright, falls die Herren Zeit haben.«

»Wie kommen Sie auf die Idee, dass wir Ihnen aus einer Verlegenheit helfen können?« Harveys Stimme klang durchaus nicht unhöflich.

»Ich glaube, Sie können das ganz bestimmt. Zumindest möchte ich Ihren Rat erbitten. Es betrifft einen Mann, der Ihnen unter dem Namen William Reynolds bekannt ist. Er ist in einen Fall verwickelt, an dem ich arbeite, und die Sache ist dringend. Darum möchte ich Sie so bald wie möglich sehen. Es bleibt nämlich nicht viel Zeit.«

»Woher nehmen Sie an, dass mir ein Mann namens William Reynolds bekannt ist?«

»Aber, aber, Mr Harvey. Sie können sich ja anhören, was ich zu sagen habe, und danach abstreiten, dass Sie ihn kennen. Aber über das Telefon lässt sich das nicht machen.«

»Bleiben Sie am Apparat.«

Diesmal dauerte die Pause länger. Wolfe saß geduldig da mit dem Hörer am Ohr, ich ebenfalls. Nach drei oder vier Minuten aber begann er die Stirne zu runzeln und klopfte bereits mit den Fingern auf die Sessellehne, als Harveys Stimme sich meldete.

»Falls wir kommen«, fragte Harvey, »wer wird dann dort sein?«

»Sie natürlich, und ich. Und Mr Goodwin, mein Mitarbeiter.«

»Sonst niemand?«

»Nein, Sir.«

»Schön, wir kommen um sechs.«

Ich legte den Hörer auf und fragte Wolfe: »Spricht Mr Jones immer mit diesem komischen Quietscher? Und bedeutet *Rechteck* nichts weiter, als dass der Brief des Freundes angekommen ist?«

21

Albert Enright, an den ich einen Brief geschrieben hatte, bekam ich nie zu Gesicht, da der Kollege, den Mr Harvey mitbrachte, Mr Stevens war.

Ich war etwas überrascht, besonders von Stevens. Er war ein Mann mittleren Alters, hager und bleich, mit schütterem braunem Haar, das vor mindestens einer Woche hätte geschnitten werden sollen, und trug rahmenlose Augengläser. Hätte ich eine Tochter in schulpflichtigem Alter, die sich nach Einbruch der Dunkelheit in einer fremden Straße befindet, dann wünschte ich, wenn sie jemanden nach dem Weg fragen muss, dass es Mr Stevens wäre. Bei Harvey wäre ich nicht so weit gegangen. Er war der Jüngere der beiden; er besaß grünbraune Augen, die aus einem scharf geschnittenen Gesicht blickten. Aber auch er wirkte durchaus nicht radikal.

Sie lehnten Cocktails ab und machten sich's auch nicht bequem in ihren Sesseln. Harvey gab in seiner rauen Bassstimme, noch immer nicht unhöflich, bekannt, dass sie um drei viertel sieben eine Verabredung hätten.

»Ich will mich kurz fassen«, versicherte Wolfe ihnen. Er griff in die Schublade, nahm eines der Fotos heraus und zeigte es ihnen. »Würden Sie sich das einmal ansehen?«

Sie erhoben sich. Harvey nahm das Bild, und sie sahen es sich an. Das ging mir aber doch etwas zu weit. Wer war denn ich? Als Harvey daher das Foto auf den Tisch fallen ließ, erhob ich mich, sah es mir ebenfalls an und reichte es dann Wolfe zurück. Eines Tages muss ich ihm noch Manieren beibringen, dachte ich.

Harvey und Stevens hatten wieder Platz genommen, ohne einen Blick zu wechseln. Das war vielleicht übervorsichtig, aber Leute wie sie lernen so was wohl frühzeitig, und dann wird es eine Gewohnheit bei ihnen.

»Interessantes Gesicht, nicht wahr?«, fragte Wolfe freundlich.

Stevens verzog keine Miene und sprach kein Wort.

»Wenn Sie für diesen Typ eine Vorliebe haben«, sagte Harvey. »Wer ist das?«

»So kommen wir nicht weiter.« Wolfe war bereits etwas weniger freundlich. »Wenn ich daran gezweifelt hätte, dass Sie ihn kennen, waren diese Zweifel beseitigt, als die bloße Erwähnung seines Namens Sie herbrachte. Sie sind doch nicht gekommen, weil es Ihnen das Herz zerreißt, mich in einer Verlegenheit zu sehen. Wenn Sie bestreiten wollen, dass Ihnen dieser Mann als William Reynolds bekannt ist, hätten Sie sich die Fahrtspesen sparen können.«

»Nehmen wir einmal an«, sagte Stevens leise, »angenommen, wir sagen, dass er uns als William Reynolds bekannt ist, was dann?«

Wolfe nickte zustimmend. »Das ist schon besser, dann kann

ich Ihnen nämlich sagen, dass der Name dieses Mannes, als ich ihn vor kurzem kennen lernte, nicht Reynolds war. Ich nehme an, dass Ihnen der andere Name auch bekannt ist; da aber im Verkehr mit Ihnen der Name Reynolds verwendet wurde, so bleiben wir dabei. Als ich ihn vor etwa einer Woche kennen lernte, war mir nicht bekannt, dass er einer radikalen Organisation angehört. Das habe ich erst gestern erfahren.«

»Wie?«, stieß Harvey hervor.

Wolfe schüttelte den Kopf. »Ich fürchte, darauf können wir nicht eingehen. In meiner langjährigen Arbeit als Privatdetektiv habe ich eine Menge Verbindungen angeknüpft – mit der Polizei, der Presse und allen möglichen Leuten. Ich kann nur so viel sagen: Reynolds hat einen Fehler gemacht. Und ich glaube zu wissen, dass er's mit der Angst zu tun bekam, und dann hat er eben die Dummheit gemacht. Die Gefahr war eine Anklage wegen Mordes. Er wusste, dass die Anklage nur erhärtet werden konnte, wenn bewiesen wurde, dass er Ihrer Organisation angehöre. Er wusste, dass mir das bekannt ist, und daher wollte er die Sache so drehen, dass er nur darum vorgegeben hat, ein Radikaler zu sein, weil er in Wahrheit ein Feind des Radikalismus ist und ihn zerstören will. Das ist, wie gesagt, nur eine Vermutung. Aber ...«

»Einen Augenblick.« Stevens erhob nie seine Stimme, auch wenn er jemandem ins Wort fiel. »So weit sind wir noch nicht, dass Sie jemanden wegen Mordes verurteilen können, bloß weil Sie bewiesen haben, dass er ein Radikaler ist.« Stevens lächelte, und als ich mir dieses Lächeln betrachtete, beschloss ich, meine Tochter doch einen anderen nach dem Weg fragen zu lassen.

»Oder sind wir schon so weit?«

»Nein«, gab Wolfe zu. »Im Gegenteil. Die Radikalen wissen schon, was sie tun, wenn sie den Mord aus unpolitischen Motiven verurteilen. Aber diesmal handelt es sich eben um die Ausnahme von der Regel. Und da wir ja nur auf Grund von

Annahmen vorgehen, so darf ich wohl auch annehmen, dass Ihnen der Tod eines Mannes namens Louis Rony bekannt ist, der auf dem Landsitz von James U. Sperling von einem Auto überfahren wurde, und dass Sie wissen, dass William Reynolds dabei anwesend war. Das darf ich doch annehmen?«

»Reden Sie weiter«, brummte Harvey.

»Wir brauchen uns also bei den Tatsachen, die bereits veröffentlicht wurden, nicht aufzuhalten. Die Sache steht so: Ich weiß, dass Reynolds Rony umgebracht hat. Ich wünsche, dass er verhaftet und unter Anklage gestellt wird. Zu einer Verurteilung ist aber der Beweis notwendig, dass er Mitglied einer radikalen Organisation ist, sonst fehlt das Motiv. Ich kann Ihnen natürlich nicht alle meine Karten aufdecken; denn wenn Sie sich entschließen sollten, Mr Reynolds zu helfen …«

»Wir helfen keinen Mördern«, erklärte Harvey.

Wolfe nickte. »Das habe ich mir gedacht. Es wäre ausgesprochen unmoralisch, zu versuchen, diesem Mann zu helfen. Sie verstehen, es geht mir nicht darum, zu beweisen, dass William Reynolds ein Mitglied einer radikalen Organisation ist. Dieser Beweis ist ein Kinderspiel. Was ich beweisen muss, ist, dass der Mann, der bei Mr Ronys Tod zugegen war, dieser William Reynolds ist – was immer er sonst sein mag. Und um dies zu beweisen, gibt es nur zwei Mittel. Der eine Weg wäre, Mr Reynolds zu verhaften, ihn anzuklagen und Sie als Zeugen vorzuladen.«

»Was wäre der andere Weg?«, wollte Stevens wissen.

»Der andere Weg ist für alle Beteiligten weit einfacher.« Wolfe nahm das Foto zur Hand. »Sie schreiben Ihre Namen auf dieses Foto, das ich dann auf ein Blatt Papier klebe. Und unter das Foto schreiben Sie: ›Dieser Mann, der auf dem oben stehenden Foto abgebildet ist, auf das wir unsere Namen geschrieben haben, ist William Reynolds, der uns als Mitglied einer radikalen Organisation bekannt ist.‹ Und dann unterschreiben Sie es. Das ist alles.«

Zum ersten Male wechselten die beiden einen Blick.

»Da es sich nach wie vor um eine Annahme handelt«, sagte Stevens, »müssen wir uns diese Annahme überlegen.«

»Wie lange?«

»Das weiß ich nicht. Bis morgen oder übermorgen.«

»Das gefällt mir aber gar nicht.«

»Zum Teufel noch mal, was schert es uns, ob es Ihnen gefällt.« Harveys wahrer Charakter kam jetzt allmählich zum Vorschein.

»Wahrscheinlich berührt Sie das nicht«, entschuldigte sich Wolfe. »Aber einen Mann, von dem ich weiß, dass er ein Mörder ist, lasse ich nicht gern frei herumlaufen. Wenn wir den einfachen Weg wählen, und zwar sofort, dann kann er sich bis Mitternacht hinter Schloss und Riegel befinden. Wenn wir es aber verschieben ...« Wolfe zuckte die Achseln. »Ich weiß nicht, was er dann anstellen wird ...«

Ich musste ein Grinsen verkneifen. Er hätte sie ja geradeso gut fragen können, ob sie Reynolds zwei weitere Tage gestatten wollten, Artikel für die Gazette zu schreiben. Da ich wusste, wie ihnen dabei zu Mute war, suchte ich nach irgendeinem Anzeichen in ihren Mienen. Aber schließlich waren sie nicht von gestern. Es hätte sich geradeso gut um zwei Theoretiker handeln können, die soeben eine wissenschaftliche Hypothese besprochen haben, deren Ergebnis nicht sehr befriedigt.

Stevens sprach nun mit leiser Stimme. »Verhaften Sie ihn. Wenn es auf die einfache Art nicht geht, bleibt noch immer der andere Weg.«

»Nein, Sir«, sagte Wolfe entschieden. »Ohne Ihre Erklärung wird das nicht so einfach sein, die Anklage zu erheben. Es geht schon, aber es ist dann eben nicht so einfach.«

»Sie sagten zwar«, warf Harvey ein, »dass wir nur diese Erklärung zu unterschreiben brauchen und dass das alles wäre. Aber das wäre nicht alles. Wir werden dann bei dem Prozess aussagen müssen.«

»Vermutlich«, gab Wolfe zu. »Aber nur Sie zwei, als freundliche Zeugen der Anklagebehörde, die dabei behilflich sind, einen Mörder einer gerechten Bestrafung zuzuführen. Auf die andere Art wären Sie es und eine ganze Menge anderer Personen.«

Stevens erhob sich. »Wir lassen Sie unsere Entscheidung in einer halben Stunde wissen, vielleicht noch eher.«

»Gut. Mein Büro ist schalldicht, Sie können aber auch nach oben gehen, wenn Sie es wünschen.«

»Auf der Straße ist mehr Platz. Kommen Sie, Jerry.«

Ich ließ die beiden hinaus und kehrte ins Büro zurück. Als ich zurückkam, konnte ich mir das Grinsen aber wirklich nicht mehr verkneifen. Wolfe hatte bereits ein Blatt Papier und Klebstoff bereitgelegt.

»Das Bärenfell – bevor der Bär erlegt ist?«, fragte ich.

»Bah, die haben wir schon angenagelt.«

»Die haben ja nicht einmal nach den Beweisen gefragt für den Mord, den Reynolds begangen haben soll. Darum scheren sie sich keinen Pfifferling. Ihnen kommt's bloß darauf an, dass die Artikel aufhören und ihr Freund verschwindet. Was mir aber nicht eingeht: Warum sind sie so prompt auf den Brief von einem Freund hereingefallen? Warum haben sie Reynolds nicht einmal die Chance gegeben, sich zu verantworten?«

»Bei denen gibt es keine Chancen«, sagte Wolfe verächtlich. »Konnte er beweisen, dass der Brief eine Fälschung war? Wie? Konnte er das Foto seiner Mitgliedskarte erklären? Er konnte es nur bestreiten, und sie hätten ihm kein Wort geglaubt. Die trauen keinem, schon gar nicht einander, und das kann man ja verstehen. Mit dem Klebstoff will ich aber doch warten, bis sie unterschrieben haben.«

Ganz so sicher war er freilich nicht, wie er sich den Anschein gab. Um 6 Uhr 34 hatten die beiden das Büro verlassen, und um 6 Uhr 52 läutete es, und sie standen vor der Tür. Es waren bloß achtzehn Minuten vergangen, aber die nächste Telefonzelle befand sich gleich nebenan.

Diesmal nahmen sie nicht Platz. Harvey blickte mich an, als ob ihm irgendetwas an mir nicht passte, und Stevens begab sich zu Wolfes Schreibtisch und erklärte: »Wir sind mit dem Text nicht einverstanden und wünschen folgende Änderung:

›Als loyale amerikanische Staatsbürger und im Interesse der Allgemeinheit und der Ideale wahrer Demokratie sind wir der Ansicht, dass alle Rechtsbrecher bestraft werden sollen, ohne Rücksicht auf ihre politische Zugehörigkeit. Wir haben daher im Interesse der Gerechtigkeit unsere Namen auf die obige Fotografie geschrieben und bezeugen hiermit, dass der auf dieser Fotografie dargestellte Mann uns als William Reynolds bekannt ist und dass er seit acht Jahren bis zum heutigen Tage ein Mitglied unserer Organisation gewesen ist. Sobald es zu unserer Kenntnis gelangt ist, dass er wegen Mordes angeklagt werden soll, hat das oberste Gremium seinen Ausschluss aus der Partei verfügt.‹«

Ohne Notizen, nicht einmal auf der Manschette, hatte Stevens das Ganze heruntergerasselt, als ob er es seit Jahren auswendig wisse.

Wolfe zuckte die Achseln. »Wenn Sie es unbedingt brauchen? Wünschen Sie, dass Mr Goodwin es abtippt, oder wollen Sie es lieber handschriftlich niederlegen?«

Es war mir ganz recht, dass er sich lieber seiner Füllfeder bediente. Es wäre natürlich eine Ehre gewesen, einen so patriotischen Absatz auf der Maschine zu schreiben, aber man kann nie wissen. Es hätte ja einem von ihnen einfallen können, den Brief von ›einem Freund‹ aus der Tasche zu ziehen und die Schrift zu vergleichen. Selbst mit bloßem Auge wäre es leicht gewesen, das ›N‹ zu entdecken, das leicht verschoben war, und den kleinen Fehler im ›W‹. Ich überließ Stevens daher gerne meinen Schreibtisch. Er schrieb die Erklärung nieder, unterzeichnete und schrieb seinen Namen auf die Fotografie. Harvey tat desgleichen. Wolfe und ich unterschrieben als Zeugen, nachdem Wolfe es durchgelesen hatte. Dann nahm er die Tube mit Klebstoff und wollte das Foto oben auf dem Bogen befestigen.

»Darf ich es noch einmal sehen?«, fragte Stevens.

Wolfe gab es ihm.

»Nur noch eine Kleinigkeit«, sagte Stevens. »Wir können Ihnen das Dokument natürlich nicht überlassen ohne irgendeine Sicherheit, dass Reynolds heute Nacht noch verhaftet wird. Sie sagten, vor Mitternacht.«

»Ganz richtig.«

»Sobald das geschieht, erhalten Sie die Erklärung.«

Ich wusste ja, dass ein Pferdefuß bei der Sache war. Wenn es sich um etwas Unzerreißbares gehandelt hätte, z. B. einen Stein, hätte ich es ihm einfach abgenommen, und mit Harvey hätte ich es zur Not auch noch aufgenommen.

»Dann wird er eben nicht verhaftet«, sagte Wolfe gleichmütig.

»Warum nicht?«

»Weil das der Schlüssel zu seiner Zelle ist. Oder hätte ich mir sonst so viel Mühe deswegen gemacht? Heute Abend werde ich gewisse Herrschaften hier zu mir ins Büro bitten, aber nur, wenn ich dieses Dokument besitze. Bitte zerknittern Sie es nicht.«

»Wird Reynolds zugegen sein?«

»Jawohl.«

»Dann kommen wir ebenfalls und bringen das Dokument mit.«

Wolfe schüttelte den Kopf. »Sie hören mir eben nicht zu. Das Dokument bleibt hier. Oder Sie können es mitnehmen und sich's aufheben, bis Sie als Zeugen vorgeladen werden. Na, geben Sie's schon her. Ich habe übrigens gar nichts dagegen, dass Sie und Mr Harvey heute Abend meine Gäste sind. Das ist sogar eine ausgezeichnete Idee. Während eines Teils der Konferenz kann ich Sie zwar nicht brauchen, aber Sie können es sich ja im Vorderzimmer bequem machen. Was halten Sie davon?«

Und auf dieser Grundlage einigte man sich schließlich. Sie waren zwar zäh, aber, wie Wolfe sich ausgedrückt hatte, ziemlich gut angenagelt. Sie wussten ja nicht, was Reynolds im nächsten Artikel ausplaudern würde, und daher wollten sie ihn möglichst rasch hinter Schloss und Riegel bringen. Wolfe aber bestand darauf, ohne das Dokument nichts zu unternehmen. So erhielt er es schließlich. Man vereinbarte, dass sie gegen zehn Uhr wieder kommen sollten und sich im Vorderzimmer aufhalten würden, bis man sie aufforderte, sich der Gesellschaft anzuschließen.

Als sie gegangen waren, legte Wolfe das Dokument in sein Mittelfach.

»Das Abendessen wartet.«

»Jawohl, Sir. Wenn Harvey oder Stevens nun Mr Jones wären, das wäre doch ein merkwürdiger Zufall, nicht?«

»Nein. ›Zufall‹ finden Sie ganz hinten im Wörterbuch. Rufen Sie Mr Archer an.«

»Jetzt? Ich dachte, das Abendessen wartet.«

»Rufen Sie ihn an.«

Das war aber gar nicht so einfach. Im Büro des Staatsanwalts in White Plains antwortete zwar jemand, hatte aber keine Ahnung, wo er sei. Dann rief ich bei Archer zu Hause an und erhielt die Auskunft, dass er fortgegangen sei und niemand wissen dürfe, wohin. Es gelang mir schließlich, den Leuten beizubringen, dass man ihm sofort mitteilen solle, dass Nero Wolfe seinen Anruf wünsche. Dann legte ich den Hörer auf und machte mich auf eine Wartezeit von fünf Minuten bis zu einer Stunde gefasst. Wolfe saß starr aufgerichtet da mit verkniffenen Lippen und gerunzelter Stirn. Das Abendessen wurde kalt. Nach einer Weile ging mir sein Anblick auf die Nerven, und ich wollte gerade vorschlagen, das Speisezimmer aufzusuchen, als das Telefon läutete. Es war Archer.

»Was ist los?« Seine Stimme klang scharf und ungeduldig.

Wolfe sagte, er brauche seinen Rat.

»In welcher Sache? Ich bin bei Freunden zum Abendessen. Hat es nicht bis morgen Zeit?«

»Nein. Ich habe den Mörder von Louis Rony und das Beweismaterial für seine Verurteilung und möchte die Sache loswerden.«

»Den Mörder ...« Pause. Dann: »Das glaube ich nicht!«

»Natürlich nicht. Es ist aber wahr. Er wird sich heute Abend in meinem Büro einfinden. Und dazu brauche ich Ihren Rat. Ich kann natürlich Inspektor Cramer ersuchen, ein paar Mann heraufzuschicken, um ihn zu verhaften. Ich kann auch ...«

»Nein! Hören Sie zu, Wolfe ...«

»Nein, jetzt hören Sie einmal mir zu. Ihr Abendessen wartet, aber meins auch. Es ist mir lieber, Sie verhaften ihn, und zwar aus zwei Gründen. Erstens gehört er zu Ihnen, und zweitens möchte ich die Sache heute Abend noch in Ordnung bringen, und dazu muss die Sache mit der Erklärung Mr Kanes erledigt werden. Und dazu bedarf es der Anwesenheit nicht bloß Mr Sperlings und Mr Kanes, sondern auch all der anderen, die am Abend des Mordes anwesend waren. Wenn Sie kommen, dann müssen die anderen auch kommen. Unter den Umständen glaube ich nicht, dass sich irgendjemand ausschließen wird. Können Sie sie alle um zehn Uhr zu mir bringen?«

»Mein Gott, das ist doch unglaublich! Ich muss darüber eine Minute nachdenken ...«

»Sie hatten eine Woche Zeit, darüber nachzudenken, haben es aber mir überlassen. Ich habe nachgedacht und entsprechend gehandelt. Können Sie die Leute um zehn Uhr herbringen?«

»Ich weiß nicht, zum Teufel noch mal! Sie setzen mir ja das Messer an die Kehle!«

»Wollen Sie lieber, dass ich die Sache ein oder zwei Tage aufschiebe? Ich erwarte Sie also um zehn Uhr. Wenn Sie die Herren nicht mitbringen, dann gehört der Fall nicht mehr Ihnen.«

22

Ich kann mich nicht erinnern, jemals ein größeres Gedränge in unserem Büro erlebt zu haben. Entweder hatte Archer Dampf hinter die Sache gemacht, oder Wolfes Annahme, dass keiner von der Stony-Acres-Gesellschaft sich ausschließen würde, war zutreffend. Ich ließ sie Platz nehmen, wo es ihnen beliebte. Die drei Damen Sperling – Mama, Madeline und Gwenn – saßen auf der großen gelben Couch in der Ecke; daher hatte ich sie im Rücken, als ich Wolfe gegenübersaß. Paul und Connie Emerson saßen nebeneinander auf Stühlen in der Nähe des Globus, und Jimmy Sperling saß bei ihnen. Webster Kane und Papa Sperling saßen neben Wolfes Schreibtisch. Staatsanwalt Archer hatte im roten Ledersessel Platz genommen. Ich hatte ihm diesen Platz angewiesen, weil ich der Ansicht war, er verdiente ihn. Und die zwei Polizeibeamten erhöhten unsere Zahl auf dreizehn: Ben Dykes, den Archer mitgebracht hatte, und Inspektor Purley Stebbins vom Morddezernat Manhattan, der mir mitgeteilt hatte, dass Westchester ihn entsandt hatte. Purley, mein alter Freund und noch älterer Feind, saß in der Nähe der Tür.

Die Sache begann gleich mit einer Sensation. Nach Begrüßung und Vorstellung und nachdem alle Platz genommen hatten, sprach Wolfe die einleitenden Worte. Archer aber unterbrach bereits seinen ersten Satz und stieß hervor: »Sie sagten, dass der Mann, der Rony ermordet hat, hier sein würde!«

»Er ist es.«

»Wo?«

»Sie haben ihn mitgebracht.«

Angesichts dieser Einleitung war es nur natürlich, dass niemand großen Appetit auf Drinks verspürte. Ich konnte es keinem verargen, am wenigsten William Reynolds. Es erhob sich ein ziemlicher Tumult, Sperling und Paul Emerson redeten gleichzeitig, was ich aber nicht verstehen konnte, da in diesem Augenblick hinter meinem Rücken Gwenns Stimme etwas zitternd, aber laut und deutlich erklang.

»Ich habe meinem Vater erzählt, was ich Ihnen an jenem Abend sagte!«

Wolfe überhörte das. »Die Sache wird rascher gehen«, teilte er Archer mit, »wenn Sie sie mir überlassen.«

Sperling und Archer begannen gleichzeitig zu sprechen. Plötzlich ertönte ein Knurren von der Tür her, und alle drehten den Kopf in dieser Richtung. Es war Inspektor Stebbins.

»Ich glaube«, sagte er, »Sie sollten ihn die Sache führen lassen. Ich bin von der New Yorker Polizei, und hier sind wir in New York. Ich kenne ihn. Wenn Sie ihn unterbrechen, dann macht er noch mal so lange.«

»Ich habe nicht die geringste Absicht, die Sache zu verlängern«, sagte Wolfe ärgerlich. Seine Augen wanderten von links nach rechts und wieder zurück. »Wenn Sie mich nicht unterbrechen, wird es auch sehr rasch gehen. Ich habe Sie alle hierher gebeten, weil ich Ihnen gegenüber vor acht Tagen, an dem Abend, da Mr Rony getötet wurde, eine Verpflichtung übernommen habe. Ich möchte Sie nun wissen lassen, dass ich dieser Verpflichtung nachgekommen bin.«

Alles hing nun an seinen Lippen. »Erstens will ich Ihnen sagen, warum ich der Ansicht bin, dass Mr Rony nicht durch einen Unfall, sondern vorsätzlich getötet wurde. Wenn es auch glaubhaft war, dass der Lenker des Wagens ihn erst im letzten Augenblick bemerkt haben könnte, so war es doch sehr unglaubhaft, dass Mr Rony den Wagen nicht bemerkt haben sollte; selbst in der Dunkelheit und selbst wenn das Geräusch des Baches das Geräusch des Wagens, der ja nicht rasch gefahren sein kann, übertönt haben sollte. Außerdem befanden sich an der Vorderseite des Wagens keinerlei Spuren. Wenn der Wagen ihn niedergestoßen haben sollte, dann hätten sich wahrscheinlich, wenn auch nicht unbedingt, Spuren am Wagen finden müssen.«

»Das haben Sie alles schon einmal gesagt«, unterbrach Archer ungeduldig.

»Jawohl, Sir. Und diese Wiederholung wird weniger Zeit brauchen, wenn Sie mich nicht unterbrechen. Ein weiterer Punkt: Warum wurde die Leiche mehr als zwanzig Meter weit weggeschleppt, um hinter einem Gebüsch verborgen zu werden? Wenn es sich um einen Unfall gehandelt hätte und der Lenker des Wagens die Sache hätte vertuschen wollen, was hätte er dann getan? Er hätte die Leiche weg von der Ausfahrt gebracht, gewiss, aber nicht zwanzig Meter fort bis zu einem Versteck.«

»Auch das haben Sie schon einmal gesagt«, hakte Ben Dykes ein. »Und ich sagte Ihnen schon damals, dass dasselbe Argument auch für den Mörder zutrifft.«

»Ganz richtig«, stimmte Wolfe zu, »aber Sie hatten Unrecht. Der Mörder hatte einen guten Grund, die Leiche an einen Platz zu bringen, wo sie von der Auffahrt nicht gesehen werden konnte, falls jemand vorbeikommen sollte.«

»Welchen Grund?«

»Um die Leiche zu durchsuchen. Und jetzt kommen wir zu Dingen, von denen ich bisher noch nicht gesprochen habe. Sie hielten es für angezeigt, mir das Verzeichnis der Gegenstände, die bei der Leiche gefunden wurden, nicht zu zeigen. Daher hielt ich es für angezeigt, Ihnen nicht zu verraten, dass ich wusste, dass ein Gegenstand fehlte. Ich wusste das deswegen, weil Mr Goodwin selbst ein Verzeichnis der Gegenstände angelegt hat, als er den Leichnam auffand.«

»Es wäre besser gewesen«, sagte Archer scharf, »uns das mitzuteilen. Was fehlte?«

»Eine Mitgliedskarte einer radikalen Organisation auf den Namen William Reynolds.«

»Mein Gott!«, rief Sperling und sprang auf. Es erhob sich

wieder ein Stimmengewirr, aber Archers Stimme durchschnitt den Lärm.

»Wieso wussten Sie, dass er eine besaß?«

»Mr Goodwin hatte sie gesehen, und ich habe ein Foto dieser Karte gesehen.« Wolfe erhob den Finger. »Es wäre besser, wenn Sie mich die Sache entwickeln lassen, ohne mir mit Fragen dazwischenzufunken. Ich muss nun auf den Samstagabend voriger Woche zurückgreifen. Mr Goodwin war scheinbar als Gast bei Ihnen draußen, in Wirklichkeit aber in meiner Stellvertretung, im Auftrag meines Klienten Mr Sperling. Mr Goodwin hatte den Eindruck, dass Mr Rony einen kleinen Gegenstand sehr sorgfältig bei sich aufbewahrte und ihn niemals aus der Hand gab. Im Speisesaal wurden Erfrischungen gereicht. Mr Goodwin tat etwas in sein Glas und tauschte es mit Ronys Glas aus, das er zum Munde führte. Aber in diesen Drink war von einer anderen Person ein Betäubungsmittel getan worden, wie er zu seinem Bedauern feststellen musste. Mr Goodwin hatte die Absicht, sich in jener Nacht in Mr Ronys Zimmer zu begeben, um festzustellen, was dieser Gegenstand war. Er unterließ dies aber, weil er und nicht Mr Rony betäubt war. Mr Rony hatte seinen Drink nicht genossen, sondern ihn in den Eiskübel entleert. Ich legte Ihnen die Gründe dar, die gegen einen Unfall sprechen, und dies ist einer von ihnen: Sein Drink enthielt ein Betäubungsmittel, und er wusste dies oder hatte zumindest den Verdacht. Mr Goodwin hatte es sich aber in den Kopf gesetzt, den Gegenstand zu finden. Am nächsten Tag, sonntags, gelang es ihm, Mr Rony dazu zu veranlassen, per Auto nach New York zurückzukehren. Außerdem veranlasste er einen Herrn und eine Dame – die beide schon wiederholt für mich gearbeitet haben –, dem Wagen aufzulauern und Mr Rony zu überfallen.«

Darauf kam es wieder zu Reaktionen aller Anwesenden. Die Stimme Purley Stebbins' erreichte mich durch den Tumult, obwohl er etwa sieben Meter entfernt von mir saß. »Donnerwetter! Wozu der alles im Stande ist.«

Wolfe saß ruhig da und ließ sie toben. Dann hob er die Hand.

»Das ist ein Verbrechen, Mr Archer, das weiß ich. Sie können sich, wenn alles vorüber ist, entschließen, was Sie deswegen zu tun gedenken. Aber Ihre Entscheidung könnte vielleicht dadurch beeinflusst werden, dass ohne dieses ›Verbrechen‹ der Mörder von Mr Rony jetzt nicht zur Stelle wäre.«

Er hatte seine Zuhörer nun wieder völlig in der Hand. »Alles, was man ihm abgenommen hat, war das Geld in seiner Brieftasche. Das war notwendig, um die Sache als Überfall erscheinen zu lassen. Außerdem wurde das Geld zur Aufklärung seines Todes verwendet, was – glaube ich – im Sinne des Verblichenen ist. Mr Goodwin aber hat noch etwas getan. Er fand bei Mr Rony den Gegenstand, den jener so ängstlich hütete, und machte einige Aufnahmen davon, ohne den Gegenstand selbst an sich zu nehmen. Es war eine Mitgliedskarte einer radikalen Organisation Amerikas auf den Namen William Reynolds.«

»Dann hatte ich also Recht!« Sperling war so aufgeregt, dass er vor Triumph förmlich brüllte. »Dann hatte ich also die ganze Zeit Recht!« Er spuckte fast vor Wut. »Warum haben Sie mir das nicht gesagt? Warum haben Sie …«

»Nicht die Bohne haben Sie Recht gehabt«, sagte Wolfe brutal, »Sie sind vielleicht ein guter Geschäftsmann, Mr Sperling, aber die Entlarvung von verkappten Anarchisten überlassen Sie doch lieber den Leuten, die was davon verstehen.«

»Aber«, widersprach Sperling, »Sie gaben doch selbst zu, dass er eine Mitgliedskarte besaß …«

»Ich gebe es nicht zu, ich gebe es bekannt. Es wäre aber sinnlos gewesen, anzunehmen, dass William Reynolds unbedingt identisch mit Louis Rony war. Was ich von Rony weiß, macht dies sogar höchst unwahrscheinlich. Immerhin besitzen wir drei Zeugen dafür, dass die Karte in seinem Besitz war – das dürfte vor Gericht helfen, Mr Archer. Im fraglichen Zeitpunkt war also die Identität William Reynolds' – ob es sich nun um Mr Rony oder jemand anderen handelte – ungeklärt.

Aber vierundzwanzig Stunden später war diese Frage geklärt. Wer immer Mr Reynolds war, Louis Rony war er ganz gewiss nicht. Außerdem war anzunehmen, dass er Rony ermordet hatte, da es schon etwas mehr als eine Vermutung war, dass er die Leiche hinter das Gebüsch geschleppt hatte, um sie zu durchsuchen, die Mitgliedskarte fand und an sich nahm. Ich ging zunächst einmal von dieser Annahme aus. Dann erfuhr ich, dass mein Wagen Rony getötet hatte. Und das brachte mich einen Schritt weiter. Wenn William Reynolds Rony ermordet hat und die Karte an sich nahm, dann ist er einer von den Menschen, die hier anwesend sind. Einer von denen, die sich hier im Raum befinden.«

Ein Geraune erhob sich, aber nicht mehr als ein Gemurmel.

»Sie haben etwas übersprungen«, widersprach Ben Dykes. »Warum muss es unbedingt Reynolds gewesen sein, der den Mord beging und die Karte nahm?«

»Er muss es nicht unbedingt gewesen sein«, gab Wolfe zu. »Das alles sind Annahmen, keine Schlussfolgerungen. Aber es sind Glieder einer Kette. Wenn eines stimmt, dann stimmen alle. Wenn eines nicht stimmt, reißt die ganze Kette. Wenn der Mörder die Leiche durchsucht hat, um sich in den Besitz der Mitgliedskarte zu setzen, dann geschah es bestimmt aus dem Grund, um zu vertuschen, dass er unter dem Namen William Reynolds einer radikalen Organisation beigetreten war. Mit dieser Enthüllung muss Rony gedroht haben, für den solche Drohungen ja an der Tagesordnung waren. So weit war ich Dienstagmittag. Aber damals war ich noch Mr Sperling, meinem Auftraggeber, verpflichtet. Und es wäre nicht im Interesse meines Klienten gewesen, dies alles der Polizei zu erzählen. So weit war ich also« – Wolfe blickte nun Sperling gerade in die

Augen –, »als Sie mir mit der verfluchten Erklärung dazwischenfunkten, die Sie Mr Kane gezwungen hatten zu unterzeichnen. Damit hatten Sie Mr Archer zufrieden gestellt und konnten mich entlassen.«

Sein Blick wandte sich Kane zu. »Ich habe Sie hergebeten, um diese Erklärung zu widerrufen. Sind Sie dazu bereit, und zwar sofort?«

»Fallen Sie darauf nicht herein, Web«, stieß Sperling hervor. Und dann zu Wolfe: »Ich habe ihn nicht gezwungen!«

Der arme Kane, der nicht wusste, was er sagen sollte, sagte gar nichts. Trotz all der Schwierigkeiten, die er uns verursacht hatte, tat er mir jetzt fast Leid.

Wolfe zuckte die Achseln. »Also kam ich nach Hause. Ich musste meine Vermutungen entweder erhärten oder aufgeben. Es bestand die Möglichkeit, dass Mr Rony die Mitgliedskarte gar nicht bei sich hatte, als er getötet wurde. Am Mittwoch begab sich Mr Goodwin in seine Wohnung und durchsuchte sie gründlich. Er besaß einen Schlüssel«, behauptete Wolfe, was ja völlig der Wahrheit entsprach. »Die Karte war nicht dort, sonst hätte sie Mr Goodwin gefunden. Aber er fand Beweise dafür, dass Mr Rony einen oder mehrere Gegenstände in seinem Besitz hatte, wahrscheinlich ein Dokument oder mehrere, die er zum Zweck der Erpressung benützte, und zwar an einer Person oder mehreren Personen, die augenblicklich hier anwesend sind. Es ist unwesentlich, was er gefordert hat; ich möchte nur so nebenbei bemerken, dass ich nicht der Ansicht bin, dass es sich um Geld handelte. Was er wahrscheinlich verlangte und vermutlich auch erhielt, war Unterstützung für seine Bewerbung um die jüngere der Damen Sperling – oder zumindest wohlwollende Neutralität. Ein weiterer …«

»Worin bestanden die Beweise?«, fragte Archer.

Wolfe schüttelte den Kopf. »Die dürften Sie kaum brauchen. Falls Sie sie benötigen sollten, so werden Sie sie rechtzeitig erhalten. Ein weiterer Umstand bekräftigte die Vermutung, dass

Mr Rony nicht aufrecht stand, als der Wagen ihn erfasste. Das Auto hatte nämlich seinen Kopf nicht berührt, und dennoch befand sich eine tiefe Abschürfung oberhalb des rechten Ohrs. Ein Arzt, den ich damit beauftragte, hat sich davon überzeugt; und diese Abschürfung ist auch im Bericht des Pathologen vermerkt. Unser Mörder ging also nicht so leichtsinnig vor, dass er einen energischen, kräftigen jungen Mann einfach dadurch zu beseitigen versuchte, dass er ihn mit einem Wagen anfuhr. Ein Fachmann hätte ihn doch überfallen, als er die Einfahrt entlangkam, ihn niedergeschlagen und dann erst überfahren. In diesem Falle …«

»Man überfällt niemanden«, warf Ben Dykes ein, »von dem man nicht weiß, dass er sich an Ort und Stelle befinden wird, um überfallen werden zu können.«

»Gewiss nicht«, gab Wolfe zu, »aber wenn Sie nicht bereit sind, neben den Tatsachen Wahrscheinlichkeiten hinzunehmen, dann kommen wir nie zu Ende. Abgesehen von der privaten Telefonleitung in Mr Sperlings Bibliothek gibt es noch weitere zwölf Leitungen in der Villa. Miss Sperlings Gespräch mit Rony, in dem seine Ankunft zu einer bestimmten Zeit vereinbart wurde, konnte daher von irgendjemandem abgehört werden. Von William Reynolds zum Beispiel. Der Überfall ist aber keineswegs eine bloße Wahrscheinlichkeit. Durch die Geistesgegenwart Mr Goodwins ist er als Tatsache erwiesen. Am Donnerstag durchsuchte er die Umgebung des Hauses nach dem Mordinstrument und hat es gefunden.«

»Das hat er nicht!«, rief Madeline hinter mir. »Ich war die ganze Zeit bei ihm, und er hat nicht das Geringste gefunden.«

»Er hat aber doch etwas gefunden«, sagte Wolfe trocken. »Auf dem Rückweg machte er beim Bach Halt und fand einen Stein. Was den Beweis dafür betrifft, dass dieser Stein in Berührung mit einem menschlichen Schädel kam, so kommen wir darauf noch zurück. Ich kann Ihnen aber versichern, dass nicht der geringste Zweifel daran besteht.«

Sein Blick ging in die Runde. »Diese Einzelheiten, wie die Abschürfung am Kopf und der Stein, sind natürlich wertvoll, und Mr Archer wird das bestimmt zu schätzen wissen. Aber der Schlüssel zu der ganzen Sache liegt doch ganz woanders. Ich habe es vorhin schon angedeutet und wiederhole nun: William Reynolds, der Eigentümer der Mitgliedskarte, befindet sich in diesem Raum. Sie haben wahrscheinlich nichts dagegen, wenn ich Ihnen verschweige, wie ich dahinter kam. Ich bin hingegen bereit, Ihnen mitzuteilen, wie es bewiesen werden kann. Vorher aber möchte ich gerne noch eine kleine Verlegenheit aus der Welt schaffen. Mr Kane, Sie sind doch ein intelligenter Mann und verstehen wahrscheinlich, worin diese Verlegenheit besteht. Wenn der Mann, der Mr Rony getötet hat, angeklagt und vor Gericht gestellt wird und die Verteidigung Ihre Erklärung vorlegt, ohne dass Sie sie widerrufen haben, dann kann der Mörder nicht verurteilt werden. Ich frage Sie daher: Wollen Sie einen Staatsfeind decken, einen Mörder? Ganz egal, um wen es sich handelt. Wenn Sie an meiner Behauptung zweifeln, dass er ein Anarchist ist, dann bedenken Sie, dass, falls dies nicht erwiesen werden kann, der Richter und die Geschworenen ihn nicht verurteilen werden. Im Gegenteil, solange Ihre Erklärung bestehen bleibt, wäre es sogar Unsinn, ihn zu verhaften. Mr Archer würde es gar nicht wagen, Anklage zu erheben.«

Wolfe nahm ein Dokument aus seinem Schreibtisch. »Wollen Sie bitte dies unterzeichnen. Mr Goodwin hat es, bevor Sie eintrafen, auf der Schreibmaschine geschrieben. Es trägt das heutige Datum und lautet: ›Ich, Webster Kane, erkläre hiermit, dass meine Erklärung vom 21. Juni dieses Jahres, in der ich behauptete, Louis Rony bei einem Unfall überfahren zu haben, falsch ist. Ich habe diese Erklärung auf Anraten von Mr James U. Sperling senior unterzeichnet und widerrufe sie hiermit.‹ Archie?«

Ich erhob mich, um Kane die Erklärung zu überreichen.

Aber er machte keine Miene, sie zu nehmen. Der berühmte Wissenschaftler befand sich in der Klemme, und es war ihm an der Nasenspitze abzulesen, dass er sich dessen wohl bewusst war.

»Streichen Sie den letzten Satz«, verlangte Sperling, »er ist unnötig.« Ihm war offenbar auch nicht allzu wohl.

Wolfe schüttelte den Kopf. »Das schmeckt Ihnen natürlich nicht, aber als Zeuge vor Gericht müssen Sie es ja doch zugeben. Also warum nicht gleich jetzt?«

Sperlings Stimme klang erbittert: »Der Zeugenstand! Wenn das Ganze keine Farce ist, verflucht noch mal, wer ist dann eigentlich Reynolds?«

»Das werde ich Ihnen sagen, sobald Mr Kane unterschrieben hat – und Sie als Zeuge, nicht eher.«

»Ich werde es nicht bezeugen.«

»Das werden Sie wohl! Diese Sache begann damit, dass Sie sich in den Kopf gesetzt hatten, einen Radikalen zu entlarven. Jetzt haben Sie die Möglichkeit dazu. Also?«

Sperling blickte Wolfe wuterfüllt an, dann mich, dann Kane. Mrs Sperling murmelte irgendwas, aber niemand achtete darauf.

»Unterschreiben Sie's, Web«, knurrte Sperling.

Kanes Hand bewegte sich unwillig. Ich gab ihm eine Zeitschrift als Unterlage und meine Füllfeder. Er unterzeichnete, in großen, gespreizten Buchstaben, und ich gab das Schriftstück an den Generaldirektor weiter. Seine Unterschrift nahm sich ganz merkwürdig aus. Das konnte James U. Sperling heißen, aber ebenso gut etwas anderes. Ich nahm sie dennoch entgegen und überreichte sie Wolfe, der bloß einen Blick darauf warf und dann einen Briefbeschwerer darauf stellte.

Er seufzte. »Bringen Sie sie herein, Archie.«

Ich begab mich in das Vorderzimmer und rief: »Bitte einzutreten, meine Herren!«

Ich hätte gern einen Dollar gewettet, um herauszufinden,

wie viel Zeit und Mühe sie an den Versuch verschwendet hatten, durch die schalldichte Tür etwas zu hören. Das war nämlich völlig unmöglich. Ihr Auftritt vollzog sich, wie es von ihnen zu erwarten war. Harvey marschierte geradewegs auf Wolfes Schreibtisch zu, machte kehrt und blickte alle Anwesenden finster an. Stevens interessierte sich nur für eine einzige Person, die ihm als William Reynolds bekannt war. Alle anderen waren für ihn Komparserie, einschließlich des Staatsanwalts. Seine harten, gefährlichen Augen kannten bloß ein Ziel. Beide Herren würdigten die Stühle, die ich für sie bereitgestellt hatte, keines Blickes.

»Ich glaube«, sagte Wolfe, »dass wir uns die Vorstellung ersparen können. Einer von Ihnen kennt diese Herren sehr genau, die anderen werden darauf wohl keinen Wert legen. Und diese Herren haben höchstwahrscheinlich nicht den Wunsch, Ihre Bekanntschaft zu machen. Die Herren sind Mitglieder einer inoffiziellen Organisation Amerikas, recht prominente Mitglieder. Dieses Dokument hier« – er ließ es in seiner Hand flattern – »wurde heute Abend von den Herren unterzeichnet, und oberhalb dieses Dokuments befindet sich ein Foto. Diese Erklärung in Mr Stevens' Handschrift besagt, dass der auf dem Foto dargestellte Mann seit acht Jahren unter dem Namen William Reynolds ein Mitglied dieser Organisation ist. Diese Erklärung spricht zwar für sich selbst, die Herren und ich sind aber übereingekommen, dass es wertvoll wäre, wenn sie sich persönlich herbemühen, um Mr Reynolds zu identifizieren. Sie blickten ihn gerade an, Mr Stevens, nicht wahr?«

»Allerdings«, sagte Stevens, der Webster Kane mit kaltem Hass anstarrte.

»Du verdammte Ratte!«, knurrte Harvey Kane an.

Der Wirtschaftswissenschaftler blickte fassungslos einmal Stevens und dann wieder Harvey an. Sein erstes Geständnis hatte Worte erfordert, schriftliche Worte und seine Unterschrift, dieses aber bedurfte keiner Worte. Sein ratloser Blick war sein zweites Geständnis, und keiner im Raum zweifelte daran, dass es diesmal die Wahrheit war.

Er war aber nicht der Einzige, der völlig ratlos war.

»Web!«, brüllte Sperling. »Um Gottes willen – Web!«

»Sie sind erledigt, Mr Kane«, sagte Wolfe eiskalt. »Es bleibt Ihnen keine Maske übrig. Als Kane sind Sie erledigt, da die politische Marke jetzt doch zum Vorschein gekommen ist. Als Reynolds ebenfalls, denn Ihre Genossen spucken Sie aus, so weit sie nur spucken können. Selbst als zweifüßiges Säugetier sind Sie erledigt, mit dem Mord, den Sie begangen haben. Das Letztere zu beweisen war meine Sache – der Rest bloßer Zufall –, und ich bin nur froh, dass es vorüber ist, denn einfach war es nicht. Mr Archer, er steht zu Ihrer Verfügung.«

Für einen eventuellen Ausbruch und Fluchtversuch wurde ich nicht mehr benötigt, da Ben Dykes und Purley Stebbins sich bereits der Sache angenommen hatten. Ich nahm daher den Hörer auf, wählte die Nummer der *Gazette* und verlangte Lon Cohen.

»Archie?« Seine Stimme klang verzweifelt. »Noch zwölf Minuten bis Redaktionsschluss! Nun?«

»Okay, mein Sohn«, sagte ich herablassend. »Die Sache kann steigen.«

»Wie besprochen? Webster Kane? Verhaftet?«

»Wie besprochen. Wir garantieren sorgfältige Ausführung und beste Bedienung.«

23

Lange nach Mitternacht, als alle anderen schon gegangen waren, war James U. Sperling immer noch da. Er saß im roten Ledersessel, trank Whisky und versuchte, klar zu sehen.

Er hatte natürlich das Bedürfnis, sein Selbstbewusstsein, das etwas gelitten hatte, wieder aufzurichten, bevor er sich nach

Hause und zu Bett begab. Nach dem schrecklichen Schock, erfahren zu müssen, dass er jahrelang einen Feind an seinem Busen genährt hatte, war das allerdings nicht so einfach. Die Einzelheit, die ihm dabei am meisten Schwierigkeiten machte, war das erste Geständnis, das er Kane hatte unterschreiben lassen. Er hatte es selbst entworfen – das gab er zu. Er hatte es für ein Meisterwerk gehalten, auf das sogar ein Generaldirektor stolz sein dürfte. Und nun hatte sich herausgestellt, dass, abgesehen von der Kleinigkeit, dass Rony nicht aufrecht gestanden, sondern schon am Boden gelegen hatte, als der Wagen ihn überfuhr, es sogar die Wahrheit gewesen wäre! Das war natürlich ein harter Brocken.

Er bestand darauf, alles der Reihe nach durchzugehen. Er wollte sogar wissen, ob Kane bemerkt hatte, dass Rony seinen Drink in den Eiskübel geleert hatte, worauf wir natürlich keine Antwort wussten. Aber sonst gab Wolfe bereitwillig alle Auskünfte, die ihm zur Verfügung standen. Warum hatte Kane zum Beispiel seine Erklärung widerrufen, dass er Rony infolge eines Unfalls getötet hatte? Weil Sperling es von ihm verlangt hatte, erklärte Wolfe, und Kanes einzige Aussicht bestand darin, seiner Rolle als Webster Kane treu zu bleiben. Zehn Sekunden später wurde diese Aussicht allerdings durch die Blicke seiner einstigen Genossen zunichte, aber das konnte er nicht wissen, als er die Füllfeder nahm, um zu unterschreiben.

Als uns Sperling endlich verließ, hatte er sich wieder etwas gefasst, aber ich vermutete doch, dass es etwas länger dauern würde als den Schlaf einer Nacht, um sein Gleichgewicht wieder zu gewinnen.

In der ersten Juliwoche wurde bekannt gegeben, dass Paul Emersons Vertrag nicht erneuert werden würde. Ich wusste davon bereits im Voraus, da ich zufällig eine Woche vorher im Büro war, als James U. Sperling Wolfe anrief und ihm mitteilte, das Continental-Grubenkartell sei ihm dafür verbunden, dass er ein Krebsgeschwür aus seinen Reihen entfernt habe, und erwarte seine Rechnung. Wolfe sagte, er würde mit Vergnügen eine Rechnung schicken, wüsste aber nicht, wie er sie abfassen solle. Sperling fragte, wie er das meine. Wolfe sagte, er wünsche Bezahlung nicht in Dollars, sondern in natura. Sperling wollte wissen, was er damit sagen wolle.

»Wie Sie sagten«, erläuterte Wolfe, »habe ich ein Krebsgeschwür aus Ihrem Kartell entfernt. Als Gegenleistung wünsche ich die Entfernung eines Krebsgeschwürs aus meinem Radioapparat. Um halb sieben höre ich gewöhnlich Radio, und selbst wenn ich eine gewisse Station nicht einstelle, so weiß ich doch, dass Paul Emerson dort ist, nur ein paar Wellenlängen entfernt, und das geht mir auf die Nerven. Operieren Sie dieses Geschwür. Vielleicht findet er einen anderen Auftraggeber, ich bezweifle es aber. Hören Sie auf, ihn für dieses bösartige Gewäsch zu bezahlen.«

Kurze Pause.

»Ich gebe zu«, räumte Sperling ein, »dass er mich auch irritiert. Es sind wahrscheinlich seine Magengeschwüre.«

»Dann finden Sie irgendjemanden ohne Magengeschwüre. Sie sparen dabei noch Geld. Wenn ich Ihnen eine Rechnung in Dollars schicken würde, so wäre sie gesalzen angesichts all der Schwierigkeiten, die Sie mir gemacht haben.«

»Sein Vertrag läuft nächste Woche ab.«

»Gut. Lassen Sie ihn ablaufen.«

»Nun – ich muss mir das überlegen. Wir sprechen noch darüber.«

Und so geschah es auch.

Gestern, einen Tag nachdem Webster Kane, alias William Reynolds, wegen Meuchelmords an Louis Rony verurteilt wurde, nahm ich den Hörer auf und hörte wieder einmal die harte, kalte, präzise Stimme, die formvollendetes bestes Englisch sprach. Ich sagte Wolfe, wer am Apparat war, und er schaltete sich ein.

»Wie geht es, Mr Wolfe?«

»Danke der Nachfrage, gut.«

»Das freut mich. Ich möchte Ihnen gratulieren. Ich erfahre gelegentlich etwas, das wissen Sie ja, und daher weiß ich, wie großartig Sie die Sache durchgeführt haben. Es befriedigt mich außerordentlich, dass der Mörder dieses erfolgreichen jungen Mannes seine gerechte Strafe erhält.«

»Es war nicht meine Absicht, Sie zu befriedigen.«

»Natürlich nicht. Trotzdem weiß ich es zu schätzen, und meine Bewunderung für Ihr Genie hat noch zugenommen. Das wollte ich Ihnen sagen und Ihnen außerdem mitteilen, dass Sie morgen ein weiteres Paket erhalten werden. Wenn man bedenkt, wie sich die Sache entwickelt hat, so ist Ihr Sachschaden umso bedauerlicher.«

Die Verbindung brach ab, und ich wandte mich Wolfe zu. »Haben Sie übrigens was dagegen, dass ich unseren Freund Herrn Unbekannt nenne statt *X*? *X* erinnert mich an Mathematik, und darin war ich immer schwach.«

»Ich will nur hoffen«, murmelte Wolfe, »dass sich nie wieder eine Gelegenheit ergeben wird, auf ihn zu sprechen zu kommen.«

Aber diese Gelegenheit ergab sich am nächsten Tag, heute früh, als das Paket eintraf. Sein Inhalt warf eine Frage auf, die bisher nicht beantwortet wurde und wahrscheinlich nie beantwortet werden wird. Gehörte zu den Dingen, die *X* erfuhr, auch, wie viel auf den Pfennig an Mr Jones bezahlt worden war, oder war es bloß Zufall, dass das Paket ausgerechnet fünfzehn Tausender enthielt? Morgen werde ich jedenfalls meine zweite Reise nach einer gewissen Stadt in New Jersey unternehmen, und dann wird der Gesamtbetrag in unserem Safe bei der Bank wieder ein nettes rundes Sümmchen ergeben.